日本古典文學名著

中日對照

竹取物語

左秀靈 譯注

鴻儒堂出版社發行

封面題字：左秀靈

修訂版的感言

回憶筆者有大量的譯作及創作能刊諸報端及輯印成冊，飲水思源，要感謝教導我的恩師林美娥教授，林恩師是民生日報記者，當時筆者在國防大學國防語文中心念日文專修班第一期。一天，林教授帶來一冊日文版的科學小品，徵求翻譯，如果譯得好就在經濟日報連載，我毛遂自薦，這件事開啓了日後我在各報發表文章的契機；我是蔡治平教授的學生，畢業後，蔡教授大力推薦至母校教文法，本校口語文法、文言文文法一起要教，奠定了日後，筆者能翻譯《竹取物語》的基礎，也很榮幸爲國防部翻譯抗戰日軍在華作戰的文言文日記；筆者把上課的文法講議出版了一本《最新口語文法》。

本班有四十位同學，老師剛巧也是四十位，其中最值得一提的是蔡茂豐教授，他是本校日文班創建時的指導老師。恩師太多，不便一一列出，只能銘記心中不忘。

拙作於民國六十三年問世，一直是日文系高年級的讀本。一次，與闊別多年不見的鴻儒堂董事長黃成業先生邂逅於台北市街頭，蒙主動提出欲再版拙作，並全新排版、繪圖。他是進口日文書及出版日文教材的權威書局之主持人。拙作能由鴻儒堂再版，無異一登龍門，則聲價十倍。筆者立即挑燈夜戰，三閱月，完成修訂，以饗讀者。

在修訂過程中，遇有難題則向同學侯學中教授請益，謹在卷首表示謝意。

左秀靈　敬識　中華民國一〇七年十月十日

竹取物語目錄

凡例

爲了便於琅琅終篇，全書漢字一律附平假名。依次爲：

1 竹取物語的口語文，特挑選日本公認是口語文最流暢優美的版本。

2 前文的中譯文。

3 口語竹取物語中難解的字詞之注釋。

4 大方框中爲竹取物語的古文，只要依序把1、2、3讀熟，進至古文部分，應該很容易看懂。

5 「要旨」是敘述本段古文的大意。

6 「語釈」是本段古文中難解字詞的口語注釋。

如何能立刻閱讀古文的《竹取物語》？

只要翻開書，依次閱覽，應該沒有太大的問題，但是日文的古文和日文的口語文，最大的不同，是古文中有少數極常用的詞彙，筆者作一介紹，各位只要花幾分鐘背一下，再看本書，就會覺得容易多了。

なり【也】（助動）〔なら・なり（に）・なり・なる・なれ・（なれ）〕

接於活用語連體形或體言等之下：1表指定、斷定＝だ、である；2以連體形なる當連體修飾語用：A表存在之意＝にある；B接於人物之下，表説、指示之意＝という。

たり 甲（助動）〔たら・たり・たり・たる・たれ・たれ〕接於ラ變以外之動詞及助動詞る、らる、す、さす、しむ、ぬ之連用形下，表動作之存續、完了：1表示某個動作、作用之結果，現在仍然存續著

＝…ている，…てある；2表示某個動作、作用從以前就繼續存在＝…ている；3表示某個動作、作用已經結束之意＝…た、てしまった。

乙（助動）〔たら・たり（と）・たり・たる・たれ・（たれ）〕接於體言之下：表斷定＝…だ、…である、…なのだ。

けり

（助動）〔けら・0・けり・ける・けれ・0〕接於活用語的連用形之下：1表示過去所發生的事繼續到現在，含有輕微詠嘆之意＝…た、…ていた；2表示回想傳說的過去事情＝…たそうだ、…たとさ、…た；3用なりけり表示現在才察覺到此事，受到感動＝…のだなあ、…のだったなあ；4敘述眼前的事實。

む

（助動）〔（ま）・0・む（ん）・む（ん）・め・0〕接於活用語的未然形之下，平安時代以後也可以寫成ん。相當於口語的う、よう。

なむ　（係助）（平安時代以後可寫成なん）接在各種語之下，強烈指示所接之語。

おわす【御座す】（自五・Ⅰ）是「ある、いる、ゆく、くる」等的敬語。

たてまつる【奉る】（補動五・Ⅰ）接動詞連用形下，表謙遜或恭敬。

たまう【賜う】（補動五・Ⅰ）接動詞連用形下，表示對長上動作的敬意＝お…になる、お…なさる、…あそばす。

注意讀法：

はひふへほ，如果在第一個假名之後，要依次要改念成：わいうえお。

第一　序編

一、竹取物語的寫作年代

「竹取物語」是那一年問世的？已經不可考了，大約完成於平安時代初期（平安時代：起自桓武天皇遷都平安，西元七九四年至一一九二年鎌倉幕府成立），故《源氏物語》（完成的年代約在西元一〇〇八年）的繪合之卷中說：「竹取物語爲日本小說之濫觴。」又，同書同卷中說：「巨勢相覽插圖、紀貫之抄寫。」

由上可知，《竹取物語》被日本推爲小說的鼻祖，而且早有繪卷問世，如果《源氏物語》的記述可靠的話，則紀貫之（平安前期之詩人，西曆八六八年？—九四五年？著作有《土佐日記》、《新撰和歌》等）曾經抄寫過《竹取物語》，簡言之，《竹取物語》遠在《源氏物語》之前，就已經風行日本了。

現在雖然已無法確定《竹取物語》是那一年完成的，不過可以根據下述各項作一個大概的推斷。

(一) 從內容上來推斷：

甲、神話：

《竹取物語》中記述竹取翁在竹筒中發現美麗可愛的小女孩，這和《古事記》、《風土記》、《萬葉集》等（以上各書完成於奈良時代—西曆七一〇年至七八四年）中所述與仙女邂逅的故事相似，日本的神仙思想大概是從中國傳過去的，中國在六朝金粉時代，以學仙術及希望長生不老爲中心的神仙小說非常盛行，有名的作品如：《神仙傳》（晉・葛洪著）、《列仙傳》（明・李攀龍蒐錄漢魏六朝有關神仙的傳說）等。初唐時，張文成所寫的《遊仙窟》中，述及與仙女邂逅的故事，亦可納入本系統內。《萬葉集》卷十六中記述竹取翁與九位仙女幽會的故事，及大伴旅人《遊松浦河序》等，都是以古代傳說之人、仙戀愛故事爲題材。和仙女幽會的故事、及希望長生不老的思想在日本奈良時代頗爲盛行，《竹取物語》就是反射此一時代思潮的小說。

乙、故事中所出現的人名，如稱呼：石作皇子、車持皇子及大伴御行等，奈良時代

（西元七一〇—七八四年）有叫上述名字的人，很可能就是影射他們的作品。

而平安時代似乎沒有叫上述名字的人存在。

（二）從文章上來推斷：

甲、文句簡短純樸，缺乏像《源氏物語》的優美流麗之感，可能是假名文的初期作品，時間大概在延喜（平安前期，醍醐天皇的年號）前後。

乙、在和歌的修辭上多用「緣語」、「雙關語」。因此該書可能完成於六歌仙時代（清和天皇貞觀時代—西元八五九年至八七六年）至《後撰集》（天曆時代—西元九四七年至九五六年）時代之間。

丙、文中多用「曰」，這是中國古文的筆法（例如，子曰：「學而時習之，不亦說乎?」中的子「曰」），由此可證明，該書是古代假名文發達的初期作品。

丁、故事中出現「頭藏人」、「六衛司」的官職名，這些官職設於弘仁年間（西元八一〇年—七八二三年），因此《竹取物語》可能是弘仁以後的作品。

綜合前述各項，不難可大概推斷出《竹取物語》寫作的年代：以內容來說，接近奈良時代，若以文章修辭來看，卻承接平安前期（弘仁—貞觀—延喜三朝）的流風餘韻，這是無法否定的。

結論是：《竹取物語》大約和《古今集》同一時間問世（《古今集》是《古今和歌集》的略稱，完成於醍醐天皇延喜五年，西元九〇六年）。

二、竹取物語的作者

四辻善成根據本書的內容來看，不是精通漢學、佛經及擅長和歌的人才能寫出，但眞正的作者已無法可考。

如前所述，《竹取物語》的作者已經無法可考，僅能從行文用辭及漢文的訓讀上來猜測，可能是出自男性的手筆。

三、竹取物語的故事內容及結構

竹取物語的故事內容大要如次：

從前，有一位老翁，以砍竹子、製竹器爲生。一天，在竹筒中發現一個可愛的小女孩，只有三寸高，便和妻子把這個小女孩當作親生的女兒來扶養。三個月左右，竟長得和年輕的姑娘一樣高大，因爲美如光輝，所以叫她「赫映姬」。

她的豔名不脛而走，男士們個個都希望能夠娶她爲妻。最爲她傾倒的，有五位貴公子，不分晝夜寒暑都來向她表露愛慕之意。她本來不想結婚，但是有扶育之恩的老翁在旁勸她結婚，她不便拒絕，只好勉勉強強地答應了。可是她要求那五個人分別去找一樣東西來送給她，誰能做到，便嫁給誰。

她要石作皇子送天竺佛的石缽、車持皇子送蓬萊玉枝、右大臣安倍御主人送中國火鼠皮裘、大納言大伴御行送龍首之五彩珠、中納言石上麿送燕之子安貝，這五位貴公子統統沒有找到她所指定的禮物，因此都沒能娶她爲妻。

最後，天皇請她進宮，她堅決婉拒。不久，八月十五日，乘月明之夜，回到天上去了。臨別時，她送了一包長生不老藥給天皇，天皇想，愛人已昇天了，生命還有什麼意義？便派人把藥和赫映姬的信拿到駿河的高山頂去焚燒掉，化成了今日在富士山口嫋嫋上昇的青煙。

竹取物語是如此帶有神秘及幻想色彩的古老故事，可以分成三個部分，以赫映姬將這三個部分貫穿聯合爲一。

這三個部分是：

（一）從老翁在竹中發現赫映姬，至三個月後，長大成人爲止，是神異怪誕之類的描寫。

（二）五位貴公子向赫映姬求婚，是日本古代男子爭妻的縮影。

（三）赫映姬婉拒皇帝的眷寵，返回月宮，這是昇天的故事。

上述三個部分本來是各個獨立的小故事，作者卻以赫映姬這位女性把它們聯結成爲一個故事。

如果分別來看這三個獨立的故事，像是童話，但是合起來當一個整體來看時，竟成了感人肺腑的愛情故事，因此公認《竹取物語》是《源氏物語》的先驅。

四、竹取物語在文學上的價值

如前所述，《竹取物語》被認爲是日本古代小說的鼻祖，其故事的部分要素已在奈良時代的《古事記》、《風土記》、《萬葉集》，以漢文表現出來了，神話（受中國文學的影響）盛行於奈良時代，《竹取物語》就是攝取了神話的精髓，落根於現實生活之中，而產生出過度性、正式的小說。文筆簡潔、渾厚、天然，富漢文訓讀的要素，是假名文的黎明期作品。沒有繁文富麗的描寫，對於人物及其個性，只能說是到達某種程度的說明而已。

赫映姬是本故事的女主角，是仙女，但是在她昇天之前，卻對竹取翁依依不捨，再看她和竹取翁惜別的場面，她爲了寫信給天皇，所以阻止天人催促她快啓程，而向他們說：「請別說不通人情的話！」因此，與其說赫映姬是仙女，不如說是感情豐富的凡界女人。

五位追求赫映姬的貴公子，都賦予各人不同的性格：石作皇子是策略家，但是卻輕率，不拘小節。車持皇子做事計畫周詳，細心、注意小節，和石作皇子成明顯的對照。右大臣阿倍御主人是頭腦單純的好好先生、懦弱。大納言大伴御行爲人坦率、豪放、固執，完全是一派日本武人的性格。中納言石上麿做事不花腦筋，思慮不夠愼密。竹取翁是典型的庶民代表性長者，樸實、正直。

上述對人物性格的描寫，在奈良時代（西元七一〇年——七八四年）的說話中尚未發現，堪稱爲新時代的文學自覺，値得注目。

《竹取物語》的引人入勝處，有下列各項：

第一、故事的情節饒富趣味。

第二、故事的結構，首尾一氣呵成，絕無破綻。

第三、採用直接、具體、訴諸感情的描寫，所以讀之印象鮮明，容易感動。如用「草色之青」來形容臉色發青之青，用「可見寒毛孔」來形容月夜之光亮。

又，赫映姬將昇天之前的一段依依不捨之情，是採用漸深（漸漸達高潮）的筆法來描寫，也可稱之爲一大特色。

由於《竹取物語》是日本小說的開山作品，若和成熟期的小說相比，自然有不完全令人滿意的地方：描寫嫌粗疏概略，不夠細緻，內容缺乏現實性，又，雙關語的說明有點俏皮，且嫌牽強附會，若站在小說的立場上來看，不如取消雙關語的說明來得妥當。

以文學的價値來看，《竹取物語》兼有上述的優缺點。

若以歷史的價値看，它是日本古代傳說小說邁進平安時代的試金石，又是假名文的創始期作品，所以（日本人）讀起來，頗有親切之感。

第二　本編

（一）

今《いま》はもう昔《むかし》のことだが、竹取《たけとり》のじいさんとよばれる人《ひと》があった。野《の》や山《やま》に分《わ》け入《い》って、竹《たけ》を取《と》っては、いろいろな物《もの》を作《つく》るのに使用《しよう》した。その名《な》をさかきの造《みやつこ》といった。いつも取《と》る竹《たけ》の中《なか》に、根本《ねもと》の光《ひか》る竹《たけ》が一本《いっぽん》あった。不思議《ふしぎ》に思《おも》って、近《ちか》づいて見《み》ると、竹筒《たけづつ》の中《なか》が光《ひか》っていた。それを見《み》ると、三寸《さんずん》ほどの人《ひと》が、たいそう美《うつく》しい姿《すがた》でいた。じいさんがいうには、「わたしが毎朝毎晩《まいあさまいばん》見《み》ている竹《たけ》の中《なか》においでになるのでわかった。わたしの子《こ》におなりになるべきかたでしょう。」といって、手《て》の中《なか》に入《い》れて家《いえ》へ持《も》ち帰《かえ》った。妻《つま》のばあさんにあずけて、育《そだ》てさせることにした。その美《うつく》しいことはこのうえもない。たいそう幼《おさな》いので、かごに入《い》れて育《そだ》てる。

中譯

從前，有位被稱爲「竹取翁」的人。到田野、山上去砍伐竹子，用來做各種竹器。他的名字叫「讚岐造（麿）」。在他經常去砍伐竹子的竹林中有一根竹子根部發亮的竹子。覺得奇怪，便走近一瞧，竹筒中發光。再看它，竟有一位高約三寸的很美麗的小女孩在裏面。這位老翁說：「我每天早晚都看到她在裏面的這根竹子，她應該是我的孩子吧！」說看，便把她握入掌中帶回家去了。交給妻子——老婆婆養育。沒有比她更美的東西。因爲太年幼，便放進竹籃中養育。

注釋

❶ **わけいる**　〔分け入る〕（自五・Ⅰ）到、進入。

❷ **さかきのみやつこ**　〔讚岐造〕本故事中，重要的主人翁之一，姓「讚岐」；「造」是名字的略稱，以下稱：「造麿」。

❸ **ほど**　〔程〕（修助、名）接於數詞之下，表示左右，上下。

❹ **あずける**　〔預ける〕（他下一・Ⅱ）委託（扶養）。

❺ **たいそう**　〔大層〕（副、形動）太、非常、很。

❻かご

〔籠〕（名）竹籃、筐。

〔一〕今《いま》は昔《むかし》、竹取《たけとり》の翁《おきな》といふ者《もの》ありけり。野山《のやま》にまじりて、竹《たけ》を取《と》りつつ、よろづの事《こと》につかひけり。名《な》をばさかきの造《みやつこ》となむいひける。その竹《たけ》の中《なか》に、本光《もとひか》る竹《たけ》なむ一筋《ひとすぢ》ありけり。あやしがりて寄《よ》りて見《み》るに、筒《つつ》の中光《なかひか》りたり。それを見《み》れば、三寸《さんずん》ばかりなる人《ひと》、いと美《うつく》しうて居《ゐ》たり。翁《おきな》いふやう「われあさごとゆふごとに見《み》る竹《たけ》の中《なか》におはするにて知《し》りぬ。子《こ》になり給《たま》ふべき人《ひと》なめり。」とて、手《て》にうち入《い》れて家《いえ》へ持《も》ちて来《き》ぬ。妻《め》の嫗《おうな》にあづけて養《やしな》はす。美《うつく》しきこと限《かぎ》りなし。いと幼《をさな》ければ籠《こ》に入《い》れて養《やしな》ふ。〔一ノ一〕

要　旨

この物語《ものがたり》の書《か》き出《だ》しで、竹取《たけとり》の翁《おきな》が、常《つね》に取《と》って生業《せいぎょう》としている竹《たけ》の中《なか》から、美《うつく》しい姫《ひめ》を見《み》つけたことが書《か》かれている。

語釈

◇**今《いま》は昔《むかし》**　今《いま》はもう昔《むかし》のことだがの意《い》。昔話《むかしばなし》をするときの初《はじ》めのきまり文句《もんく》である。

◇**竹取《たけとり》の翁《おきな》といふ者《もの》ありけり**　竹取《たけとり》のじいさんといわれる人《ひと》があった。「いふ」は他人《たにん》がいうので、いわゆる呼《よ》び名《な》である。ほんとうの名《な》はあとに出《で》ている。「けり」は過去《かこ》を回想《かいそう》する意《い》の助動詞《じょどうし》で、「ありき」が「あった」という事実《じじつ》を表《あらわ》すのに対《たい》して「ありけり」は「あったとさ」「あったということだ」というように、過去《かこ》を現在《げんざい》に回想《かいそう》し、感動《かんどう》している気持《きも》ちを表《あらわ》す。

◇**野山《のやま》にまじりて**　野山《のやま》に分《わ》け入《い》って。

◇**よろずの事《こと》につかひけり**　いろいろの物《もの》を作《つく》るのに使《つか》った。くしや小刀《こがたな》や竹玉《たけだま》などもできるが、おもにかごを作《つく》って商売《しょうばい》にしたのであろう。

◇**さかきの造《みやつこ》**　「さかき」は「さぬき」とある本《もと》もある。『新選姓氏録《しんせんしょうじろく》』にも讃岐公《さぬきおおやけ》・讃岐直《さぬきなお》などの名《な》がみえている。「みやつこ」は「御奴《みやつこ》」「宮《みや》つ子《こ》」「御臣《みやつこ》」の意《い》で、朝廷《ちょうてい》に仕《つか》える官人《かんにん》であるが、ここでは人名《じんめい》として用《もち》いられている。

◇**本光《もとひか》る竹《たけ》**　根元《ねもと》の光《ひか》る竹《たけ》。

◇**一筋《ひとすぢ》**　一本《いっぽん》。竹《たけ》を数《かぞ》えるのに一筋二筋《ひとすぢふたすぢ》という。

◇**あやしがりて**　不思議《ふしぎ》に思《おも》って。

◇**筒《つつ》**　竹《たけ》の節《ふし》と節《ふし》との間《ま》の中空《ちゅうくう》のところ。

◇**おはするにて**　おいでになるのによって。「おはする」は、サ行下二段《ぎょうしもにだん》の敬語動詞《けいごどうし》「おはす」の連体形《れんたいけい》。

◇**子《こ》になり給《たま》ふべき人《ひと》なめり**　わたしの子《こ》におなりになるべきかたでしょう。「子《こ》」に「籠《こ》」をかけていったしゃれである。「なめり」は「なるめり」のつづまったもので、「……であるようだ」の意《い》。「なるめり↓なんめり↓なめり」となったもので、「めり」は断定《だんてい》するのをさけて、もの柔《やわ》らかにいうのに用《もち》いる推量《すいりょう》の助動詞《じょどうし》。

◇**妻《め》の嫗《おうな》**　「め」は妻《つま》、「おうな」は「おきな」に対《たい》する語《ご》で、老女《ろうじょ》のこと。若《わ》い女《おんな》なら「をうな」である。

◇**籠《こ》**　「こ」は「かご」のこと、竹《たけ》で編《あ》んだかご。『万葉集《まんようしゅう》』巻一《かんいち》にも有名《ゆうめい》な「籠《こ》もよ、み籠持《こも》ち」の歌《うた》がある。

（二）

竹取《たけとり》のじいさんは、竹《たけ》を取《と》るのに、この子《こ》を見《み》つけてからは、竹《たけ》を取《と》るのに、節《ふし》を隔《へだ》てて、どの節《ふし》の間《ま》にも、すべて金《こがね》のはいっている竹《たけ》を見《み》つけることがたびたび重《かさ》なった。このようにして、じいさんはしだいに金持《かねも》ちになっていった。この子《こ》は育《そだ》てているうちに、ぐんぐん大《おお》きくなっていった。三《み》か月《つき》ほどたつうちに、ちょうどよい程度《ていど》の人《ひ》になったので、髪上《かみあ》げの祝《いわ》いなどをあれこれと手配《てはい》して髪《かみ》を挙《あ》げさせ、裳《も》を着《き》せた。帳《ちょう》の中《なか》から外《そと》へも出《いた》さないで、たいせつにして育《そだ》てた。この子《こ》の形《かたち》の目《め》だって美《うつく》しいことは、世間《せけん》にまたとなく、家《や》の中《な》は暗《くら》い所《ところ》もなく、光《ひか》り輝《かがや》いていた。じいさんは気分《きぶん》が悪《わる》く苦《くる》しいときでも、この子《こ》を見《み》ると苦《くる》しいこともやんだ。腹《はら》のたつことも安《やす》らかにおさまった。

中譯

竹取翁砍伐竹子竟發現這個小孩，之後，再劈開竹子，竹中有節隔開，每一節之間的中空處都裝滿了金子，不斷遇到全是金子在裏面的竹子。因此竹取翁很快便成了有錢的人。小孩子在呵護之下，迅速地長大，大約過了三個月，剛好長成成人的模樣，因此要忙這忙那地來爲她籌備慶祝成人的束髮式，束髮及穿上成人的衣服。愛護備至，連羅幃都沒走出一步。她的姿色之美，世間恐怕找不出第二人，家中充滿了光輝，沒有黑暗的地方。竹取翁的心情不好的時候，只要一看見她，痛苦的事情就煙消雲散了。生氣時一看見她，也會心平氣和。

注釋

❶とる〔取る〕（他五・I）砍伐、採伐。

❷のに（接助）（接在用言的終止形或體言之下，表示前後兩件事不相應，或後者不含邏輯）竟、却。

❸すべて（副）全部。

❹しだいに〔次第に〕（副）很快、馬上、立刻。

❺かねもち　〔金持ち〕（名）有錢的人、富人。

❻ぐんぐん　（副）形容長得很快的樣子。

❼ちょうど　〔丁度〕（副）恰好、剛好、到……

❽かみあげ　〔髪上げ〕（名）（女子成年時的）束髪（儀式）。

❾あれこれ　（名・副）這個那個、種種事情。

❿てはい　〔手配〕（名、他自サ・Ⅲ）籌備、安排。

⓫たいせつ　〔大切〕（形動ダ）愛惜、珍惜。

⓬きぶん　〔気分〕（名）心情、情緒。

⓭はらのたつ　〔腹の立つ〕（自五・Ⅰ）生氣。

〔三〕竹取《たけとり》の翁《おきな》、竹《たけ》を取《と》るに、この子《こ》を見《み》つけて後《のち》に、竹《たけ》を取《と》るに、節《ふし》を隔《へだ》て て、よごとに、金《こがね》ある竹《たけ》を見《み》つくること重《かさ》なりぬ。かくて翁《おきな》、やうやう豊《ゆた》かに なり行《ゆ》く。この児養《ちごやしな》ふほどに、すくすくと大《おお》きになりまさる。三月《みつき》ばかりにな るほどに、よきほどなる人《ひ》になりぬれば、髪上《かみあ》げなどさうして、髪上《かみあ》げさせ、 裳着《もき》す。帳《ちゃう》の内《うち》よりも出《いだ》さず、いつき養《やしな》ふ。この児《ちご》のかたちのけそうなること 世《よ》になく、家《や》の内《うち》は暗《くら》き処《ところ》なく光満《ひかりみ》ちたり。翁心地《おきなここち》あしく苦《くる》しき時《とき》も、この子《こ》 を見《み》れば、苦《くる》しきことも止《と》みぬ。腹立《はらだ》たしきことも慰《なぐさ》みけり。〔一ノ三〕

要旨

姫《ひめ》を手《て》に入《い》れてから、竹取《たけとり》の翁《おきな》は金持《かねも》ちになり、姫《ひめ》もぐんぐん成長《せいちょう》して美《うつく》しくなる。家《や》の中《なか》は光《ひかり》にみち、翁《おきな》はいかに心地《ここち》あしく苦《くる》しいときでも、姫《ひめ》を見《み》ればすっかり苦《くる》しさが消《き》えてしまうというのである。

語　釈

◇**よごとに**　「よ」は節《ふし》と節《ふし》との間《ま》の中空《ちゅうくう》の部分《ぶぶん》である。それぞれの「よ」に。

◇**かくて**　このようにして。

◇**児**《ちご》　乳児《ちご》の意《い》であるが、乳《ちち》を飲《の》まなくても十歳《じゅうさい》くらいまでは「ちご」という。幼児《ようじ》。

◇**大**《おお》**きになりまさる**　大《おお》きく成長《せいちょう》していく。

◇**よきほどなる人**《ひ》　世間並《せけんな》みの人《ひ》、よい程度《ていど》の人《ひ》で、ほどよい、ふつうの意《い》。

◇**上**《あ》**げなどさうして**　幼児《ようじ》の時《とき》垂《た》れていた髪《かみ》を結《ゆ》い上《あ》げて、一人前《ひとりまえ》の女《おんな》となるのが髪上《かみあ》げである。垂《た》れているのを「うなゐはなり」といい、肩《かた》で二《ふた》つに分《わ》ければ「振分髪《ふりわけがみ》」という。前者《ぜんしゃ》は『万葉集《まんようしゅう》』にもみえ、後者《こうしゃ》は『伊勢物語《いせものがたり》』に出《で》てくる。髪上《かみあ》げは女子《じょし》の成人《せいじん》の儀式《ぎしき》で、十二《じゅうに》、三歳《さんさい》のころにするのがふつう。「さうして」は「左右《さゆう》して」で、あれこれと手配《てはい》して。

◇**裳着**《もき》**す**　姫《ひめ》に裳《も》を着《き》せる。裳《も》は古《ふる》くから女子《じょし》の腰《こし》から下《した》にまとう衣《ころも》であったが、平安時代《へいあんじだい》のころには女子《じょし》の正装《せいそう》に用《もち》いた。女子《じょし》が十三《じゅうさん》、四歳《よんさい》になると、これをつける祝《いわ》いの儀式《ぎしき》をする。

◇**帳**《ちゃう》　御帳《みちゃう》ともいう。帳台《ちょうだい》に垂《た》れるとばりであるけれども、御帳台《みちょうだい》のことをいうのである。几帳《きちょう》ではない。

◇いつき養《やしな》ぐ　「いつく」は身《み》をきよめて神《かみ》を祭《まつ》ることで、ここではたいせつに守《まも》り養《やしな》う意《い》。

◇けそうなること　「顕証《けそう》」で、きわだって目《め》につくこと。目《め》だって美《うつく》しいこと。

◇世《よ》になく　世間《せけん》にまたとなく。

◇腹立《はらだ》たしきことも　腹《はら》のたつようなことなども。形容詞《けいようし》「腹《はら》だたし」の連体形《れんたいけい》。

（三）

じいさんは、金《こがね》のはいっている竹《たけ》を取《と》ることが、長《なが》く続《つづ》いた。それで威勢《いせい》のよい金持《かねも》ちになってしまった。この子《こ》もたいそう大《おお》きくなったものであるので、名《な》まえを、三室戸《みむろど》の斎部《いんべ》の秋田《あきた》を呼《よ》んでつけさせる。秋田《あきた》は、なよ竹《たけ》のかぐや姫《ひめ》とつけた。その前後《ぜんご》三日間《みかま》、宴会《えんかい》をして楽《たの》をかなでる。ありとあらゆる音楽《おんがく》をして遊《あそ》んだ。男《おとこ》はだれかれの区別《くべつ》なく呼《よ》び集《あつ》めて、たいそう盛大《せいだい》に遊《あそ》んだ。

中譯

竹取翁由於長時期地砍取有金子的竹子。因此成了有財勢的富翁。這個孩子已經長大了，便叫三室戶齋部的秋田來替小孩子命名。秋田給她起了一個名字叫「弱竹赫夜姬」。在命名的前後，舉行了連續三天的宴會，宴會時且奏音樂。聆聽所有的音樂。只要是男子不論是誰一律邀請，堪稱是非常盛大的遊樂集會。

注釋

❶ **しまう** 〔仕舞う〕（補動五・Ⅰ）（用……てしまう……でしまう的形式表示）完了、已經。

❷ **なまえ** 〔名前〕（名）姓名、名字。

❸ **なよたけ** 〔弱竹〕（名）細竹、嫩竹（此處當作女主人翁的姓用）。

❹ **かぐやひめ** 〔赫夜姬〕本故事中女主人翁的名字。也可寫成「赫映姬」。「かぐ」、「光耀燦爛」的意思，「や」是「的」的意思。「ひめ」是女子的美稱。貴族的小姐也稱「ひめ」。

❺ **ありとあらゆる**　〔連語〕所有的，一切的。

❻ **だれかれ**　〔誰彼〕誰和誰、某人和某人、誰。

〔三〕 翁《おきな》、竹《たけ》をとること久《ひさ》しくなりぬ。勢猛《いきほひまう》の者《もの》になりにけり。この子《こ》いと大《おお》きになりぬれば、名《な》を三室戸斎部《みむろとのいんべ》の秋田《あきた》を呼《よ》びてつけさす。秋田《あきた》、なよ竹《たけ》のかぐや姫《ひめ》とつけつ。このほど三日《みか》、うちあげ遊《あそ》ぶ。よろづの遊《あそび》をぞしける。男《おとこ》はうちきらはず呼《よ》び集《つど》へて、いとかしこく遊《あそ》ぶ。**〔一ノ三〕**

要旨

姫《ひめ》の名《な》づけの祝《いわ》いをしたことが書《か》かれてある。翁《おきな》も金持《かねも》ちになり、この子《こ》も大《おお》きくなったので、斎部《いんべ》の秋田《あきた》をよんで名《な》をつけてもらい、三日間《みかま》も盛大《せいだい》にお祝《いわ》いをしたというのである。

語　釈

◇**勢猛《いきほひまう》の者《もの》**　金持《かねも》ちとなったので、威勢《いせい》よく、はぶるのきく者《もの》になったのである。勢力《せいりょく》の盛《さか》んな者《もの》。

◇**三室戸斎部《みむろといんべ》の秋田《あきた》**　「三室戸《みむろと》」は地名《ちめい》。京都府《きょうとふ》の宇治《うじ》の近《ちか》くにある。「いんべ」は「いみべ」の音便《おんびん》で祭祀《さいし》をつかさどる部族《ぶぞく》。「秋田《あきた》」は名《な》である。

◇**なよ竹《たけ》のかぐや姫《ひめ》**　なよなよと撓《たわ》みしなう竹《たけ》のように柔《やわ》らかで、光《ひか》り輝《かがや》く姫《ひめ》の意《い》。「かぐ」は「かがやく」「かがよふ」の「かが」と同《おな》じことばで、「や」はその連体形《れんたいけい》につく助詞《じょし》で、感《かん》動《どう》の意《い》をそえるもの。「ひめ」は貴女《きじょ》をほめていうことば。

◇**うちあげ遊《あそ》ぶ**　「うちあげ」は声《こえ》をはりあげて歌《うた》うことで、宴《うたげ》の語源《ごげん》といわれる。「遊《あそ》ぶ」は音楽《おんがく》をして楽《たの》しむこと、歌舞音曲《かぶおんぎょく》をして楽《たの》しむ。

◇**うちきらはず**　「うち」は意《い》を強《つよ》める接頭語《せっとうご》、だれかれの区別《くべつ》なく。

◇**かしこく遊《あそ》ぶ**　盛大《せいだい》に遊《あそ》んだ、「かしこく」は、はなはだしく。

（四）

世《よ》の中《なか》の男《おとこ》たちは、身分《みぶん》の高《たか》いものも低《ひく》いものも、どうかにして、このかぐや姫《ひめ》を手《て》に入《い》れたいものだ、見《み》たいものだと、評判《ひょうばん》に聞《き》いて恋《こ》い慕《した》い迷《まよ》った。そのあたりの垣《かき》や家《いえ》の外《そと》にいる人《ひと》でも、たやすくは見《み》られまいのに、夜《よ》は安《やす》らかに眠《ねむ》りもせず、やみの夜《よ》に出《で》ても穴《あな》をあけ、のぞき見《み》をして迷《まよ》い合《あ》っている。そのようなときから、求婚《きゅうこん》のことを「よばひ」といったのだ。人《ひと》がいこうともしない所《ところ》に迷《まよ》い歩《ある》いているが、何《なに》のかいがあろうとも思《おも》われない。せめては、家《いえ》の人《ひと》たちにことばだけでもかけようと思《おも》って言《い》いかけても、取《と》り合《あ》ってもくれない。近《ちか》くを離《はな》れない貴公子《きこうし》たちは、夜《よ》を明《あ》かし日《ひ》を暮《く》らす者《もの》が多《おお》かった。たいして思《おも》わない人《ひと》は、役《やく》にもたたない歩行《ありき》はむだだったといって、来《こ》なくなってしまった。

中譯

天下的男人，不分貴賤都想得到赫夜姬，想看她、僅憑聽說，都爲她顚倒癡迷。住在附近的人頗不容易見到她吧！因此，夜晚無法平靜入睡，黑夜起來鑿壁洞著迷地偷看。以後，把求婚戲稱之爲「夜晚進去」。到別人不想去的地方逛蕩，不會有什麼收穫吧！連希望和她家裏的人搭訕都不可能。貴公子們整日整夜守在附近不離去的人很多。有些對赫夜姬的癡迷程度不夠深的人，覺得待在那兒無益，以後便不再來了。

注釋

❶たち　〔達〕（接後）（表示複數）們、等。

❷たい　〔度い〕（助動、形型）（接於動詞的連用之下；表示希望的助動詞）想、打算、願意。

❸まい　（助動、特殊型）（一）（表示否定的推測）大概不、也許不……（二）（表示否定的商量）不……吧！（三）（表示否定的決心）不……不打算。

❹から　（格助）自……以後，以來；（接助）因爲……所以。

❺よばひ　原來是「呼ぼふ」的連用形，是說，多情男子夜晚在女子的閨房外呼喚，故有求婚之意，但是漢字「夜這」（夜晚進去）的讀音亦爲よばひ（ひ念成い），有雙關及詼諧的意思。

❻だけ　〔丈〕（修助）（一般作副詞用）表示僅限於某種範圍、程度。

❼でも　（修助）（舉出極端的例子，表示其他也會一樣）就連……也（不能）。

❽いいかける　〔言い掛ける〕（他下一・Ⅱ）搭訕、打招呼，開始向……說話。

〔四〕世界《せかい》の男《をのこ》、貴《あて》なるも賤《いや》しきも、いかで、このかぐや姫《ひめ》を得《え》てしがな、見《み》てしがなと、音《おん》に聞《き》きめでて惑《まど》ふ。そのあたりの垣《かき》にも家《いへ》の外《と》にも居《を》る人《ひと》だに、たはやすく見《み》るまじきものを、夜《よる》は安《やす》きいも寝《ね》ず、闇《やみ》の夜《よ》に出《い》でても穴《あな》をくじり、此処彼処《ここかしこ》より覗《のぞ》きかいま見《み》まどひあへり。さる時《とき》よりなむ夜這《よばひ》とはいひける。人《ひと》の物《もの》ともせぬ処《ところ》に惑《まど》ひありけども、何《なん》の効《しるし》あるべくも見《み》えず。家《いへ》の人《ひと》どもに物《もの》をだに言《い》はむとて、いひ懸《か》くれども、言《こと》ともせず。あたりを離《はな》れぬ公達《きんだち》、夜《よ》を明《あか》し日《ひ》を暮《く》らす、人多《ひとおお》かり。おろかなる人は、やうなき歩行《ありき》はよしなかりけりとて、來《こ》ずなりにけり。〔三ノ一〕

要旨

かぐや姫《ひめ》の美《うつく》しさにひかれて、多《おお》くの男《おとこ》たちが言《い》い寄《よ》ろうとするのを述《の》べた。評判高《ひょうばんたか》いかぐや姫《ひめ》を見《み》ようとして、その家《いえ》のまわりに集《あつ》まり、かいま見《み》るが、どうにもならない。家《いえ》の人《ひと》に言《い》いかけようとしてもだめで、熱心《ねっしん》な公達《きんだち》の中《なか》には、夜《よ》を明《あ》かし日《ひ》を暮《く》らして、あたりを離《はな》れぬ者《もの》も多《おお》かったというのである。

語　釈

◇**世界《せかい》の男《おとこ》**　世界《せかい》はあらゆるところの意《い》で、世《よ》の中《なか》のあらゆる男《おとこ》。

◇**貴《あて》なるも賤《いや》しきも**　「あて」は高貴《こうき》の意《い》、身分《みぶん》の高《たか》い者《もの》も低《ひく》い者《もの》も。

◇**いかで**　どうかして、なんとかして。

◇**得《え》てしがな**　得《え》たいものだ、手《て》に入《い》れたいなあ。「て」は完了《かんりょう》の助動詞《じょどうし》「つ」の連用形《れんようけい》、「し」は過去《かこ》の助動詞《じょどうし》「き」の連体形《れんたいけい》、「がな」は希望《きぼう》を表《あら》わす助詞《じょし》、「てし」は強勢《きょうせい》を表《あら》わすので、ここでは時《とき》の観念《かんねん》はうすれている。

◇**音《おん》に聞《き》き**　評判《ひょうばん》を聞《き》いて、人《ひと》の話《はなし》を聞《き》いて。

◇**めでて惑《まど》ふ**　「めで」は「愛《め》で」でほめる、愛《あい》するの意《い》。恋《こ》い慕《した》って心《こころ》を迷《まど》わせる。

◇**たはやすく**　たやすく。

◇**寝《い》もねず**　ねることもねないで。

◇**くじり**　えぐり。

◇**かいま見《み》**　「垣間見《かいまみ》」で、垣《かき》の外《そと》からのぞき見《み》る意《い》。

◇**さる時《とき》よりなむ**　「さる」は「然《しか》ある」、しかるときより、そのときより。「なむ」は係《かか》りの助詞《じょし》。

◇**よばひ**　「呼《よ》ばふ」の連用形《れんようけい》が名詞《めいし》となったもの。男《おとこ》が家《いえ》の外《そと》から女《おんな》を呼《よ》ぶことから求婚《きゅうこん》の意《い》を表《あら》わす。ここではやみ夜《よ》に行《い》くので「夜這《よば》ひ」の意《い》にとってしゃれたのである。

◇**人《ひと》の物《もの》ともせぬ処《ところ》**　人《ひと》のゆきそうもない所《ところ》、家《いへ》の裏手《うらて》など。

◇**効《しるし》**　ききめ、かい。

◇**言《こと》ともせず**　取《と》り合《あ》わない。

◇**公達《きんだち》**　貴人《きじん》の子息《しそく》、貴公子《きこうし》たち。

◇**おろかなる人《ひと》**　おろそかな人《ひと》、あまり深《ふか》くも姫《ひめ》を思《おも》わない人《ひと》。

◇**やうなき歩行《ありき》**　「やう」は「益《ます》」。つまらない、かいのない歩行《ありき》。

◇**よしなかりけり**　理由《りゆう》がないことだ、むだだった。

（五）

その中《なか》でもなお言《い》い寄《よ》ったのは、女好《おんなず》きといわれる者《もの》だけ五人《ごにん》で、この五人《ごにん》は思《おも》いあきらめるときもなく、夜《よる》も昼《ひる》も来《き》たのであった。その名《な》まえは、石作《いしつくら》の皇《み》子《こ》・車持《くらもち》の皇子《みこ》・右大臣《うだいじん》の阿倍《あべ》の御主人《みうし》・大納言《だいなごん》の大伴《おおとも》の御行《みゆき》・中納言《ちゅうなごん》の石上《いしかみ》のまろたり、以上《いじょう》の人々《ひとびと》であった。この人々《ひとびと》は世間《せけん》に珍《めずら》しくない程度《ていど》の女《おんな》でさえ、少《すこ》しでも器量《きりょう》がよいと聞《き》くと、すぐ見《み》たがる人《ひと》たちであったので、まして、かぐや姫《ひめ》が見《み》たくて、物《もの》も食《く》わずに思《おも》い思《おも》いして、その家《いえ》に行《い》って、うろつき歩《ある》いたけれども、そのききめがあるはずもない。手紙《てがみ》を書《か》いてやっても返事《へんじ》もしない。思《おも》いなやむ歌《うた》などを書《か》いてよこすけれども、そのききめがないと思《おも》うが、十一月《しもつき》十二月《しはす》の雪《ゆき》などが降《ふ》り、氷《こおり》のはる寒《さむ》いときにも、六月《みなつき》の、日《ひ》が照《て》りつけ雷《かみなり》が鳴《な》りはためくのにも、さまたげられずに通《とお》って来《き》たのであった。この人々《ひとびと》は、時《とき》には竹取《たけとり》のじいさんを呼《よ》び出《だ》して、「娘《むすめ》さんをわたしにください。」と伏《ふ》し拝《おが》んだり、手《て》をもみ合《あ》わせてりしておっしゃるけれど、じいさんは「わたくしの産《う》んだ子《こ》ではないから、思《おも》うとおりにはできません。」といって、月日《つきひ》を過《す》ごしている。こんなふうであるから、この人々《ひとびと》は家《いえ》に帰《かえ》って途方《とほう》にくれ、神《かみ》や仏《ほとけ》にお祈《いの》りをしたり、願《がん》をかけたりした。どうしても思《おも》い切《き》れそうもなかった。いくらそんなことをいっても、しまいには結婚《けっこん》させないことはあるまいと思《おも》って、期待《きたい》をよせている。そうした、自分《じぶん》の熱意《ねつい》のほどを見《み》られようとして歩《ある》いている。

中　譯

最後只剩下五位愛好女色的男士，依舊向她求愛，這五位男士沒有灰心過，不分晝夜地來。他們的名字是：石作皇子、車持皇子、右大臣阿倍御主人、大納言大伴御行、中納言石上麿。此等人，不必是世間尤物，只要聽說是容貌美的女人，就立刻想瞧瞧，因此很想看看赫夜姬，不思茶飯在想念她，便到她家去，徘徊逗留，但是沒有結果。寫情書給她，也沒有回音。遞上情詩，依舊沒有打動芳心，到了十一、二月，下雪，像冰一樣冷的春寒料峭時，及在六月天，烈日當空、或打雷時，照舊來。他們時常叫出竹取翁，搓着手，伏身下拜，向竹取翁請求道：「把令嫒許配給我吧！」但是竹取翁婉拒道：「她不是我生的孩子，因此不能照着我的意思做。」如此遷延時日。這樣一來，大家沒有辦法可想，只好回家，向神佛祈禱、許願。怎麼樣也沒法死心。不管怎麼說，仍然期待着，盼能和她結婚。如此想使她看出自己對她的一片熱情，獨自在徘徊納悶。

注譯

❶ いいよる　〔言寄る〕（自五・Ⅰ）向女人求愛、追求女人。

❷ さえ　（修助）連。

❸ きりょう　〔器量〕（一）容貌、姿色；（二）才能、才幹。

❹ うろつく　〔彷徨く〕（自五・Ⅰ）徘徊。

❺ おもいなやむ　〔思い悩む〕（自五・Ⅰ）煩惱、焦慮、憂思。

❻ よこす　〔寄越す、遺す〕（他五・Ⅰ）寄來、送來、交給、遞給。

❼ はためく　（自五・Ⅱ）隨風飄揚。

❽ さまだげる　〔妨げる〕（他下一・Ⅱ）妨礙、阻礙、阻撓。

❾ とほう　〔途方〕（名）手段、方法、辦法、修理、道理。

❿ 途方に暮《く》れる　想盡了辦法，沒有辦法（日暮途窮）。

⓫ 願《がん》をかける　許願、求神。

⓬ 願《がん》がかなう　如願以償。

⓭ ねつい　〔熱意〕（名）熱情。

〔五〕その中《なか》に猶《なほ》いひけるは、色好《いろごの》みといはるるかぎり五人《ごにん》、思《おも》ひやむ時《とき》なく、夜昼来《よるひるき》けり。その名《な》一人《ひとり》は石作《いしづくり》の皇子《みこ》、一人《ひとり》は車持《くらもち》の皇子《みこ》、一人《ひとり》は右大臣《うだいじん》阿倍《あべ》の御主人《みうし》、一人《ひとり》は大納言大伴《だいなごんおほとも》の御行《みゆき》、一人《ひとり》は中納言石上《ちうなごんいそのかみ》の麿《まろ》たり、唯《た》だこの人人《ひとびと》なりけり。世《よ》の中《なか》に多《おほ》かる人《ひと》をだに、少《すこ》しもかたちよしと聞《き》きては、見《み》まほしうする人《ひと》どもなりければ、かぐや姫《ひめ》を見《み》まほしうして、物《もの》も食《く》はず思《おも》ひつつ、かの家《いへ》に行《ゆ》きて、たたずみありきけれど、かひあるべくもあらず。文《ふみ》を書《か》きてやれども返事《へんじ》もせず。わび歌《うた》など書《か》きておこすれども、かひなしと思《おも》へど、十一月《しもつき》十二月《しはす》の降《ふ》り凍《こほ》り、六月《みなつき》の照《て》りはたたくにもさはらず來《き》けり。この人人《ひとびと》、ある時《とき》は竹取《たけとり》を呼《よ》び出《い》でて、「むすめを我《わ》に賜《た》べ」と伏《ふ》し拝《をが》み、手《て》をすり宣給《のたま》へど、「おのがなさぬ子《こ》なれば、心《こころ》にも従《したが》はずなんある」といひて、月《つき》日《ひ》を過《す》ぐす。かかれば、この人人《ひとびと》、家《いへ》に帰《かへ》りて物《もの》を思《おも》ひ、祈《いのり》をし、願《ぐわん》を立《た》て、思《おも》ひ止《や》めんとすれども、やむべくもあらず。さりとも、遂《つゐ》に男《おとこ》合《あ》はせざらむやは

と思《おも》ひて、頼《たの》みをかけたり。あながちに志《こころざし》を見《み》えありく。（三ノ二）

要旨

五人《ごにん》の貴公子《きこうし》の熱心《ねっしん》な求婚《きゅうこん》について述《の》べている。世《よ》の色好《いろごの》みといわれた五人《ごにん》の貴公子《きこうし》が、物《もの》も食《く》わずにうろつき回《まわ》っても、そのかいなく、手紙《てがみ》を書《か》いてやっても返事《へんじ》もしない。寒暑《かんしょ》をいとわず通《とお》いつづけ、神仏《しんぶつ》に祈願《きがん》しても思《おも》いをとげようとして、ひたむきに志《こころざ》すというのである。

語釈

◇**猶《なほ》いひけるは**　まだ言《い》い寄《よ》ったのは。

◇**色好《いろごの》み**　好色漢《こうしょくかん》、女色《じょしょく》を好《この》む者《もの》。

◇**石作《いしづくり》の皇子《みこ》・車持《くらもち》の皇子《みこ》・右大臣《うだいじん》の阿倍《あべ》の御主人《みうし》・大納言大伴《だいなごんおほとも》の御行《みゆき》・中納言石上《ちうなごんいそかみ》のまろたり**

これら五人《ごにん》のうち石作《いしづくり》の皇子《みこ》・車持《くらもち》の皇子《みこ》は、実在《じつざい》の人《ひと》ではない。大伴《おほとも》の御行《みゆき》だけが、持統《じとう》天皇時代《てんのうじだい》の人《ひと》として国史《こくし》に見《み》える。阿倍《あべ》のみむらじは阿倍《あべ》の御主人《みうし》かともいわれており、石上《いそかみ》のまろたりも、石上麿《いそかみまろ》かともみられている。だとすれば、このふたりも大伴《おほとも》の御行《みゆき》と同時代《どうじだい》の人《ひと》である。いずれにしても、これらの人《ひと》は奈良時代《ならじだい》の人々《ひとびと》らしいにおいをもって、物語《ものがたり》に登場《とうじょう》している。

◇**世《よ》の中《なか》に多《おお》かる人《ひと》をだに**　世間《せけん》にありふれた人《ひと》に対《たお》してさえも。

◇**見《み》まほしうする**　見《み》たがる。上一段《かみいちだん》の動詞《どうし》「見《み》る」の未然形《みぜんけい》に希望《きぼう》の助動詞《じょどうし》「まほし」がつき、その連用形《れんようけい》の「まほしく」の音便《おんびん》の形《けい》に、サ変《へん》の動詞《どうし》「す」の複合《ふくごう》したもの。

◇**たたずみありきけれど**　立《た》ちどまったり歩《ある》いたりするけれども。「ありく」は歩《ある》くの古語《こご》で五段活用《だんかつよう》。

◇**かひあるべくもあらず**　効果《こうか》がありそうもない。

◇**わび歌《うた》**　恋《こい》の苦《くる》しさをよんだ歌《うた》。「わぶ」はつらがる、思《おも》いなやむ。

◇**おこすれども**　よこすけれども。

◇**降《ふ》り凍《こお》り**　雨雪《うせつ》などの寒《さむ》く降《ふ》るにも。

◇**照《ひ》りはたたく**　日《ひ》が照《て》り、雷《かみなり》が鳴《な》る。

◇**さはらず**　さまたげられないで。「さはる」はさしつかえる、障《さわ》る。

◇**賜《た》べ**　「たまへ」に同《おな》じ。ください。

◇**伏《ふ》し拝《おが》み、手《て》をすり**　伏《ふ》し拝《おが》み手《て》をもんで、ひたすらに頼《たの》みこむ様子《ようす》。

◇**宣《の》給《たま》へど**　「のりたまへど」のつづまったもの、おっしゃるけれども。

◇**おのがなさぬ子《こ》**　自分《じぶん》の生《う》まない子《こ》。「なす」は「成《な》す」で、つくる、産《う》むの意《い》。

◇**心《こころ》にも従《したが》わず**　思《おも》うままにもならない。

◇**かかれば**　このようであるから、「かくあれば」のつづまったもの。

◇**祈《いのり》をし、願《がん》を立《た》つ**　神仏《しんぶつ》に祈願《きがん》することを二《ふた》つに分《わ》けていったもの。願《がん》がかなったら堂塔《どうとう》を建《た》てたり経文《きょうもん》を寄進《きしん》したりするのである。

◇**さりとも**　そうあっても。「然《しか》ありとも」の意《い》。いくらなんでも。

◇**男《おとこ》合《あ》はせざらむやは**　結婚《けっこん》させないことがあろうか、そんなことはあるまい。「合《あ》はす」は「合《あ》ふ」の使役《しえき》の形《けい》で、結婚《けっこん》させる意《い》。

◇**あながちに**　しいて。つとめて。

◇**志《こころざし》を見《み》えありく**　自分《じぶん》の心《こころ》の深《ふか》さを見《み》られようとして歩《ある》きまわる。

（六）

これを見《み》つけて、じいさんが、かぐや姫《ひめ》にいうことには、「わたしのたいせつな姫《ひめ》よ、あなたは世《よ》の常《つね》ならぬ人《ひと》とはいえ、こんなに大《おお》きくなるまで育《そだ》てましたわたくしたちの心持《こころも》ちは、並《な》みたいていではありません。このわたくしの申《もう》し上《あ》げることをきっとお聞《き》きくださるでしょうか。」というと、かぐや姫《ひめ》は、「おっしゃることはどんなことでも承知《しょうち》しないことがありましょうか。変《かわ》わった身《み》の上《うえ》の者《もの》でありましたとも知《し》らず、全《まった》く真《しん》の親《おや》

とお思《おも》いしております。」と答《こた》える。じいさんは、「うれしくもいってくださいましたね。」という。「わたくしは、年《とし》が七十《ななじゅう》を越《こ》えました。命《いのち》のほどは、きょうともあすとも知《し》りません。この世《よ》の中《なか》の人《ひと》は、男《おとこ》は女《おんな》と結婚《けっこん》をし、女《おんな》は男《おとこ》と結婚《けっこん》をします。それではじめて、一族《いちぞく》も多《おお》くなって栄《さか》えることにもなります。どうしてそういうことがなくておられましょうぞ。」かぐや姫《ひめ》のいうには、「どうしてそんなことをしましょう。」というと、「変化《へんげ》の人《ひと》とはいっても、女《おんな》の身《み》をもっておられる。わたくしが生《い》きている間《あいだ》は、このようにひとり身《み》でもいらっしゃれるでしょうよ。この人《ひと》たちが、年月《としつき》がたっても、こんなにまで、いらっしゃってはおっしゃることを考《かんが》え定《さだ》めて、その中《なか》のひとりにおあい申《もう》しなさい。」というので、かぐや姫《ひめ》がいうには、「たいして美《うつく》しくもない形《かたち》なのに、男《おとこ》の深《ふか》い気《き》持《も》ちも知《し》らないであって、その人《ひと》にうわ気《き》心《ごころ》がついたなら、あとで悔《く》やむこともあるだろうからと、そこを心配《しんぱい》するだけなのです。たとえこの世《よ》のとうとい人《ひと》であっても、深《ふか》い心《こころ》のほどを知《し》らないでは、たやすくはあえないと思《おも》います。」という。じいさんがいうには、「わたくしの思《おも》っているとおりにおっしゃるものですね。それはそうとして、いったいどのような気《き》持《も》ちのあるかたにあおうと思《おも》っていらっしゃるのか。これほどに気《き》持《も》ちの一《ひ》とおりでない人々《ひとびと》であるようだが。」という。かぐや姫《ひめ》がいうには、「どれほどの深《ふか》い気《き》持《も》ちを見《み》ようといいましょうか。そんなつもりではなく、ほんのわずかのことです。五人《ごにん》の気《き》持《も》ちはみな同《おな》じようです。どうして、その中《なか》での優劣《ゆうれつ》がわかりましょう。五人《ごにん》の中《なか》で、わたくしの見《み》たいと思《おも》うものをお見《み》せくださるかたがあるならば、その人《ひと》に、思《おも》うお心《こころ》がまさっているとして、お仕《つか》えしましょうと、おいでしたら、その人《ひと》たちにいってください。」という。じいさんも、「それはよいことだ。」と承知《しょうち》した。

中譯

竹取翁目睹五位貴公子對赫夜姬如此癡迷，便對她說：「我的寶貝女兒呀！妳雖然不是塵世的人，我們把妳養育成這麼大，我們愛護妳的心情是不同尋常的。我有話對妳說，妳一定會聽嗎？」赫夜姬說：「我曾經有過不聽您說的話嗎？我並不覺得自己是變來的人，完全把您們當作是我的親生父母。」竹取翁說：「聽妳這樣說，我眞高興。」竹取翁接着感傷道：「我已經年逾七十，大概不久於人世了。人世上，藉男婚女嫁綿延子孫，妳爲什麼不願出嫁呢？」赫夜姬反問：「爲什麼要出嫁呢？」竹取翁說：「妳雖然是神仙，但屬女兒身。在我活著的歲月裏，一直保持獨身不嫁嗎？追求妳的那些人，經年累月以來爲妳瘋狂，妳何不考慮一下，就在其中選一位？」竹取翁如此規勸，赫夜姬便回答：「我並不怎麼美，同時我對他們的心意並不瞭解，如果對他們表示愛慕，恐怕以後會後悔，我正爲此心。縱然世上有高尚的人存在，如果不瞭解他們隱藏在心底深處的想法，也不是很容易交往的。」竹取翁說：「妳所講的，和我的想法一致。但是妳到底想那一種心地的人？這些（貴公子）人都不像普通心地的人，可是……」赫夜姬說：「瞭解他們深藏不露的心地多少才好呢？我沒有打算，確實僅僅如此。五位貴公子的心地看起來像一樣似的。如何才能分辨他們的優劣？五人之中，若有您認爲是我所希望的對象的話，我會比他愛我更深的愛心來服侍他，假使有這樣的人，請您對他們說我的意思。竹取翁應允道：「好！」

注譯

❶たいせつ〔大切〕（形動ダ）要緊、重要、保重、愛惜、珍視。

❷ひめ〔姫、媛〕（名）女子的美稱、貴族的姑娘、小姐。

❸つね〔常〕つねならぬ不平常、つねなき無常。

❹よのつね〔世の常〕世上常有的事、普通、平常。

❺なみたいてい〔並大抵〕（形動ダ）普通一般。

❻きっと〔屹度、急度〕（副）一定、必定。

❼しょうち〔承知〕（名、他サ・Ⅲ）應允、同意、知道、答應、寬恕。

❽ぞ 表示強烈質問語氣（修助）接在推量助動詞下，表示反語的意思。

❾へんげ〔変化〕（名・自サ・Ⅲ）妖怪、妖精。

❿いらっしゃれる いる、ある的敬語；行く、来る的敬語。

⓫たいして〔副〕（下接否定語）並不怎樣了不起。

⓬うわき〔浮気〕（名・自サ・Ⅲ、形動ダ）愛情不專，水性楊花、輕浮。

⓭とうとい、とおとい〔尊（貴）い〕尊貴、好貴重的。

⓮ **ひととおり**　〔一通〕（副、名）普通、一般

⓯ **おいで**　〔御出で〕（名）出る、行く、来る、居る等的敬語。

⓰ **思う心にまさる**　勝過……的愛心。

⓱ **それはよいことだ**　竹取翁應允之詞。

〔六〕 これを見《み》つけて、翁《おきな》、かぐや姫《ひめ》にいふやう、「わが子《こ》の仏変化《ほとけへんげ》の人《ひと》と申《もう》しながら、ここら大《おお》きさまで養《やしな》ひ奉《たてまつ》る志《こころざし》おろかならず、翁《おきな》の申《もう》さむ事《こと》聞《き》き給《たま》ひてむや。」といへば、かぐや姫《ひめ》、「何事《なにごと》をか宣給《のたま》はむ事《こと》を承《うけたまは》らざらむ。変化《へんげ》の者《もの》にて侍《はべ》りけむ身《み》とも知《し》らず、親《おや》とこそ思《おも》ひ奉《たてまつ》れ。」といふ、翁《おきな》、「うれしくも宣給《のたま》ふものかな」といふ。「翁年七十《おきなとしななじゅう》に余《あま》りぬ、今日《けふ》とも明日《あす》とも知《し》らず。この世《よ》の人《ひと》は、男《をとこ》は女《をんな》にあふことをす、女《をんな》は男《をとこ》にあふことをす、その後《のち》なむ門《かど》も広《ひろ》くなり侍《はべ》る。いかでかさる事《こと》なくてはおはしまさん。」かぐや姫《ひめ》のいはく、

「なんでふさる事《こと》かし侍《はべ》らむ。」といへば、「変化《へんげ》の人《ひと》といふとも、女《をんな》の身《み》もち給《たま》へり、翁《おきな》のあらむ限《がぎり》りは、かうてもいますかりなむかし。この人人《ひとびと》の、年月《としつき》を経《へ》て、かうのみいましつつ、宣給《のたま》ふ事《こと》を思《おも》ひ定《さだ》めて、一人一人《ひとりひとり》にあひ奉《たてまつ》り給《たま》ひね」といへば、かぐや姫《ひめ》いはく、「よくもあらぬ容《かたち》を、深《ふか》き心《こころ》も知《し》らで、あだ心《こころ》つきなば、後悔《のちくや》しき事《こと》もあるべきをと思《おも》ふばかりなり。世《よ》のかしこき人《ひと》なりとも、深《ふか》き志《こころざし》を知《し》らでは、あひ難《がた》しとなむ思《おも》ふ」といふ。翁《おきな》いはく、「思《おも》ひの如《ごと》くも宣給《のたま》ふかな、そもそもいかやうなる志《こころざし》あらむ人《ひと》にか、あはむとおぼす。かばかり志《こころざし》おろかならぬ人人《ひとびと》にこそあめれ。」かぐや姫《ひめ》のいはく、「何《なに》ばかりの深《ふか》きをか見《み》むといはむ。いささかの事《こと》なり。」「人《ひと》の志《こころざし》ひとしかんなり。いかでか中《なか》におとりまさりは知《し》らむ。」「五人《ごにん》の中《なか》に、ゆかしき物見《ものみ》せ給《たま》へらむに御志《おんこころざし》まさりたりとて、仕《つか》うまつらむと、そのおはすらむ人人《ひとびと》に申《まを》し給《たま》へ。」といふ。「よき事《こと》なり」とうけつ。（二ノ三）

要旨

翁《おきな》がかぐや姫《ひめ》に結婚《けっこん》をすすめることを述《の》べた。翁《おきな》は親《おや》としての立場《たてば》から、男女《だんじょ》の道《みち》についてかぐや姫《ひめ》に説《と》き、熱心《ねっしん》に求婚《きゅうこん》する五人《ごにん》の中《なか》のひとりにあうことをすすめる。姫《ひめ》も最初《さいしょ》はことわるが、翁《おきな》の情理《じょうり》をつくしての説得《せっとく》に屈《くっ》して、自分《じぶん》のほしいと思《おも》う物《もの》を見《み》せてくれた人《ひと》にあおうといって承知《しょうち》するというのである。

語釈

◇**わが子《こ》の仏《ほとけ》**　「仏《ほとけ》」はたいせつなものの意《い》で、親愛《しんあい》の気持《きも》ちを表《あら》わす。わたしのたいせつな姫《ひめ》よ。

◇**変化《へんげ》の人《ひと》**　人間《にんげん》でないものが、かりに人間《にんげん》となって現《あら》われたる者《もの》。神秘的《しんぴてき》な生《う》まれ方《かた》に対《たい》する言《い》い方《かた》。

◇**ここら**　たいそう、こんなに。たくさんの意《い》を表《あら》わす副詞《ふくし》。

◇**おろかならず**　おろそかでない。

◇**聞《き》き給《たま》ひてむや**　きっとお聞《き》きくださるでしょうか。「てむ」は、完了《かんりょう》の助動詞《じょどうし》「つ」の連用形《けい》「て」に、推量《すいりょう》の助動詞《じょどうし》「む」がついたものであるが、ここでは「む」の働《はたら》きを強《つよ》める言《い》い方《かた》に用《もち》いられている。「て」のつくことによって「きっと」「たしかに」の意《い》が加《くわ》わる。

◇**侍《はべ》りけむ**　「ありけむ」の丁寧《ていねい》な言《い》い方《かた》。「けむ」は過去《かこ》の事《こと》がらを、追想的《ついそうてき》に想像《そうぞう》する場合《ばあい》に用《もち》いる助動詞《じょどうし》。ありましたという。

◇**門広《かどひろ》く**　氏族《しぞく》が多《おお》くなって、栄《さか》えること。

◇**いかで**　どうして。

◇**さる事《こと》**　そのようなこと。

◇**なんでふ**　「何《なに》といふ」のつづまったもの、「なでふ」ともいう。どうして。

◇**さる事《こと》かし侍《はべ》らむ**　そんなことをしましょうか。上《うえ》の「なんでふ」をうけて反語《はんご》の意《い》となる。「さる事《こと》」は結婚《けっこん》。

◇**かうても**　かくてもの音便《おんびん》。

◇**いますがりなむかし**　おいでなさるでしょう。「いますがり」は「居《お》り」の敬語《けいご》。「なむ」は完了《かんりょう》の「ぬ」の未然形《みぜんけい》「な」に、推量《すいりょう》の「む」のついたもので、ここでは「む」の意味《いみ》を強《つよ》める言《い》い方《かた》。「かし」は念《ねん》を入《い》れていう場合《ばあい》にそえる助詞《じょし》。

◇**一人一人《ひとりひとり》に**　その中《なか》のひとりに。

◇**あひ奉《たてまつ》り給《たま》ひね**　おあい申《もう》しなさい。「奉《たてまつ》り」は、自分《じぶん》の動作《どうさ》を謙《けん》そんしていうときにつける助動詞《じょどうし》。「ね」は完了《かんりょう》の「ぬ」の命令形《めいれいけい》で、「なさい、しまえ」のような強勢《きょうせい》の意《い》を表《あら》わす。

◇**深《ふか》き心《こころ》も知《し》らで**　深《ふか》い心《こころ》も知《し》らないで。

◇**あだ心《こころ》**　うわ気《き》な心《こころ》、移《うつ》りやすい心《こころ》。

◇**世《よ》のかしこき人《ひと》**　この世《よ》の威勢《いせい》ある貴人《きじん》。

◇**思《おも》ひの如《ごと》く**　わたしの思《おも》っているとおり。

◇**おぼす**　お思《おも》いになる。「おもはす↓おもほす↓おぼす」と変化《へんか》したもの。「思《おも》ふ」の未然形《みぜんけい》に敬意《けいい》をそえる助動詞《じょどうし》「す」のついたもの。

◇**あめれ**　「あるめれ」のつづまったもの。

◇**ひとしかんなり**　「等《ひと》しくあるなり」がつづまったもの。違《ちが》わないようだ。

◇**ゆかしき**　見《み》たいと思《おも》う。「ゆかし」は見《み》たい、聞《き》きたい、知《し》りたいの意《い》。

◇**見《み》せ給《たま》へらむに**　「見《み》せ給《たま》へり」に仮想《かそう》の助動詞《じょどうし》「む」のついたもの。見《み》せてくださるかたがあるならば、その人《ひと》に、の意《い》。

◇**うけつ**　承知《しょうち》した。

（七）

日《ひ》が暮《く》れるころに、いつものように集《あつ》まった。ある者《もの》を笛《ふえ》を吹《ふ》き、ある者《もの》は歌《うた》をうたい、ある者《もの》は楽譜《がくふ》をうたい、ある者《もの》は口笛《くちぶえ》を吹《ふ》き鳴《な》らし、扇《おうぎ》で拍子《ひょうし》をとったりなどしているところに、じいさんが出《で》てきていうには、「もったいなくも、きたならしい所《ところ》に、年月《としつき》を重《かさ》ねておいでくださいますことは、このうえもない恐縮《きょうしゅく》です。」という。「『このわたくしの命《いのち》はきょうあすともわかりませんので、このようにおっしゃる若君《わかぎみ》たちに、よく考《かんが》え定《さだ》めてお仕《つか》えしなさい。』と申《もう》しますのも、もっともなわけです。ところが、姫《ひめ》は『どのかたにも優劣《ゆうれつ》がおありにならないので、ご熱意《ねつい》のほどはわかるでしょう。お仕《つか》えすることは、それによって決《き》めましょう。』というので、それはよいことだ。お恨《うら》みなさるかたもあるまい。」という。五人《ごにん》の人《ひと》たちも「よいことだ。」というので、じいさんは、内《うち》にはいって姫《ひめ》にそのことを話《はな》した。

中譯

五位貴公子，每到黃昏時分，照例集合在一起。有人在唱歌詞、有人在哼樂譜、有人在吹口哨、有人在用扇子打拍子，大家正在作樂自娛時，竹取翁出來對大家說：「對不起，各位積年累月到這種骯髒的地方來，使我感到說不出的惶恐與不安。我曾對小女說：「我在人世已活不久了，請妳考慮決定服侍這些貴公子。」我的話有正確的道理，但是小女說：『要先弄清楚優劣，誰對我的愛情深，以此來決定，服侍誰吧！』這話講得對，我想沒有那一位會惱怒的吧！』五位貴公子都說：「好！」竹取翁便到裏面去把話傳給赫夜姬。

注釋

❶ ひょうしをとる　打拍子。

❷ くちぶえ　〔口笛〕口哨。

❸ もったいない　（形）不敢當的、有罪的。

❹ きたならしい　〔汚らしい・穢らしい〕（形）顯著骯髒的。

❺ わがきみ　〔若君〕（名）貴族的幼子、年幼的君主。

❻もっとも　（形動ダ）正確的。
❼わけ　〔訳〕（名）理由、道理。

〔七〕日暮《ひく》るるほど、例《れい》の集《あつま》りぬ。或《あるい》は笛《ふえ》を吹《ふ》き、或《あるい》は歌《うた》をうたひ、或《あるい》は唱歌《さうか》をし、或《あるい》はうそを吹《ふ》き、扇《あふぎ》をならしなどするに、翁《おきな》出《い》でていはく、「辱《かたじけな》く、きたなげなる処《ところ》に、年月《としつき》を経《へ》て、ものし給《たま》ふこと、極《きは》まりたるかしこまり。」と申《まを》す。「『翁《おきな》の命《いのち》、けふ明日《あす》とも知《し》らぬを、かく宣給《のたま》ふ公達《こうたつ》にも、よく思《おも》ひ定《さだ》めて仕《つか》うまつれ。』と申《まを》すもことわりなり。『いづれもおとりまさりおはしまさねば、御《み》志《こころざし》のほどは見《み》ゆべし。つかうまつらむ事《こと》は、それになむ定《さだ》むべき。』といへば、これよき事《こと》なり、人《ひと》の御恨《おんうらみ》もあるまじ。」といふ。五人《ごにん》の人人《ひとびと》も、「よき事《こと》なり。」といへやは宣給《のたま》はぬ。」といひて、うんじて皆帰《みなかへ》りぬ。**〔二ノ五〕**

要旨

姫《ひめ》は「どのかたも優劣《ゆうれつ》がおありにならないので、ご熱意《ねつい》のほどはわかるでしょう。お仕《つか》えすることは、それによって決《き》めましょう。」という。

語釈

◇**例《れい》の**　例《れい》のごとくに、いつものようにの意《い》。

◇**唱歌《しょうか》**　笛《ふえ》・琴《こと》などの楽譜《がくふ》をうたうこと。

◇**うそを吹《ふ》く**　口笛《くちぶえ》を吹《ふ》く。「うそ」とは口《くち》をすぼめて声《こえ》を出《だ》すこと。

◇**扇《おうぎ》をならし**　扇《おうぎ》で手《て》をうって拍子《ひょうし》をとる。

◇**きたなげなる**　きたならしい。

◇**ものし給《たま》ふ**　おいでになる。「ものす」は何《なに》かある事《こと》をする意《い》で、行《い》く・来《く》る・書《か》く・作《つく》るなどそれぞれの場《ば》に応《おう》じた意《い》を示《あらわ》す。

◇**極《きは》まりたるかしこまり**　このうえもない恐縮《きょうしゅく》。

◇**と申《もう》すもことわりなり**　とわたくしが申《もう》しますのも、もっとものことです。

◇**おはしまさねば**　おありにならないので。「ね」は打消《うちけし》の助動詞《じょどうし》「ず」の已然形《いぜんけい》。

◇**見《み》ゆべし**　見《み》えるでしょう、わかるでしょう。

◇**それになむ定《さだ》むべき**　原文《げんぶん》のままでは飛躍《ひやく》があって「それ」がはっきりわからない。かぐや姫《ひめ》の、さきにいった結婚《けっこん》の条件《じょうけん》を、かなえたかどうかによって、決《き》めることをいっているのである。

◇**人《ひと》の御恨《おんうらみ》**　「人《ひと》の」は軽《かる》くそえたもの。

（八）

かぐや姫《ひめ》は、「石作《いしつくり》の皇子《みこ》には、仏《ほとけ》の御石《みいし》の鉢《はち》という物《もの》があります。それを取《と》ってきてください。」という。「車持《くらもち》の皇子《みこ》には、東《ひがし》の海《うみ》に蓬萊《ほうらい》という山《やま》があるということです。そこに白銀《しろがね》を根《ね》とし、黄金《こがね》を茎《くき》とし、白《しろ》い玉《たま》を実《み》として立《た》っている木《き》があります。それを一枝《ひとえだ》折《お》ってきていただきましょう。」という。「もうひとりには、唐《もろ》の国《くに》にある火《ひ》ねずみの裘《かわごろも》をいただきたい。大伴《おおとも》の大納言《だいなごん》には、龍《たつ》の首《くび》に五色《ごじき》に光《ひか》る玉《たま》があります。それを取《と》ってきてください。石上《いそのかみ》の中納言《ちゅうなごん》には、つばめの持《も》っている子安貝《こやすがい》を一《ひと》つ取《と》ってきていただきたい。」という。じいさんは、「むずかしいことばかりですなあ。これらはこの国《くに》にある物《もの》でもない。このようにむずかしいことを、どうしていわれましょう。」という。かぐや姫《ひめ》は、「何《なに》のむずかしいことがあろう。」というので、じいさんは、「ともかくもいってみましょう。」といって、出《で》てきて、「このように申《もう》します。申《もう》しますようにお見《み》せください。」というと、皇子《みこ》たちや上達部《かんだちめ》たちはこれを聞《き》いて、

「いっそ、おだやかに『近《ちか》くなりとも歩《ある》くな。』とは、どうしておっしゃらないのか。」といって、困《こま》りきって皆帰《みなかえ》った。

中譯

赫夜姬對竹取翁說：「請您對石作皇子說，叫他把天竺釋迦牟尼佛用過的石缽給我，請您對車持皇子說，東海中蓬萊山上有白銀爲根、黃金爲莖、白玉爲實的樹，叫他折一枝給我；請對另一人石大臣阿倍御主人說，中國有火鼠皮裘，叫他送給我；請大伴大納言取龍首的五彩發光的珠子給我；請石上中納言取一枚燕子的子安貝給我。」竹取翁說：「盡是些難倒人的事，這些都不是日本國內有的東西，像這樣難倒人的事，叫我如何開口呢？」赫夜姬說：「有什麼難呢？」竹取翁說：「好，無論如何，姑且對他們說說看吧！」竹取翁說完，就出來對他們說：「小女是這樣說的，請拿她所說的東西來看。」皇子及公卿們聽說後，埋怨道：「她何必不溫和地說：『不要靠近我！』」大家困惑地回家去了。

注釋

❶ こやすのかい　〔子安の貝〕據說產於燕巢中，是一種寶貝，形似女陰，傳說，產婦握此於手中，生產會順利，「子安」就是生產平安順利的意思。

❷ ともかくも　（副）無論如何。

❸かんだちめ　〔上達部〕（名）公卿之異稱。

❹いっそ　（副）寧、可、莫落、例不如。

❺おだやか　（形動）溫和。

〔八〕かぐや姫《ひめ》、「石作《いしつくり》の皇子《みこ》には、天竺《てんぢく》に仏《ほとけ》の御石《みいし》の鉢《はち》という物《もの》あり、それを取《と》り賜《たま》へ。」といふ。「車持《くらもち》の皇子《みこ》には、東《ひんがし》の海《うみ》に蓬莱《ほうらい》といふ山《やま》あるなり、それに白銀《しろがね》を根《ね》とし、黄金《こがね》を茎《くき》とし、白玉《しらたま》を実《み》として立《た》てる木《き》あり。それ一枝《ひとえだ》折《お》りて賜《たま》はらむ。」といふ。「今一人《いまひとり》には、唐土《もろこし》にある火鼠《ひねずみ》の裘《かはごろも》を賜《たま》へ、大伴《おほとも》の大納言《だいなごん》には、龍《たつ》の首《くび》に五色《ごじき》に光《ひか》る玉《たま》あり、それを取《と》りて賜《たま》へ。石上《いそのかみ》の中納言《ちうなごん》には、燕《つばくらめ》のもたる子安貝《こやすがいひと》一つ取《と》りて賜《たま》へ。」といふ。翁《おきな》、「難《かた》き事《こと》どもにこそあなれ、この国《くに》にある物《もの》にもあらず。かく難《かた》き事《こと》をば、いかに申《まを》さむ。」といふ。かぐや姫《ひめ》、「何《なに》か難《かた》からむ。」といへば、翁《おきな》、「とまれかくまれ申《まを》さむ。」

とて、出《い》でて、「かくなむ。聞《きこ》ゆるやうに見《み》せ給《たま》へ。」といへば、皇子達《みこたち》、上達部《かんだちめ》聞《き》きて、「おいらかに、『あたりよりだになありきそ』とやは宣給《のたま》はぬ。」といひて、うんじて皆帰《みなかへ》りぬ。**（二ノ五）**

要旨

さきに述《の》べられた結婚《けっこん》の条件《じょうけん》が出《だ》され、皆《みな》その難題《なんだい》にあきれて、すごすごと引《ひ》きあげることが書《か》かれている。石作《いしつくり》の皇子《みこ》には仏《ほとけ》の御石《みいし》の鉢《はち》、車持《くらもち》の皇子《みこ》には蓬莱山《ほうらいさん》の玉《たま》の枝《えだ》、阿倍《あべ》のみむらじには火《ひ》ねずみの裘《かわごろも》、大伴《おおとも》の大納言《だいなごん》には龍《たつ》の首《くび》の玉《たま》、石上《いそのかみ》の中納言《ちゅうなごん》にはつばめの子安貝《こやすがい》といった、むずかしい問題《もんだい》で、さすがの熱心党《ねっしんとう》の五人《ごにん》も、これにはあきれて帰《かえ》っていくというのである。

語釈

◇**仏《ほとけ》の御石《みいし》の鉢《はち》**　釈迦《しゃか》の使用《しよう》していたという石鉢《いしばち》。

◇**蓬莱《ほうらい》といふ山《やま》あるなり**　蓬莱《ほうらい》という山《やま》があるということだ。「蓬莱《ほうらい》」は、俗世《ぞくせ》を離《はな》れて東海《とうかい》にあると言《い》い伝《つた》えられる仙人《せんにん》のすみか。「あるなり」の「なり」は伝聞《でんぶん》の意《い》の助動詞《じょどうし》で、人《ひと》から聞《き》いたことをいうのに用《もち》いられる。

◇**火鼠《ひねずみ》の裘《かわごろも》**　源順《みなもとのしたごう》の書《か》いた『和名鈔《わみょうしょう》』に、『神異記《しんいき》』の説《せつ》を引《ひ》いている。それによると、その毛《け》で布《ぬの》を織《の》り、よごれたら火《ひ》で焼《や》くと再《ふた》び清潔《せいけつ》になるとある。裘《かわごろも》は「かはごろも」とも同書《どうしょ》にある。

◇**龍《たつ》の首《くび》の玉《たま》**　龍《たつ》は空想上《くうそうじょう》の動物《どうぶつ》で、とかげ・蛇《へび》・きりん・ひひなどを取《と》りまぜたもの。五色《ごじき》は青《あお》・黄《き》・赤《あか》・白《しろ》・黒《くろ》で、『荘子《そうじ》』に、「夫《そ》れ千金《せんきん》の珠《たま》は、必《かなら》ず九重《きゅうちょう》の淵《ふち》にして、驪龍《れいりょう》の頷《おとがい》の下《した》に在《あ》り。」とある。

◇**燕《つばくらめ》のもたる子安貝《こやすがい》**　「もたる」は「もちたる」の意《い》。子安貝《こやすがい》は一種《いっしゅ》で女陰《じょいん》に似《に》ている。形《かたち》のうえから安産《あんざん》の信仰《しんこう》を生《しょう》じた。つばめとの関係《かんけい》はよくわからぬが、得《え》がたいものとして考《かんが》えられていたのであろう。

◇**難《かた》き事《こと》どもにこそあなれ**　むずかしいことばかりですなあ。「あなれ」は「あるなれ↓あんなれ↓あなれ」となったもの。この場合《ばあい》の「なれ」は詠嘆《えいたん》の意《い》を表《あら》わす。

◇**この国《くに》**　日本《にほん》。

◇**とまれかくまれ**　「ともあれかくもあれ」のつづまったもの。とにかく、何《なに》にしても。

◇**かくなむ**　こうこう申《もう》します。

◇**聞《き》ゆるやうに**　姫《ひめ》の申《もう》すように、「聞《き》ゆ」は「言《い》ふ」の謙譲語《けんじょうご》。

◇**上達部《かんだちめ》**　公卿《くげ》。位《い》では三位以上《さんいいじょう》、ただし四位《よんい》の参議《さんぎ》をふくむ。官《つかさ》では大臣《だいじん》・大中納言《だいちゅうなごん》・参議《さんぎ》など。

◇**おいらかに**　おだやかに、すなおに、ふつうに。

◇**あたりよりだに**　近《ちか》くだけでも。「より」は「を」に近《ちか》い意《い》の助詞《じょし》。

◇**なありきそ**　歩《ある》くな「な……そ」は禁止《きんし》の助詞《じょし》。

◇**うんじて**　「倦《あぐ》みして」の音便《おんびん》ともいうが、「鬱《うつ》して」から出《で》たものである。「屈《くっ》して」を「くんじて」というたぐいである。困《こま》りきって、うんざりして。気《き》をくさらして。

（九）

それでもやはりこの女《おんな》を見《み》ないでは、この世《よ》に生《い》きていられない気持《きも》ちがしたので、インドにある物《もの》でも、持《も》ってこないではおかないと、くふうをこらして、石作《いしつくり》の皇子《みこ》は心《こころ》の用意《ようい》のある人《ひと》で、インドに二《ふた》つともない鉢《はち》をどんなに遠《とお》く行《い》ったとしても、どうして手《て》に入《い》れることができようと思《おも》って、かぐや姫《ひめ》のところには、きょう、インドへ石《いし》の鉢《はち》を取《と》りに行《い》きますと知《し》らせて、三年《さんねん》ほどたって、大和《やまと》の国十市《くにとをち》の郡《こほり》にある山寺《やまでら》に、賓頭盧《びんづる》の前《まえ》にある鉢《はち》で、まっ黒《くろ》にすすけているのを取《と》って、錦《にしき》の袋《ふくろ》に入《い》れて、造花《つくりばな》の枝《えだ》につけて、かぐや姫《ひめ》の家《いえ》にもってきて見《み》せたので、かぐや姫《ひめ》は不思議《ふしぎ》に思《おも》って見《み》ると、鉢《はち》の中《なか》に手紙《てがみ》がある。広《ひろ》げて見《み》ると、

海《うみ》や山《やま》の道中《どうちゅう》に苦心《くしん》のありたけを尽《つ》くして泣《な》き、石《いし》の鉢《はち》を手《て》に入《い》れましたが、そのために血《ち》の涙《なみだ》が流《なが》れました。

という歌《うた》がある。かぐや姫《ひめ》は、本物《ほんもの》なら光《ひかり》があるはずと思《おも》って見《み》ると、ほたる

ほどの光《ひかり》もない。

おく露《つゆ》ほどのわずかの光《ひかり》だけでも、あってほしかったのにそれもない。たぶん小暗《おぐら》い小倉山《おぐらやま》で求《もと》めた物《もの》でしょうが、どうして小倉山《おぐらやま》でこんな暗《くら》い物《もの》を求《もと》めたのでしょう。

と返歌《へんか》をよんで鉢《はち》を返《かえ》し出《だ》した。皇子《みこ》は、鉢《はち》を門口《かどぐち》に捨《す》てて、この歌《うた》の返歌《へんか》をした。

白山《しらやま》のように光《ひか》り輝《かがや》くあなたに会《あ》ったので、光《ひかり》がうせたのではないかと思《おも》い、鉢《はち》は捨《す》てはしましたが、そのうち光《ひかり》を放《はな》つこともあろうかと、あつかましくも頼《たの》みにされることです。

とよんで入れた。かぐや姫《ひめ》は返歌《へんか》もしなくなった。耳《みみ》にも聞《き》き入《い》れなかったので、言《い》いかけたままにして帰《かえ》った。皇子《みこ》があの鉢《はち》を捨《す》ててから、またも言《い》い寄《よ》ったことから、あつかましいことを恥《はじ》を捨《す》てるといったのだ。

中譯

石作皇子大有不見赫夜姬，就不想活在世界上的心情，不到印度去取石鉢來送給她，就得動腦筋，石作皇子是位細心的人，他想，印度只有一隻（釋迦用過的），到赫夜姬那兒去通知她說，今天啓程到印度去取石鉢。大約三年（才能回來）。竟把大和國十市郡山寺賓尊者像前的石鉢塗黑，拿來裝入錦袋中，並附上假花枝，送給赫夜姬看，赫夜姬甚覺驚訝地望著，立刻發現鉢中有一封信，攤開一看，（是石作皇子寫給她的一首詩）：

欲得釋迦之石鉢，不辭千辛萬苦尋；萬斛血淚與思念，日思夜想終得之。

赫夜姬心想，如果眞是釋迦牟尼的石鉢，應該會發光的，一看之下，連螢火蟲的微光都沒有，連像露珠兒的光都沒有，大概是從暗淡的小倉山找到的呢？爲什麼要在小倉山上找來這樣暗淡無光的東西呢？

便吟了一首詩作答，並退還石鉢：

皇子把石鉢扔在門口，作詩辯解道：

卿之美豔壓白山，白山之輝暗無光；石鉢棄之仍有輝，我自思卿勿見棄。

石作皇子吟著上面的詩進入（客廳），但是赫夜姬不吟詩作答。而且也不再聽他說話了。因此就找藉口回去了。石作皇子扔掉石鉢之後，因為依舊追求赫夜姬，可以說厚顏無恥。

注釋

❶**それでも**　（接）雖然那樣、儘管如此。

❷**やはり**　〔矢張り〕（副）畢竟還是、仍然。

❸**インド**　印度。

❹**くふうをこらす**　找竅門、想辦法。

❺**ようい**　〔用意〕（名、自他サ・Ⅲ）小心、注意、準備。

❻**ぞうか**　〔造花〕（名）假花、把假花附在禮物上，是從前日本貴族之間送禮的習慣。

❼**びんそんじゃ**　〔賓尊者〕釋迦牟尼的弟子，為十六羅漢之第一尊者，又稱「賓頭盧《びんづる》」。

❽**ありたけ同ありつたけ**　（副）所有、一切。

❾**おぐら**　「小暗」和「小倉」山的讀音，日本人念是相同的，以諧音來暗示黯淡無光。

❿**うた**　〔歌〕（名）此處指「和歌」，是日本詩的一種。

⓫**しらやま**　〔白山〕山名，在加賀縣境，是日本三大名山之一，用以比喻赫夜姬的美貌〔古音

しらやま，今音はくさん）。

⑫ **まま**　〔儘・任・随〕（名）一如……那樣，照舊。

⑬ **いいかけ**　同「いいがかり」籍口。

⑭ **はち**　〔鉢〕「恥」念「はじ」一清音、一濁音（じ是ち的濁音），是用諧音字來譏諷石作皇子無恥。

〔九〕なほこの女見《をんなみ》では、世《よ》にあるまじき心地《ここち》のしければ、天竺《てんぢく》にある物《もの》も持《も》て来《こ》ぬものかはと、思《おも》ひめぐらして、石作《いしつくり》の皇子《みこ》は心《こころ》のしたくある人《ひと》にて、天《てん》竺《ぢく》に二《ふた》つと無《な》き鉢《はち》を、百千万里《ひやくせんまんり》のほど行《ゆ》きたりとも、いかでか取《と》るべきと思《おも》ひて、かぐや姫《ひめ》の許《もと》には、今日《けふ》なむ天竺《てんぢく》へ石《いし》の鉢《はち》とりにまかると聞《き》かせて、三年《みとせ》ばかり経《へ》て、大和《やまと》の国十市《くにとをち》の郡《こほり》にある山寺《やまでら》に、賓頭盧《びんづる》の前《まへ》なる鉢《はち》のひた黒《ぐろ》に墨《すす》つきたるを取《と》りて、錦《にしき》の袋《ふくろ》に入《い》れて、作《つく》り花《ばな》の枝《えだ》につけて、かぐや姫《ひめ》の家《いへ》にも

て来《き》て見《み》せければ、かぐや姫《ひめ》あやしがりて見《み》れば、鉢《はち》のなかに文《ふみ》あり。ひろげて見《み》れば、

海山《うみやま》のみちにこころをつくしはてないしの鉢《はち》のなみだ流《なが》れき

かぐや姫《ひめ》、光《ひかり》やあると見《み》るに、螢《ほたる》ばかりの光《ひかり》だになし。

おく露《つゆ》のひかりをだにぞやどさまし小倉山《おぐらやま》にてなにもとめけむ

とて、かへし出《いだ》す。鉢《はち》を門《かど》に棄《す》てて、この歌《うた》の返歌《へんか》をす。

しら山《やま》にあへば光《ひかり》のうするかとはちを棄《す》ててもたのまるるかな

とよみて入《い》れたり。かぐや姫返《ひめかへ》しもせずなりぬ。耳《みみ》にも聞《き》き入《い》れざりければ、いひかかづらひて歸《かへ》りぬ。かの鉢《はち》を棄《す》てて、又《また》いひけるよりぞ、面《おも》なきことをば、はぢを棄《す》つとはいひける。（二ノ六）

要　旨

五人《ごにん》の貴公子《きこうし》のうち、石作《いしつくり》の皇子《みこ》の失敗談《しっぱいだん》を述《の》べている。石作《いしつくり》の皇子《みこ》は、天竺《てんぢく》（インド）にゆくといつわって、三年《さんねん》ほどたってのち、大和《やまと》の国《くに》の山寺《やまでら》の賓頭盧《びんづる》の前《まえ》の、鉢《はち》の煤《すす》けたのを持《も》ってきて、かぐや姫《ひめ》に見《み》せる。しかし、石《いし》の鉢《はち》に光《ひかり》がないために、策略《さくりゃく》がばれてしまって、相手《あいて》にされなくなるというのである。

語　釈

◇**世《よ》にあるまじき**　この世《よ》に生《い》きていられそうもない。

◇**天竺《てんぢく》**　インドのこと。

◇**持《も》て来《こ》ぬものかは**　もってこないでおこうか、いやもってこないではおかない。「かは」は反《はん》語《ご》の助詞《じょし》。

◇**心《こころ》のしたく**　心《こころ》の準備《じゅんび》、心《こころ》の計画《けいかく》。

◇**いかでか取《と》るべき**　どうして取《と》ることができようぞ。「か」は反《はん》語《ご》の助詞《じょし》。

◇**まかる**　行《い》きます。「行《い》く」の謙譲語《けんじょうご》。

◇**聞《き》かせて**　聞《き》くことをさせての意《い》。知《し》らせて。

◇**十市《とをち》の郡《こほり》**　今《いま》の奈良県《ならけん》橿原市《かしはらし》香具山《かぐやま》付近《ふきん》をいった。

◇**賓頭盧《びんづる》**　びんずる尊者《そんじゃ》のこと。釈迦《しゃか》の弟子《でし》で十六羅漢《じゅうろくらかん》の第一《だいいち》の尊者《そんじゃ》。食堂《じきどう》などに安置《あんち》して衆僧《しゅうそう》が食事《しょくじ》をするとき、まず尊者《そんじゃ》に食《しょく》を供《そな》えたのである。その食物《しょくぶつ》を入《い》れるために石《いし》の鉢《はち》をおく。

◇**ひた黒《くろ》に**　まっ黒《くろ》に。「ひた」は直接《ちょくせつ》、純粋《じゅんすい》、完全《かんぜん》の意《い》。

◇**作《つく》り花《ばな》の枝《えだ》につけて**　木《き》の枝《えだ》や、造花《つくらばな》の枝《えだ》にそえて物《もの》を贈《おく》るのは、貴人《きじん》に対《たい》する礼法《れいほう》。

◇**海山《うみやま》のの歌《うた》**　技巧《ぎこう》の多《おお》い歌《うた》である。心《こころ》を尽《つ》くし果《は》てて泣《な》くの意《い》で、音便《おんびん》の「泣《な》い」を出《だ》し、「泣《な》いしの鉢《はち》」で「泣《な》いた」鉢《はち》と「いし」の鉢《はち》をかけ、鉢《はち》の「ち」に「血《ち》」をかけて「血《ち》の涙《なみだ》」と下《した》に続《つづ》けている。また下《した》の句《く》には「ないしのはちのなみだながれき」と頭韻《とういん》に「な」をおいている。一首《いっしゅ》は、天竺《てんぢく》までの海《うみ》や山《やま》の道《みち》に心《こころ》を尽《つ》くしきって泣《な》いたためこの石《いし》の鉢《はち》を手《て》に入《い》れたが、それは血《ち》の涙《なみだ》の流《なが》れるほど苦《くる》しいことであったの意《い》。

◇**光《ひかり》やがある**　光《ひかり》があるかどうか。「や」は疑問《ぎもん》の係助詞《けいじょし》。

◇**おく露《つゆ》のの歌《うた》**　一首《いっしゅ》は、せめておく露《つゆ》ほどの光《ひかり》だけでも、宿《やど》しておればよかったろうに、小倉《おぐら》山《やま》で何《なに》を求《もと》めたのでしょうの意《い》。「まし」は仮想《かそう》の助動詞《じょどうし》で、現実《げんじつ》には光《ひかり》がないのを、かりにあったらよかったのにと、反対《はんたい》のことを想象《そうぞう》したのである。小倉山《おぐらやま》は奈良県桜井市《ならけんさくらいし》にある山寺《やまでら》を小倉山寺《おぐらやまでら》というから、それであろう。「倉《ぐら》」に「暗《くら》」をかけている。暗《くら》い山《やま》で求《もと》めたから、こんなに黒《くろ》く光《ひかり》がなにのだというしゃれ。

◇**かへし出《だ》す**　鉢《はち》は歌《うた》とともに返《かえ》し出《だ》した。

◇**しら山《やま》の歌《うた》**　しら山《やま》は加賀《かが》の白山《しらやま》のことで、かぐや姫《ひめ》にたとえた。「鉢《はち》をすてる」と「恥《はじ》をすてる」とをかけている。一首《いっしゅ》は白山《しらやま》のようなあなたに会《あ》ったから、その光《ひかり》に圧倒《あっとう》されて鉢《はち》の光《ひかり》がうせたのではないかと思《おも》います。それで、恥《はじ》をかいて鉢《はち》をここに捨《す》てましたが、それでもそのうち光《ひかり》のさすこともあろうかと、あてにされることですの意《い》。

◇**いひかかづらひて**　ことばでかかりあって、いいがかりをつけて。「いひわづらひて」とある本《もと》もあり、それによれば、「なんともいいようがなくなって」。

◇**面《おも》なきこと**　面目《めんもく》のないこと、恥《はじ》ずかしいこと。ここではあつかましいことの意《い》。

◇**はぢを棄《す》つ**　鉢《はち》と「はち」と清濁《せいだく》の違《ちが》いはあるがこじつけたしゃれである。

（一〇）

車持《くらもち》の皇子《みこ》は、たくらみをする人《ひと》で、朝廷《おうやけ》には、「九州《きゅうしゅう》に湯治《とうじ》に行《い》こうと思《おも》います」といって、お暇《ひま》をいただいて、かぐや姫《ひめ》の家《いへ》には「玉《たま》の枝《えだ》を取《と》りに行《い》きます」と使《つか》いにいわせてお下《お》りになるので、お送《おく》り申《もう》し上《あ》げるべき人々《ひとびと》は、皆難波《みななにわ》までお見送《みおく》りをした。

皇子《みこ》は、「ごく内《うち》わに。」とおっしゃって、人《ひと》も多《おお》くは連《つ》れていらっしゃらないで、近《ちか》くにお仕《つか》えしている者《もの》だけで出《で》かけられた。お見送《みおく》りの人々《ひとびと》はお見送《みおく》り申《もう》し上《あ》げて都《みやこ》に帰《かへ》った。皇子《みこ》は、おいでになった人《ひと》には見《み》せかけられて、三日《みか》ほどたって難波《なにわ》にこぎ帰《かへ》られた。

中譯

　車持皇子是講求計謀的人，他向天皇說：「想到九州去溫泉療養。」天皇准了假，車持皇子即派使者到赫夜姬家去告知：「要去（蓬萊仙島）折玉枝。」很多該送行的人，一直送到難波為止。皇子告誡送行的人說：「不要告訴別人！」不帶很多人同去，僅帶貼身的侍者出發。送行的人送行之後回都（國都、京城）去了。皇子（故意）讓人看見他出發，三天後，即（悄悄）乘船返回難波。

注 釋

❶ たくらむ 〔企む〕（他五・Ⅰ）陰謀、搗鬼。

❷ おうやけ 〔朝廷〕（名）公家、或指天皇。

❸ とうじ 〔湯治〕（各自サ・Ⅲ）溫泉療養。

❹ もうしあげる 〔申し上げる〕（補動下一・Ⅱ）接在帶お或ご接頭詞的體言或動詞的連用形下，構成敬語。

❺ なにわ 〔難波〕地名，即現在的大阪市及附近一帶的古稱。

❻ べし （助動・形ク型）べき是連體形，表示義務、可能、推測、當然、決意、命令等義。

❼ みおくる 〔見送る〕（他五・Ⅰ）送行、送別。

❽ ごくうちわに 絕對保密。

❾ つかえる 〔仕える〕（自下一・Ⅱ）服侍、伺候。

【一〇】車持《くらもち》の皇子《みこ》は、心《こころ》たばかりある人《ひと》にて、朝廷《おうやけ》には、「筑紫《つくし》の国《くに》に湯《ゆ》あみに罷《まか》らむ。」とて、暇《いとま》をして、かぐや姫《ひめ》の家《いへ》には、「玉《たま》の枝《えだ》とりになむまかる。」といはせて下《くだ》り給《たま》ふに、仕《つか》うまつるべき人人《ひとびと》、皆難波《みななにわ》まで御送《おんおく》りしけり。皇子《みこ》「いと忍《しの》びて。」と宣給《のたま》はせて、人《ひと》もあまた率《ゐ》ておはしまさず、近《ちか》う仕《つか》うまつる限《かぎ》りして出《い》で給《たま》ひぬ。御送《おんおく》りの人人《ひとびと》、見奉《みたてまつ》り送《おく》りて帰《かへ》りぬ。おはしましぬと人《ひと》には見《み》え給《たま》ひて、三日《みか》ばかりありて漕《こ》ぎ帰《かへ》り給《たま》ひぬ。（四ノ一）

要旨

蓬莱《ほうらい》の玉《たま》の枝《えだ》を求《もと》めにいく車持《くらもち》の皇子《みこ》の話《はなし》のいとぐちである。朝廷《おうやけ》には九州《きゅうしゅう》に湯治《ゆあみ》に行《い》くと称《しょう》して暇《いとま》をとり、かぐや姫《ひめ》の家《いへ》には、玉《たま》の枝《えだ》を取《と》りに行《い》くといって、わずかの供《とも》をつれて難波《なにわ》から船出《ふなで》するが、三日《みか》ほどしてこぎ帰《かえ》ってくるというのである。

語　釈

◇**心《こころ》たばかりある人《ひと》**　思慮《しりょ》のある人《ひと》、心《こころ》に計略《けいりゃく》のある人《ひと》。「たばかり」の「た」は接頭語《せっとうご》。考《かんが》えをめぐらして人《ひと》を欺《あざむ》くことがうまいといった気持《きも》ち。

◇**朝廷《おうやけ》**　大宅《おうやけ》の意《い》で朝廷《ちょうてい》のこと、天皇《てんのう》をさすこともある。

◇**筑紫《つくし》の国《くに》に湯《ゆ》あみに罷《まか》らむ**　筑紫《つくし》は九州《きゅうしゅう》の総名《そうみょう》であるとともに、北九州《きたきゅうしゅう》の地《ち》をもいった。筑紫《つくし》の湯《ゆ》はおそらく筑前《ちくぜん》の次田《すぎた》の湯《ゆ》であろう。「あみ」は「あび」の古語《こご》。「罷《まか》る」は「参《まい》る」の反対語《はんたいご》で、とうとい所《ところ》から離《はな》れる意《い》。

◇**ひと忍《しの》びて**　ごく内《うち》わに、できるだけこっそりと。

◇**宣給《のたま》はせて**　「せ」は敬意《けいい》をそえる助動詞《じょどうし》「す」の連用形《れんようけい》、一段《いちだん》と高《たか》い敬意《けいい》を表《あら》わすことになる。

◇**率《ゐ》て**　つれて。

◇**近《ちか》う仕《つか》うまつる限《かぎ》りして**　おそば近《ちか》くお仕《つか》えする人《ひと》だけで。

◇**見奉《みたてまつ》り送《おく》りて**　「見送《みおく》りて」の中間《ちゅうかん》に「奉《たてまつ》り」を入《い》れた言《い》い方《かた》で「見送《みおく》り奉《たてまつ》りて」と同《おな》じ。

◇**見《み》え給《たま》ひて**　見《み》られなさって、思《おも》われるようになさって。

（一一）

前《まえ》もって、なすべきことはすべていいつけてあったので、その当時《とうじ》、その道《みち》の最《もつと》も宝《たから》とされていた一流《いちりゅう》の鍛冶職《かじしょく》の工人六人《こうじんろくにん》を呼《よ》び寄《よ》せて、たやすく人《ひと》の寄《よ》りつくことのできそうもない家《いえ》を作《つく》って、かまどをの三重《さんじゅう》に塗《ぬ》りこめて、工人《こうじん》らをお入《い》れになって、皇子《みこ》も同《おな》じ所《ところ》におこもりになって、お治《おさ》めになっている十六箇所《じゅうろくかしょ》の領地《りょうち》すべてを、役人《やくにん》に倉庫《そうこ》から残《のこ》らず財物《ざいぶつ》を出《だ》させて、玉《たま》の枝《えだ》をお作《つく》りになった。かぐや姫《ひめ》のおっしゃるのにたがわず作《つく》り出した。たいそうじょうず人目《ひとめ》をあざむき、ひそかに難波《なにわ》に持《も》ち出《だ》した。「船《ふね》に乗《の》って帰《かえ》ってきました。」と京《きょう》の屋《や》敷《しき》に知《し》らせてやって、たいそうひどく苦《くる》しがっている様子《ようす》でおられた。迎《むか》えに人々《ひとびと》が多《おお》くやってきた。玉《たま》の枝《えだ》を長《なが》びつの中《なか》に入《い》れて、上《うえ》におおいの物《もの》をかけて、もって上京《じょうきょう》する。世間《せけん》の人《ひと》はいつの間《ま》に聞《き》いたのか「車持《くらもち》の皇子《みこ》は優曇華《うどんげ》の花《はな》をもって都《みやこ》にお上《あが》りになった。」と言《い》いさわいでいた。これをかぐや姫《ひめ》が聞《き》いて、自分《じぶん》はきっとこの皇子《みこ》に負《ま》けてしまうだろうと、ひどく驚《おどろ》き嘆《なげ》かれた。

中譯

因此事先吩咐好應該做的事情，在當時，被視為技藝最高超的一流鍛冶工匠，招集了六人，找了一間外人很不容易接近的房子，爐竈外圍三層，皇子（監督著工匠）和工匠一起在房子裏。在皇子管轄下有十六處領地，皇子命令家臣把倉庫（十六處領地內的）所有的寶物全部搬來，以供製造玉枝。完全依照赫夜姬所說的樣子製造，一點都不走樣。做得太好了，足以亂眞，讓人看不出來是贗品，悄悄運到難波去。然後派人到京城的官邸去通知：「皇子已乘船回來了。」裝出很勞苦疲憊的樣子。因此很多人自京城到難波來迎接皇子。皇子把玉枝置於長櫃內，上面覆蓋布幕，帶到京城來。大家有時都在哄傳：「車持皇子帶優曇華到京城來了。」赫夜姬聽到這個消息，心想，這次可能要輸給皇子了，非常吃驚且嘆息。

注釋

❶ **まえもって** （副）預先、事先。

❷ **なすべきこと** 應該要做的事。

❸ **いいつける** 〔言い付ける〕（他下一・II）命令、吩咐。

❹よる〔寄る〕（自五・Ⅰ）集會、集聚、靠近。
❺かまど〔竈〕爐竈。
❻さんじゅう〔三重〕（名）三重、三層。
❼ぬりこめる同「しこめる」，被裝在裏面。
❽ら〔等〕表多數。
❾こもる〔籠る〕（自五・Ⅰ）閉門、不出、包含。
❿たがう〔違う〕（自五・Ⅰ）不一致。たがわず＝一致、相同。
⓫たいそう（副）很、非常、誇張。
⓬じょうず〔上手〕（名、形動ダ）好、高明、能手（指某種技術）。
⓭ひとめ〔人目〕眾人眼目。
⓮あざむく〔欺く〕（自五・Ⅰ）欺騙。
⓯ひそかに（副）悄悄、秘密地。
⓰やしき〔屋敷〕宅邸、公館。
⓱ながびつ〔長櫃〕長櫃、長方形的櫃子。

⓲ **うどんげ** 〔優曇華〕佛教想像中的花、傳說三千年開一次。

⓳ **さわぐ** 〔騒ぐ〕（自五・Ⅰ）騒動、吵嚷。

【二】 かねて事《こと》みな仰《おほ》せたりければ、その時一《ときいち》の宝《たから》なりける鍛冶《かぢ》匠六人《たくみろくにん》を召《め》しとりて、たはやすく人寄《ひとよ》り来《く》まじき家《いへ》を作《つく》りて、かまどを三重《みへ》にしこめて、工匠《たくみ》らを入《い》れ給《たま》ひつつ、皇子《みこ》も同《おな》じところにこもり給《たま》ひて、知《し》らせ給《たま》ひたるかぎり十六処《じふろくそ》を、かみにくどをあげて、玉《たま》の枝《えだ》をつくり給《たま》ふ。かぐや姫《ひめ》の宣給《のたま》ふやうに違《ちが》はず、つくり出《い》でつ。いとかしこくたばかりて、難波《なにわ》にみそかにもて出《い》でぬ。「船《ふね》に乗《の》りて帰《かへ》り来《き》にけり。」と殿《との》に告《つ》げやりて、いといたく苦《くる》しがりたるさまして居給《ゐたま》へり。迎《むか》へに人多《ひとおほ》く参《まゐ》りたり。玉《たま》の枝《えだ》をば長櫃《ながびつ》に入《い》れて、物覆《ものおほ》ひて持《も》ちて参《まゐ》る。いつか聞《き》きけむ、「車持《くらもち》の皇子《みこ》は優曇華《うどんげ》の花持《はなも》ちてのぼり給《たま》へり。」とののしりけり。これをかぐや姫聞《ひめき》きて、我《われ》はこの皇子《みこ》にまけぬべしと、胸《むね》つぶれて思《おも》ひけり。**【四ノ二】**

要旨

車持《くらもち》の皇子《みこ》の謀略《ぼうりゃく》の第二《だいに》である。当時《とうじ》の名人《めいじん》といわれた工匠六人《こうしょうろくにん》をやとって、人《ひと》の近寄《ちかよ》れないような家《いえ》を造《つく》って玉《たま》の枝《えだ》を偽造《ぎぞう》し、それを難波《なにわ》までひそかに運《はこ》んで、船《ふね》で運《はこ》んだように見《み》せかけて都《みやこ》に持《も》ち帰《かえ》る。かぐや姫《ひめ》はこれを聞《き》いて、驚《おどろ》き嘆《なげ》くというのである。

語釈

◇**かねて**　前《まえ》もって。

◇**仰《おお》せたりければ**　命《めい》じてあったので。

◇**その時一《ときいち》の**　その当時第一《とうじだいいち》の。

◇**鍛冶匠《かじたくみ》**　鍛冶《かじ》の工人《こうじん》。

◇**召《め》しとりて**　召《め》しよせて。

◇**たはやすく**　たやすく。

◇**かまどを三重《みえ》にしこめて**　三重《みえ》のかまどを作《つく》って、精巧《せいこう》なかまどの意《い》。「しこめて」は「為籠《しこ》めて」。

◇**知《し》らせ給《たま》ひたるかぎり**　おおさめになっている領地全部《りょうちぜんぶ》。

◇**かみにくどをあけて**　「かみ」は「守《かみ》」で荘園《しょうえん》の役人《やくにん》。「くど」は「公帑《くど》」で領地《りょうち》の財物《ざいぶつ》を収《おさ》めておく倉庫《そうこ》。領地《りょうち》をつかさどる役人《やくにん》に命《めい》じて倉庫《そうこ》の財物《ざいぶつ》をことどとく出《だ》して、の意《い》。

◇**いとかしこくたばかりて**　たいそうじょうずに人目《ひとめ》をくらまして、

◇**みそかに**　ひそかに。

◇**帰《かえ》り来《き》にけり**　帰《かえ》ってきました。「にけり」は完了《かんりょう》の「ぬ」の連用形《れんようけい》に「に」に過去《かこ》の助動詞《じょどうし》「けり」のついたものであるが、ここでは、過去《かこ》の状態《じょうたい》の引《ひ》き続《つづ》いて今《いま》もあることを表《あら》わしている。くわしくいえば、帰《かえ》ってきて今《いま》もそのままでいるの意《い》。

◇**殿《どの》**　皇子《みこ》の屋敷《やしき》。

◇**優曇華《うどんげ》の花《はな》**　三千年《さんぜんねん》に一度《いちど》咲《さ》くといわれる想象上《そうぞうじょう》の花《はな》。

◇**ののしりけり**　言《い》いさわいだ。「ののしる」は大声《おおごえ》でいう、わめくの意《い》。

◇**まけぬべし**　「まくべし」の意《い》を「ぬ」によって強《つよ》めた言《い》い方《かた》。きっと負《ま》けてしまうだろう。

◇**胸《むね》つぶれて**　どうしてよいかわからずひどく驚《おどろ》き嘆《なげ》く意《い》。

（二）

このようにしているうちに、門《かど》をたたいて、「車持《くらもち》の皇子《みこ》がいらっしゃった。」と告《つ》げる者《もの》がある。「旅《たび》のお姿《すがた》のままいらっしゃった。」というので、お会《あ》い申《もう》し上《あ》げる。皇子《みこ》がおっしゃることには、「命《いのち》を捨《す》てるほどにして、あの玉《たま》の枝《えだ》を持《も》ってきました。」といって、「かぐや姫《ひめ》にお見《み》せしてください。」というので、じいさんがもって内《うち》にはいった。この玉《たま》の枝《えだ》に手紙《てがみ》がつけてあった。それは、

たとえ死《し》んでしまうとしても、玉《たま》の枝《えだ》を折《お》らないではそのままけっして帰《かえ》らないでしょう。

という歌《うた》である。

中譯

赫夜姬正在悲傷的時候，通報者來敲門告知：「車持皇子駕到！是依舊沒脫下旅途時所穿的衣服來的。」車持皇子說：「幾乎捨棄了生命，才弄到那個玉枝，現在送來了。請讓我見赫夜姬吧！」因此竹取翁便把玉枝拿進去了。玉枝內附有車持皇子給赫夜姬的一封信。上面有一首詩：

卿欲得玉枝，吾萬里探尋；若未能得之，一去不復返。

注釋

❶ **このようにしているうちに**　在這樣的情形下指赫夜姬以爲皇子找到了眞的玉枝而終日憂愁不安。

❷ **ほど**　（修助）表示程度。

❸ **たとえ**　（副）縱然、即使、哪怕。

❹ **しまう**　（補動五・Ⅰ）用……てしまう、……てしまう的語形表示完了、光了、盡了。

❺ **としても**　以……資格也……。

❻ **決して**　（副）（下接否定語）決（不）、一定（不）。

【二】かかる程《ほど》に、門《かど》を叩《たた》きて、「車持《くらもち》の皇子《みこ》おはしたり。」と告《つ》ぐ。「旅《たび》の御《おん》姿《すがた》ながらおはしたり。」といへば、逢《あ》ひ奉《たてまつ》る。皇子《みこ》のたまはく、「命《いのち》を捨《す》てて、かの玉《たま》の枝《えだ》もちてきたる。」とて、「かぐや姫《ひめ》に見《み》せ奉《たてまつ》り給《たま》へ。」といへば、翁《おきな》もちて入《い》りたり。この玉《たま》の枝《えだ》に文《ふみ》ぞつけたりける。

いたづらに身《み》はなしつとも玉《たま》の枝《えだ》を手折《たを》らでただに帰《かへ》らざらまし。

（四ノ三）

要　旨

車持《くらもち》の皇子《みこ》が、かぐや姫《ひめ》のもとに玉《たま》の枝《えだ》をもって訪《おとず》れることを述《の》べた。

語　釈

◇**かかる程《ほど》に**　このようにしているうちに、前《まえ》にあった姫《ひめ》の悲観《ひかん》の状態《じょうたい》をうけていっている。

◇旅《たび》の御姿《おんすがた》ながら　「ながら」は「そのまま」の意《い》、旅《たび》のお姿《すがた》のままで。

◇のたまはく　「いはく」の敬語《けいご》。「のたまふ」の未然形《みぜんけい》に「ことには」の意《い》をそえる接尾語《せつびご》「く」のついたもの。おっしゃることには。

◇いたづらにの歌《うた》　「いたづらに」はむなしく、「つ」は「てしまう」の意《い》。「ただに」はなすこともなく、そのまま。「まし」は仮想《かそう》を表《あら》わす。一首《いっしゅ》はたとえこの身《み》をむなしくしてしまう(死《し》ぬこと)としても、玉《たま》の枝《えだ》を折《お》り取《と》らないで、そのまま帰《かえ》ることはけっしてしないでしょう(しかし折《お》り取《と》ることができたからこのように帰《かえ》ってきたのです。)の意《い》。

【一三】

この歌《うた》をも感心《かんしん》して見《み》ているところに、竹取《たけとり》のじいさんがとびこんできていうには、「この皇子《みこ》におっしゃった蓬莱《ほうらい》の玉《たま》の枝《えだ》を、一箇所《ひとかしょ》もまちがわずもっていらっしゃった。こうなってはどうしてとやかく申《もう》しましょう。旅《たび》のお姿《すがた》のまま、ご自分《じぶん》の家《いえ》へもお寄《よ》りにならないでおいでになったのである。早《はや》くこの皇子《みこ》と結婚《けっこん》してお仕《つか》えしなさい。」といったところが、姫《ひめ》は口《くち》もきかないで、ほおづえをついてひどく悲《かな》しそうに思《おも》っている。この皇子《みこ》は、「今《いま》となっては、何《なに》のかのといってはいけません。」というと同時《どうじ》に、縁側《えんがわ》にはい上《あ》がられた。じいさんも、それをもっともだと思《おも》う。「この国《くに》で見《み》られない玉《たま》の枝《えだ》だ。今度《こんど》はどうしておことわり申《まを》されよう。人《ひと》がらもよい人《ひと》であられる。」などいっている。かぐや姫《ひめ》がいうには、「親《おや》のおっしゃることを、いちずにおことわり申《もう》そうとは思《おも》ったがそれが気《き》の毒《どく》さに、手《て》に入《い》れかねる物《もの》を申《もう》したのですのに。」といって、このように思《おも》いがけなくももってきたことを残念《ざんねん》に思《おも》っているが、じいさんはそれにかまわず、寝室《しんしつ》の中《なか》のしたくなどをはじめる。

中譯

竹取翁受這首詩的感動，因而跑進來對赫夜姬說：「妳叫皇子折蓬萊玉枝，他正是從那個地方折來的，已經沒話可說了吧！他來不及換裝，連自已的家也沒回去，就到這兒來了，請快嫁給他吧！」赫夜姬不說一句話，托著腮，一副傷心的樣子在沉思。皇子走上走廊，同時說：「現在什麼都不必說了（嫁給我吧）！」竹取翁也認爲理所當然，向赫夜姬勸道：「這是在國內沒有的玉枝。這次怎麼好謝絕呢？他的人品也好。」赫夜姬：「我想違忤爸爸的話，很覺於心不安，這是極不易獲得的寶物！」赫夜姬很感到意外，皇子會弄到玉枝送來，竹取翁倒不管這些，開始爲他們佈置洞房。

注釋

❶かんしん　〔感心〕（名・自他サ・Ⅲ・形動ダ）佩服、欽佩、讚美。

❷ところ　（名）表示程度。

❸とびこむ　〔飛び込む〕（自五・Ⅰ）突然闖入、跳入。

❹ほうらい　〔蓬莱〕（名）中國古代傳說中的仙島名。

❺どうして　（副）如何地、怎樣地。

❻かく　〔斯く〕（副）如此、這樣。

❼くちもきかない　嘴巴也無效了，即不說話。

❽ほおずえ　〔頬杖〕（名）托腮。

❾えんがわ　〔縁側〕（名）屋簷下的走廊。

❿ひとがら　〔人柄〕（名）人格、品格。

⓫いちず　〔一途〕（形動ダ）一心一意。

⓬きのどく　〔気の毒〕（名・形動ダ）於心不安、過意不去。

⓭さ　（感助）表示輕微感動，加以斷定。きのどくさに＝整句當副詞用。

⓮かねる　〔兼ねる〕（下一型・Ⅱ）接在動詞連用形下，表示：礙難不能、不容易；手に入れかねる：不容易弄到手。

⓯のに　（接助）接在句尾表示遺憾或惋惜的語氣。

⓰おもいがけない　（形）意外的。

⓱ざんねん　〔残念〕（形動ダ）遺憾。

⓲したく　〔支度・仕度〕（名・形動ダ）預備、準備。

【一三】これをもあはれとも見《み》て居《を》るに、竹取《たけとり》の翁《おきな》走《はし》り入《い》りていはく、「この皇子《みこ》に申《もう》し給《たま》ひし蓬莱《ほうらい》の玉《たま》の枝《えだ》を、一《ひと》つの処《ところ》あやまたずもておはしませり。何《なに》をもちて、とかく申《もう》すべき。旅《たび》の御姿《おんすがた》ながら、わが御家《おんいへ》へも寄《よ》り給《たま》はずしておはしましたり。はやこの皇子《みこ》にあひ仕《つか》うまつり給《たま》へ。」といふに、物《もの》もいはで頬杖《つらづゑ》つきて、いみじく歎《なげ》かしげに思《おも》ひたり。この皇子《みこ》、「今《いま》さへ何《なに》かといふべからず。」といふままに、縁《えん》にはひのぼり給《たま》ひぬ。翁《おきな》ことわりに思《おも》ふ。「この国《くに》に見《み》えぬ玉《たま》の枝《えだ》なり。この度《たび》はいかでかいなびまをさむ。人《ひと》ざまもよき人《ひと》におはす。」などいひ居《お》たり。かぐや姫《ひめ》のいふやう、「親《おや》の宣給《のたま》ふ事《こと》を、ひたぶるにいなび申《もう》さむことのいとほしさに、とりがたきものを申《もう》しつるものを。」とて、かくあさましくて持《も》ち来《く》ることをねたく思《おも》ひ、翁《おきな》は閨《ねや》の内《うち》しつらひなどす。

【四ノ四】

要　旨

皇子《みこ》が玉《たま》の枝《えだ》をもってきたために、姫《ひめ》が困惑《こんわく》するさまを述《の》べた。皇子《みこ》の歌《うた》をみていると、翁《おきな》が走《はし》りこんできて、皇子《みこ》に会《あ》えと催促《さいそく》する。皇子《みこ》も縁《えん》にはい上《あ》がってくるし、翁《おきな》が皇子《みこ》に同情的《どうじょうてき》な立場《たちば》をとるために、姫《ひめ》はいよいよ困《こま》りきってしまうというのである。

語　釈

◇**これをも**　この歌《うた》をも。

◇**あはれとも**　「あはれ」は「しみじみとした感動《かんどう》」をいう。玉《たま》の枝《えだ》についた歌《うた》までも、しみじみ感深《かんふか》く思《おも》って見《み》ているのである。

◇**何《なに》をもちて、とかく申《もう》すべき**　どうしてあれこれ申《もう》してよかろうか、問答無用《もんどうむよう》であるの意《い》。「何《なに》」という疑問《ぎもん》の語《ご》に対《たい》して「べき」という連体形《れんたいけい》で結《むす》んであるようであるが、係《かか》りの助詞《じょし》「か」が「何《なに》をもちて」の下《した》にあるのと同《おな》じとみてよい。

◇**頬杖《つらづえ》つきて**　手《て》をほほにあててひじを立《た》てる。物《もの》を思《おも》うさま。

◇**いみじく**　ひどく、はなはだしく。よいことでも悪《わる》いことでも、物事《ものごと》のはなはだしい状態《じょうたい》をいう形容詞《けいようし》「いみじ」の連用形《れんようけい》。

◇**今《いま》さへ何《なに》かといふべからず**　今《いま》となっては、なんのかのといってはならないの意《い》。「さへ」は今《いま》を強《つよ》くいったもの。

◇**いふままに**　いうと同時《どうじ》に。「ままに」は二《ふた》つの動作《どうさ》があいついで行《おこな》われるのを示《あらわ》す。

◇**ことわりに思《おも》ふ**　もっともだと思《おも》う。

◇**いなびまをさむ**　「いなぶ」は「いなむ」に同《おな》じく、ことわる、否定《ひてい》するの意《い》。おことわり申《もう》そう。

◇**人《ひと》ざま**　人《ひと》がら、人品《じんぴん》。

◇**ひたぶるに**　いちずに、ひたすらに。

◇**いとほしさ**　気《き》の毒《どく》さ、かわいそうなこと。

◇**とりがたきものを**　原本《げんぽん》「とりがたきもの、かくあさましくて持《も》てきたる事《こと》を」とあるが意味《いみ》が通《つう》じないので、「とりがたきもの」の下《した》に「を申《もう》しつるをとて」を補《おぎな》って解《かい》する。

◇**ねたく**　残念《ざんねん》に、口惜《くちお》しく。

◇**しつらひ**　したく、用意《ようい》、設備《せつび》。

（一四）

じいさんが皇子《みこ》にいいますには、「どんな所《ところ》にこの木《き》はございましたのでしょうか。不思議《ふしぎ》にも美《うつく》しくけっこうなものですね。」と申《もう》し上《あ》げる。皇子《みこ》が答《こと》えておっしゃるには、「一昨々年二月《いさくさくねんきさらぎ》の十日《とおか》ごろに、難波《なにわ》から船《ふね》に乗《の》って海《うみ》の中《なか》に出《で》て、どこへ行《い》ってよいかわからなく思《おも》われたけれども、思《おも》うことが成功《せいこう》しないでは、この世《よ》の中《なか》に生《い》きていてもなんとしよう、何《なに》にもならぬと思《おも》ったので、ただあてもない風《かぜ》のまにまにこいでいった。死《し》んだらどうしよう、いたしかたもないが生《い》きている間《ま》は、このように歩《ある》いて、蓬莱《ほうらい》とかいう山《やま》に出会《であ》うかと、波《なみ》の上《うえ》をこぎ漂流《ひょうりゅう》していって、日本《にほん》の国《くに》の内《うち》を離《はな》れていきましたところが、あるときは、浪《なみ》が荒《あ》れて海《うみ》の底《そこ》にも今《いま》にもはいってしまいそうになり、あるときは、風《かぜ》の吹《ふ》くのにつれて、知《し》らぬ他国《たこく》に吹《ふ》き寄《よ》せられて、鬼《おに》のようなものが出《で》て来《き》て殺《ころ》そうとした。あるときには、どこがどうやら方角《ほうがく》もわからず、海《うみ》にまぎれこもうとした。あるときは、食糧《しょくりょう》がつきて草《くさ》の根《ね》を食物《くびもの》とした。あるときは、何《なに》ともいいようもなく気味悪《きみわる》そうなものが来《き》て、食《く》いかかろうとした。あるときは、海《うみ》の貝《かい》を採《と》って命《いのち》をつないだ。旅先《たびさき》でお助《たす》けてくだされそうな人《ひと》もいない所《ところ》で、いろいろの病気《びょうき》になって、ゆくえがどちらかもわからず、船《ふね》の進《すす》むのに任《まか》せて、海《うみ》に漂《ただよ》って、五百日《いほか》めという日《ひ》の午前八時《ごぜんはちじ》ごろに、海《うみ》の中《なか》にほんのわずかに山《やま》が見《み》えた。気力《きりょく》の弱《よわ》った船中《せんちゅう》なのにもかかわらず、つとめて山《やま》を見《み》る。海《うみ》の上《うえ》にゆれ動《うご》いている山《やま》はたいそう大《おお》きい。その山《やま》の様子《ようす》は高《たか》くりっぱである。これが自分《じぶん》の捜《さが》している山《やま》であろうかと思《おも》って、そうはいうもののやはり恐《おそ》ろしく思《おも》って、山《やま》の回《まわ》りをこぎ回《まわ》して二《ふつ》、三日《みか》ほど見《み》ていくうちに、天人《あまびと》の服装《ふくそう》をした女《おんな》が山《やま》の中《なか》から出《で》てきて、銀《しろがね》の椀《わん》で水《みず》を汲《く》んでいく。それを見《み》て船《ふね》から降《お》りて、「この山《やま》の名《な》を何《なに》といいますか。」と尋《たず》ねる。女《おんな》が答《こた》えていうことには、「これは蓬莱《ほうらい》の山《やま》です。」と答《こた》える。これを聞《き》くとうれしいことこのうえもない。この女《おんな》は、「そうおっしゃるのは、どなたか。」と聞《き》く。「わたくしの名《な》は、うかんるり。」といって、ふいと山《やま》の中《なか》にはいってしまった。

中譯

竹取翁問皇子：「這個玉枝是在那兒找來的？太美了，令人難以想像有這麼美呢！」皇子回答：「大約在大前年的二月十日左右，我從難波乘船出海，雖然不知道到那兒去好，但是心中希望的事如果不能成功的話，活在世上有什麼意義呢？因此什麼也不想，只是順著沒有一定的方向的風划行。如果死了的話，怎麼辦呢？雖然沒有辦法，但是在一息尚存時，能否遇到傳說中的蓬萊仙島？在波濤上航行漂流，離遠了日本國土，有時，波濤洶湧，船幾乎沉入海底，有時，船隨著風吹，吹到不知名的外國地方去，遇見像鬼一樣的人，幾乎被殺。有時，弄不清方向，不知道身在何處，迷失在海中。有時，糧食告罄，只得以草根充飢。有時，令人作嘔的東西也要吃。有時，採海貝維持生命。在旅途中沒有可求助的人，又有各種病感染，航行的方向是朝那一方也搞不清，只好在船隨海浪漂，到了第五百天的當天上午八時左右，海中模模糊糊出現小山（見白居易長恨歌：「忽聞海上有仙山，山在虛無縹緲間。」）雖然覺得身體軟弱無力，依舊盡力張望。在海上搖動的山很大。山的外形高聳且秀麗。我想，這就是我要找的山嗎？雖然這樣說，我的心裏還是害怕，因此環繞著山划行兩、三天看看究竟，不久，發現穿著神仙衣服的女子從山中出來，用銀椀來舀水。我看見那個舀水的女子，便走下船去問她：『這個山叫什麼名字？』那女子答道：『此山即蓬萊山。』我一聽說是蓬萊山，便高興得不得了。我再問她『妳叫什麼名字？』她答：『我的名字是寶漢瑠璃。』說完便立刻進到山裏去了。」

注釋

❶けっこう　〔結構〕（形動ダ）極好。

❷いっさくさくねん　〔一昨昨年〕（名）大前年。

❸ごろ　〔頃〕（名）時候，含前後漠然的意思。

❹たけれども　同だけれども（接）然而、可是。

❺あてもない　〔形〕沒有目的的。

❻まにまに　〔間に間に〕（副）隨著、順勢。

❼こぐ　〔漕ぐ〕（他五・Ｉ）划〔船〕「こぐ」的第二變化〔又稱連用形〕是「こぎ」，下接て，則因音便的關係而成「こいで」。

❽たら　（助動）若是……。死《し》んだら＝若是死了……。「死《し》ぬ」的第二變化下接たら，因音便的關係而成：死《し》んだら。

❾いたしかたもない　（形）沒辦法。
❿とか　（修助）表示不確實的傳聞，據說。
⓫であう　〔出会う・出合う〕（自五・Ⅰ）碰見、遇到。
⓬あれる　〔荒れる〕（自下一・Ⅱ）（海濤）洶湧。「あれ」是「あれる」的第二變化（連用形）。
⓭ほうがく　〔方角〕（名）方向、方位。
⓮まぎれこむ　〔紛れ込む〕（自四・Ⅰ）迷失。「まぎれこむ」的第一變化「まぎれこま」下接う，因音便的關係，成爲「まぎれこもう」，表示將要迷失在……
⓯きみわるそうな　〔気味悪そうな〕看起來令人可怕的。
⓰つなぐ　〔繋ぐ〕（他五・Ⅰ）維持（生命）。「つなぐ」的第二變化「つなぎ」下接表示過去及完了的助動詞た，因音便關係而成「つないだ」。
⓱たびさき　〔旅先〕（名）旅行的途中、旅行的目的地。
⓲いろいろ　〔色色〕（名・副・形動ダ）各種各樣。
⓳びょうき　〔病気〕（名）疾病。病気になる＝有病。

⑳ゆくえ　〔行方〕（名）去向、前途。

㉑め　〔目〕（接尾）用在數詞下表示順序，例：五百日目，即第五百天。

㉒ほんの　〔本の〕（連体）用於表示小的、僅僅、一點點。

㉓わずかに　同「ほのかに」（副）隱約（可見）。

㉔かかわらず　〔拘らず〕（連語）雖然……但仍。

㉕つとめる　〔勤、努、務、勉める〕（他下一・Ⅱ）努力、忍耐、服務。

㉖りっぱ　〔立派〕（形動ダ）漂亮、華麗。

㉗やはり　〔矢張り〕（副）畢盡還是。

㉘そのうちかに　（副）不久、過幾天。

㉙うかんるり　〔寶漢瑠璃〕（名）仙女名。

㉚ふいと　（副）突然、很快。

【一四】翁《おきな》、皇子《みこ》に申《もう》すやう、「いかなる処《ところ》にかこの木《き》はさぶらひけむ。あやしくうるはしくめでたきものにも。」と申《もう》す。皇子《みこ》答《こた》へて宣給《のたま》はく、「さきをととしの二月《きさらぎ》の十日《とをか》ごろ、難波《なには》より船《ふね》に乗《の》りて、海中《かいちう》に出《い》でて、行《ゆ》かむ方《かた》も知《し》らずおぼえしかども、思《おも》ふこと成《な》らで、世《よ》の中《なか》に生《い》きて何《なに》かせむと思《おも》ひしかば、ただ空《むな》しき風《かぜ》に任《まか》せてありく。命《いのち》死《し》なばいかがはせむ。生《い》きてあらむ限《かぎ》りはかく歩《ある》きて、蓬莱《ほうらい》といふらむ山《やま》にあふやと、浪《なみ》に漕《こ》ぎただよひありきて、わが国《くに》の内《うち》を離《はな》れて歩《あり》き廻《まか》りしに、ある時《とき》は浪荒《なみあ》れつつ海《うみ》の底《そこ》にも入《い》りぬべく、ある時《とき》は風《かぜ》につけて知《し》らぬ国《くに》に吹《ふ》き寄《よ》せられて、鬼《おに》のやうなるもの出《い》で来《き》て殺《ころ》さむとしき。ある時《とき》は来《こ》し方行《かたゆ》く末《すゑ》も知《し》らず、海《うみ》にまぎれむとしき。ある時《とき》は糧尽《かてつ》きて、草《くさ》の根《ね》を食物《くひもの》としき。ある時《とき》はいはむ方《かた》なくむくつけげなるもの来《き》て、食《く》ひかからむとしき。ある時《とき》には海《うみ》の貝《かい》を採《と》りて命《いのち》をつぐ。旅《たび》の空《そら》に助《たす》け給《たま》ふべき人《ひと》もなき所《ところ》に、いろいろの病《やまひ》をして、行《い》く方《かた》そらも覚《おぼ》えず、船《ふね》の行《い》くに任《まか》せて、海《うみ》に漂《ただよ》ひて、五百日《いほか》といふ辰《たつ》の刻《こく》ばかりに、海《うみ》の中《なか》にはつかに山《やま》見《み》ゆ。船《ふね》のうちをなむせめて見《み》る。海《うみ》の上《うえ》に漂《ただよ》へる山《やま》いと大《おお》きにてあり。その山《やま》のさま高《たか》くうるはし。これわがもとむる山《やま》ならむと思《おも》ひて、さすがにおそろしく覚《おぼ》えて、山《やま》のめぐりをさしめぐらして、二三日《ふつかみか》ばかり見《み》ありくに、天人《あまびと》のよそほひしたる女《おんな》、山《やま》の中《なか》より出《い》で来《き》て、銀《しろかね》の金椀《かなまり》をもちて水《みづ》を汲《く》みありく。これを見《み》て船《ふね》よりおりて、『この山《やま》の名《な》を何《なに》とか申《もう》す。』と問《と》ふ。女答《おんなこた》へて曰《い》はく、『これは蓬莱《ほうらい》の山《やま》なり。』と答《こた》ふ。これを聞《き》くに、うれしきこと限《かぎ》りなし。この女《おんな》、『かく宣給《のたま》ふは誰《たれ》ぞ。』と問《と》ふ。『わが名《な》はほうかんるり。』といひて、ふと山《やま》の中《なか》に入《い》りぬ。**（四ノ五）**

要旨

竹取《たけとり》の翁《おきな》の問《と》いに答《こた》えて、車持《くらもち》の皇子《みこ》が玉《たま》の枝《えだ》を手《て》に入《い》れるまでの苦心談《くしんだん》を述《の》べているところ。難波《なにわ》から船出《ふなで》して蓬莱山《ほうらいさん》を求《もと》めて歩《ある》いたが、その間千辛万苦《ませんしんばんく》、五百目《いほか》にようやく山《やま》に行《い》きあたる。たまたま天女《あまびと》らしいものに出会《であ》ってそこが蓬莱山《ほうらいさん》であることを知《し》るというのである。

語釈

◇**さぶらひけむ**　ございましたのでしょう。「さぶらむ」は伺候《しこう》する意《い》から転《てん》じて、話《はな》し相手《あいて》に対《たい》して謙《けん》そんの意《い》を表《あら》わすときに用《もち》いる。ふつうなら「ありけむ」となるところ。

◇**あやしく**　不思議《ふしぎ》にも。

◇**うるはしく**　りっぱに。美《うつく》しく。

◇**めでたきものにも**　この下《した》に「あるかな」の意《い》が省《はぶ》かれている。けっこうなものですこと。

◇**さをととし**　「さきをととし」の意《い》。一昨昨年《いさくさくねん》

◇**行《ゆ》かむ方《へ》も知《し》らず**　行《い》こうとしてもその方角《ほうがく》の見当《けんとう》がつかない。

◇**空《むな》しき風《かぜ》**　あてにもならぬ風《かぜ》。

◇**いかがはせむ**　どうしよう、いたしかたもないの意《い》。

◇**蓬莱《ほうらい》といふらむ山《やま》**　蓬莱《ほうらい》とか人《ひと》のいう山《やま》。「らむ」は推量《すいりょう》の助動詞《じょどうし》で、ここでは断定《だんてい》しないで、もの柔《やわ》らかにいう言《い》い方《かた》として使《つか》われている。

◇**入《い》りぬべく**　ほんとうにはいりそうになり。「ぬ」は「べし」の意《い》を強《つよ》めるのに用《もち》いられる。

◇**来《こ》し方《かた》行《ゆ》く末《すえ》も知《し》らず**　来《き》た方角《ほうがく》も行《い》く先《さき》もわからない。どこがどうやら方角《ほうがく》もわからぬ意《い》。

◇**まぎれむ**　紛《まぎ》れよう、迷《まよ》おう。

◇**いはむ方《かた》なく**　いいようもなく。

◇**むくつけげなるもの**　気味悪《きみわる》そうなもの、恐《おそ》ろしそうなもの。

◇**旅《たび》の空《そら》に**　たよりない旅先《たびさき》で。「空《そら》」は頼《たよ》りなげな、はかない感《かん》じを表《あら》わす。

◇**行《ゆ》く方《へ》そら**　行《ゆ》く方角《ほうがく》すら。「そら」は「すら」と同《おな》じ助詞《じょし》。「空《そら》」ではない。

◇**辰《たつ》の刻《こく》**　午前八時《ごぜんはちじ》。

◇**はつかに**　わずかに、ほのかに。

◇**船《ふね》のうちをなむせめて見《み》る**　船《ふね》の中《なか》なのにしいて見《み》る。船中《せんちゅう》で気力《きりょく》も弱《よわ》っているのをつとめて見《み》るの意《い》。「を」は逆接《ぎゃくせつ》の助詞《じょし》。「船《ふね》の中《なか》なるを」に同《おな》じ。「なむ」は係《かか》りの助詞《じょし》。

◇**さすがに**　そうはいうもののやはり。ここでは「求《もと》める山《やま》とはいうものの」の意《い》。
◇**さしめぐらして**　「さし」は意味《いみ》のない接頭語《せっとうご》。船《ふね》を巡《めぐ》らせて。
◇**よそほひ**　服装《ふくそう》。
◇**金椀《かなまり》**　金属製《きんぞくせい》の椀《わん》。
◇**うかんるり**　天女《てんにょ》の名《な》だがはっきり意味《いみ》はわからない。ある本《ほん》には「はうかんるり」とある。
それによれば、「宝漢瑠璃《ほうかんるり》」か。
◇**ふと**　ふいと、急《きゅう》に。

（一五）

その山《やま》を見《み》ると、全《まった》く登《のぼ》るべき手《て》だてもない。その山《やま》のけわしい傾斜面《けいしゃめん》を巡《めぐ》ると、この世《よ》の中《なか》にはない花《はな》の木《き》がたくさん立《た》っている。金色《きんいろ》や瑠璃色《るりいろ》をした水《みず》が山《やま》から流《なが》れ出《で》ている。その川《かわ》には種々《いろいろ》の色《いろ》の玉《たま》の橋《はし》がかけてある。その近《ちか》くには、光輝《ひかりかがや》く木《き》がたくさん立《た》っている。その中《なか》で、この取《と》ってまいりましたのは、たいそう悪《わる》かったのですが、おっしゃったのに違《ちが》ったなら、よくなかろうと思《おも》って、この花《はな》を折《お》って参上《さんじょう》したのです。山《やま》はこのうえなくおもしろく、ほんとうにたとえようもありませんでしたが、この枝《えだ》を折《お》り取《と》ってしまったので、いまさらのように気《き》が気《き》でなくて、船《ふね》に乗《の》って、おりよく追風《おいかぜ》が吹《ふ》いて、四百余日《しひゃくよにち》でやっと参《まい》りました。神仏《しんぶつ》に大願《たいがん》を立《た》てたおかげか、難波《なにわ》からきのうかろうじて都《みやこ》に参《まい》りました。潮《しお》にぬれた衣服《いふく》をさえ別《べつ》に脱《ぬ》ぎかえることもしないで、こちらへやって参《まい》りました。」とおっしゃるので、じいさんはそれを聞《き》いて、深《ふか》く感《かん》じ入《い》って、次《つぎ》のような歌《うた》をよんだ。

わたくしは代々竹取《だいだいたけと》りをしていますが、野山《のやま》においてそんなにつらいめにばかりあったことはありません。

これを皇子《みこ》が聞《き》いて、「多《おお》くの日《ひ》ごろ思《おも》い苦《くる》しんでおりました心《こころ》は、きょうこそほんとうに落《お》ち著《つ》きました。」とおっしゃって、返歌《へんか》をよんで、

わたしの袂《たもと》は喜《よろこ》びのためにきょうはかわいているので、今《いま》までの数々《かずかず》の苦《くる》しさも、きっと忘《わす》れられるでしょう。

とおっしゃった。

中譯

「（抬頭）一看那山，簡直沒法攀登。沿著那山的傾斜面繞行而上，看見生長著很多人世間所無的花木。金色、深藍色的水從山裏流出。河上架著各式各樣的玉僑（橋上鑲嵌著各式各樣的玉），橋的附近，種了很多光輝耀眼的樹。（我帶回來的這個玉枝）就是在其中採的，很不好看，如果和令媛（赫夜姬）所說的不一樣的話，大概也不致於差得很遠，所以便採了這枝花晉謁。那個地方（蓬萊山仙境）眞是太好玩了，根本無法比喻。因此折了這枝玉枝，一直到現在仍然（高興得）坐立不安，乘船時，剛巧順風，經過了四百多天才好容易回來。大概是向社佛祈願而得到的庇祐吧！昨天自難波勉勉強強回到了京都。」竹取翁聽完皇子上述的一段經過，深受感動，便賦了一首詩：

吾世代伐竹為業，在深山人跡罕至；雖云艱苦已備嘗，不及皇子閣下苦。

皇子聆聽竹取翁的詩，然後說：「多少天來苦思的心情，今天總算平靜了。」並回答一首詩：

日夜思卿淚滿袖，尋獲玉枝淚始乾；回顧千仞波濤險，午夜夢迴不能忘。

注釋

❶てだて　〔手立〕（名）方法、手段、辦法。

❷けわしい　〔険しい〕（形）陡峭、險峻。

❸めぐる　〔巡る〕（他五・Ⅰ）繞行。

❹るりいろ　〔瑠璃色〕（名）深藍色。

❺さんじょう　〔参上〕（名・自サ・Ⅱ）拜訪、趨謁。

❻たとえようもありません　無法比喻。

❼いまさら　〔今更〕（副）到了現在、事到如今。

❽気《き》が気《き》でない　焦慮、坐立不安。

❾おりよく　〔折好く〕（副）恰巧、恰好、可巧。

❿おいかぜ　〔追風〕（名）順風。

⓫やっと　（副）好容易（非常不容易的意思）。

⓬かろうじて　〔辛うじて〕（副）好不容易才……、險些沒……、勉勉強強。

⓭おかげ　〔御陰〕（名）托福、托庇、幸虧、由於。

⓮ つらいめ　〔辛い目〕（連語）苦頭、艱苦的事情。

⓯ おちつく　〔落著く・落付く〕（自五・Ⅰ）心平氣和、平靜、沈著。

⓰ たもと　〔袂〕（名）和服的袖子。

【一五】その山《やま》を見《み》るに、更《さら》に登《のぼ》るべきやうなし。その山《やま》のそばつらをめぐれば、世《よ》の中《なか》になき花《はな》の木《き》ども立《た》てり。金《こがね》銀《し》瑠璃《るり》色《いろ》の水《みづ》、山《やま》より流《なが》れ出《い》でたり。その川《かわ》いろいろの玉《たま》の橋渡《はしわた》せり。そのあたり照《て》り輝《かがや》く木《き》ども立《た》てり。その中《なか》に、この取《と》りてまうで来《き》たりしは、いとわろかりしかども、宣給《のたま》ひしに違《たが》はましかばとて、この花《はな》を折《を》りてまうできたるなり。山《やま》は限《かぎ》りなくおもしろく、世《よ》に譬《たと》ふべきにあらざりしかど、この枝《えだ》を折《を》りてしかば、更《さら》に心《こころ》もとなくて、船《ふね》に乗《の》りて、追風《おひかぜ》ふきて、四百余日《しひゃくよにち》になむまうで来《き》にし。大願力《たいぐわんちから》にや、難波《なにわ》より昨日《きのふ》なむ都《みやこ》にはまうで来《き》つる。更《さら》に潮《しほ》にぬれたる衣《ころも》をだに脱《ぬ》ぎかへなでなむ、こち、まうで来つる。」と宣給《のたま》へば翁《おきな》聞《き》きてうち歎《なげ》きてよめる、

呉竹《くれたけ》のよよのたけとり野山《のやま》にもさやはわびしきふしをのみ見《み》し

これを皇子《みこ》聞《き》きて、「ここらの日《ひ》ごろ思《おも》ひわび侍《はべ》りつる心《こころ》は、今日《けふ》なむおちゐぬる。」と宣給《のたま》ひて、かへし、

わが袂《たもと》けふかわければわびしさのちくさの数《かず》もわすられぬべしと宣給《のたま》ふ。（四ノ六）

要旨

皇子《みこ》の苦心談《くしんだん》の後半《こうはん》を述《の》べた。蓬莱山《ほうらいさん》の様子《ようす》を具体的《ぐたいてき》に話《はな》し、花《はな》の枝《えだ》を折《お》り取《と》って大急《おおいそ》ぎで帰《かえ》ってきたこと、ぬれた衣《ころも》もそのままにして、ここにやってきたことなどを翁《おきな》に話《はな》す。翁《おきな》はすっかり感《かん》じ入《い》って信用《しんよう》し、皇子《みこ》もこれで安心《あんしん》するというのである。

語釈

◇**そばひら**　「そば」は角《かど》になっているところ。「ひら」は坂《さか》・傾斜《けいしゃ》、「そばひら」は、けわしい傾斜面《けいしゃめん》。

◇**いろいろの**　種々《いろいろ》の色《いろ》の。

◇**まうで来《き》たりしは**　参上《さんじょう》しましたのは。「まうで」は「参出《まゐいで》」が「まゐで」となりさらに「まうで」となったもの。

◇**違《ちが》はましかばとて**　もしも違《ちが》ったならばと思《おも》って。「ましか」は仮想《かそう》の助動詞《じょどうし》「まし」の已然《いぜん》形《けい》、現実《げんじつ》と反対《はんたい》のことをかりに思《おも》いもうける場合《ばあい》に用《もち》いる。

◇**世《よ》に**　「世《よ》の中《なか》に」の意《い》から「まことに」「実《じつ》に」の意《い》となる。

◇**折《お》りてしかば**　折《お》ってしまったので。「しか」は「き」の已然形《いぜんけい》、「て」は完了《かんりょう》の助動詞《じょどうし》「つ」の連用形《れんようけい》、「てき」は過去《かこ》に完了《かんりょう》したことを示《あらわ》す。花《はな》を折《お》り取《と》ってしまった、の意《い》。

◇**心《こころ》もとなくて**　気《き》がかりで。

◇**追風《おいかぜ》**　順風《じゅんぷう》、船《ふね》の進《すす》む方向《ほうこう》に向《む》かって吹《ふ》く風《かぜ》。

◇**大願力《たいがんりょく》にや**　大願《たいがん》をかけて目的《もくてき》を貫《つらぬ》こうとした念力《ねんりき》のためでしょうか。

◇**衣《ころも》をだに**　衣《ころも》さえも。

◇**脱《ぬ》ぎかへなで**　脱《ぬ》ぎかえてしまわないで。「な」は「ぬ」の未然形《みぜんけい》で、「脱《ぬ》ぎかへで」の意《い》を強《つよ》めるもの。「で」は「ずて」のつづまったもの。

◇**こち**　こちらへ。

◇**うち歎《なげ》きて**　嘆息《たんそく》して、感嘆《かんたん》して。

◇**よめる**　「よめる歌《うた》」の意《い》で連体形《れんたいけい》で止《と》めている。

◇**呉竹《くれたけ》のの歌《うた》**　「呉竹《くれたけ》」は、大陸《たいりく》から伝来《でんらい》したもので、淡竹《はちく》のこと。「呉竹《くれたけ》の」は「よ」の枕《まくら》詞《ことば》、「よ」には竹《たけ》の節間《ふしま》の「よ」と「代《よ》」とをかけた、代々《だいだい》の竹《たけ》を取《と》る者《もの》、と続《つづ》けるための枕《まくら》詞《ことば》。「さ」は「そのように」。「やは」は反語《はんご》。「ふし」は竹《たけ》の節《ふし》と時《とき》・機会《きかい》の意《い》とをかけている。一首《いっしゅ》は、いつの代《よ》の竹取《たけと》りでも、野山《のやま》でそんなにつらいめにばかりあったでしょうか、そんなつらいめにはおそらくあわないでしょうの意《い》。

◇**こころの日《ひ》ごろ**　多《おお》くの日《ひ》ごろ。

◇**思《おも》ひわび侍《はべ》りつる**　思《おも》い苦《くる》しんでおりました。

◇**おちゐぬる**　落《お》ち著《つ》いた。

◇**かへし**　返歌《かえし》。

◇**わが袂《たもと》の歌《うた》**　「ちぐさ」は「千種《ちぐさ》で」たくさんの意《い》。「わすられ」は「忘《わす》られ」のつづまったもの。「ぬべし」は「べし」の強調《きょうちょう》。一首《いっしゅ》は、涙《なみだ》や潮《しお》でぬれていたわがたもとも、きょうは喜《よろこ》びのためかわいているので今《いま》までの苦《くる》しいことの数々《かずかず》も、きっと忘《わす》れることができましょうの意《い》。

（一六）

こうしている間《ま》に、男《おとこ》たちが六人《ろくにん》連《つら》れ立《た》って急《きゅう》に出《で》てきた。ひとりの男《おとこ》が、竹《たけ》の先《さき》に書状《しょじょう》をはさんで申《もう》しました。「作物司《つくもづかさ》の工人《こうじん》漢部内麿《あやべのうちまろ》が申《もう》しますことは、玉《たま》の木《き》を作《つく》ってお仕《つか》えしましたこと、食物《しょくもつ》も絶《ぜ》って千余日《せんよにち》に力《ちから》を尽《つ》くしたことは少《すく》なくありません。ところが、その謝礼《しゃれい》をまだいただきません。それをいただいて貧《まず》しい身内《みうち》の者《もの》にいただかせましょう。」といってさし出《だ》しました。竹取《たけとり》のじいさんは、「この工人《こうじん》たちが申《もう》すことは何事《なにごと》か。」と不審顔《ふしんがお》に首《くび》をかしげている。皇子《みこ》はあわてて、我《わ》が人《ひと》かのありさまで、肝《きも》を冷《ひ》やしていらっしゃる。これをかぐや姫《ひめ》が聞《き》いて、「そのさし出《だ》す書状《しょじょう》を取《と》ってください。」といって取《と》って見《み》ると、書状《しょじょう》に書《か》いてあることは、

皇子様《みこさま》が千日《せんにち》も賤《いや》しい工人《こうじん》らといっしょに、同《おな》じ場所《ばしょ》にひそんでおられて、りっぱな玉《たま》の枝《えだ》をお作《つく》らせになって、官職《かんしょく》もやろうとおっしゃいました。このことをこのごろ考《かんが》えてみますのに、皇子《みこ》のお使《つか》いとなられるはずの、かぐや姫《ひめ》

のお求《もと》めになる物《もの》にちがいないのだと聞《き》きまして、それで謝礼《しゃれい》もこのお屋敷《やしき》からいただきたいのです。

と申《もう》しまして、「くださるのが至当《しとう》です。」というのを聞《き》いて、かぐや姫《ひめ》の、日《ひ》の暮《く》れるにつれて思《おも》い悩《なや》んでいた気持《きも》ちが晴《は》ればれとしてきて、じいさんを呼《よ》び寄《よ》せていうには、「ほんとうに蓬萊《ほうらい》の木《き》かと思《おも》いましたよ。それなのに、こんなあきれはてた作《つく》り事《こと》でしたから、早《はや》く返《かえ》してください。」というと、じいさんは答《こた》えていう。「たしかに作《つく》らせた物《もの》だとわかりましたから、返《かえ》すとしてもそれはいとやすいことです。」とうなずいている。かぐや姫《ひめ》の心《こころ》は、すっかり満足《まんぞく》して、さきほどの歌《うた》の返歌《かえし》を、

うわさに聞《き》いて本物《ほんもの》かと思《おも》って見《み》たら、それはことばを飾《かざ》ったいつわりの玉《たま》の枝《えだ》でありましたよ。

とよんで、玉《たま》の枝《えだ》もともに返《かえ》した。竹取《たけとり》のじいさんは、あれほど皇子《みこ》と親《した》しく語《かた》らったのであるが、さすがにぐあいが悪《わる》くなって、居眠《いねむ》りをしたふりをしてい

る。皇子《みこ》は立《た》つのもぐあい悪《わる》く、いるのもぐあいが悪《わる》くて、もじもじしておられた。そうして日《ひ》が暮《く》れてしまうと、そっとぬけ出《で》てしまわれた。

中譯

皇子和竹取翁正在談話的時候，六個男人突然結伴來了。其中一個男人把信夾在一根竹子的尖端遞給竹取翁說：「在下是作物司工人漢部內麿，為了製造玉枝，千餘日禁食五穀，盡了不少力。但是沒有賞賜給我，我想把賞賜分給貧困的家人。」竹取翁疑惑地歪著頭，皇子慌張起來了，坐立不安，嚇得膽戰心驚。赫夜姬聽到了便說：「請把送來的信給我！」赫夜姬接過信來看，信上是這樣寫的：

千餘日以來，皇子和賤工們一起隱藏在同一個地方，命令我們製造玉枝，並答應給我們官做。近來，想到賞賜的事，聽說皇子叫我們做的玉枝，就是赫夜姬所要求的東西，因此來公館領賞。

「應當給的。」赫夜姬問完這件事之後說。黃昏時分所有的煩惱一掃而空，心情愉快起來了，便叫竹取翁來對他說：「原先還以為是當真是蓬萊仙島的樹咧！現在，既然是贗品，就請快點還給人家吧！」竹取翁點頭回答：「確實知道是假貨，退還是很容易的事。」赫夜姬非常滿意，方才吟了一首詩回答皇子：

工匠吐實情，玉枝非蓬萊；花言巧語詐，難獲美人心。

赫夜姬吟完詩，便璧還玉枝。竹取翁雖然親切地和那樣的皇子談話，但是氣氛不好，便假裝打瞌睡。皇子站立都感到不自在，挨到天黑，便悄悄地溜走了。

注釋

❶ たつ　〔立つ〕（補動・自五・Ⅰ）接其他動詞連用形下、以加強語氣。

❷ 竹《たけ》の先《さき》に書状《しょじょう》をはさんで申《もう》しました　把竹子的頂端剖開，將信夾於其中，遞給貴人，避免用手傳遞，以示禮貌。

❸ つくもずかさ　〔作物司〕（職稱）日本古時宮中負責製作手工藝品的工人。

❹ しょくもつ　〔食物〕（名）食物，但此處僅指五穀類，其他可充飢的食物不包含在內。製造玉枝時，爲了向神佛祈願，故不食五穀。

❺ みうち　〔身内〕（名）「家子」（けご）指妻子、傭人等家中的人。

❻ ふしん　〔不審〕（名・形動ダ）疑惑、疑、懷疑。

❼ あわてる　〔慌てる・周章てる〕（自下一・Ⅱ）驚慌、慌慌張張、很著急。

❽ 我《わ》が人《ひと》かのありさまで　因驚慌而茫然自失貌。

❾ きも　〔肝・胆〕（名）肝《きも》を冷《ひや》す。胆戰心驚、提心吊胆。

❿ しょじょう　〔書状〕同「手紙」（名）書信。

⓫ ひそむ　〔潜む〕（自五・Ⅰ）隱藏起來。

⑫ しとう　〔至当〕（形動ダ）最合理、最適當。

⑬ はればれ　〔晴晴〕（副・自サ・Ⅲ）心情愉快、高高興興、晴朗、爽快。

⑭ あきれはてる　〔呆果てる〕（自下一・Ⅱ）驚訝到極點、嚇得目瞪口呆。

⑮ うなずく　〔頷く、首肯く〕（自五・Ⅰ）點頭、首肯。

⑯ すっかり　（副）完全、全部。

⑰ さきほど　〔先程〕（名、副）方才、剛才。

⑱ うわさ　〔噂〕（名、他サ・Ⅲ）風聞、傳說。

⑲ ことば　〔言葉、詞〕（名）語言、話、言詞。

⑳ いつわり　〔偽り〕（名）假、僞、虛僞。

㉑ あれほど　〔彼程〕（副）那樣、那般。

㉒ さすがに　〔流石に〕（副）到底、不愧。

㉓ ぐあい　〔工合、具合〕（名）情形、狀況、樣子。

㉔ いねむり　〔居眠り〕（名）瞌睡、打盹兒、是「居眠《いねむ》る」的名詞形。

㉕ ふり　〔振、風〕（名）假裝、裝做、樣子、打扮。

㉖ **いる**

〔居る〕（自上一・Ⅱ）坐、在、居住。

繼續處在某種狀態，例：独身《とくしん》でいる。仍然獨身沒結婚。

（補動上一）用「ている」的語形接在動詞的第二變化之下。

（１）表示一個動作或行爲正在進行著，正在……，例：話《はな》している。正在講話。

（２）表示現在的狀態，例：花《はな》がさいている。花開了。

㉗ **もじもじ**

（副、自サ・Ⅲ）坐臥不安、無所措手足，躊躇。

㉘ **そっと**

（副）悄悄地、偷偷地。

㉙ **ぬけだす**

〔抜出す〕（自五・Ⅰ）潛逃，偷偷地溜走。

【一六】かかる程《ほど》に、男《をのこ》ども六人連《ろくにんつら》ねてにはに出《い》できたり。一人《ひとり》の男《をとこ》、文挾《ふばさみ》に文《ふみ》をはさみて申《もう》す。「作物司《つくもづかさ》の寮《つかさ》工匠《たくみ》漢部内麿《あやべのうちまろ》まをさく、『玉《たま》の木《き》を作《つく》り仕《つか》うまつりしこと、五穀《ごこく》を絶《た》ちて、千余日《せんよにち》に力《ちから》を尽《つく》したること少《すこし》なからず。しかるに禄《ろく》いまだたまはらず。これをたまひて、わろきけこに賜《たま》はせむ。』」といひて捧《ささ》げたり。竹取《たけとり》の翁《おきな》、「この工匠等《たくみら》が申《もう》すことは何事《なにごと》ぞ。」と、かたぶきをり。皇子《みこ》は、われにもあらぬ気色《けしき》にて、肝消《きもき》えゐたまへり。これをかぐや姫聞《ひめき》きて、「この奉《たてまつ》る文《ふみ》を取《と》れ。」といひて見《み》れば、文《ふみ》に申《もう》しけるやう、

皇子《みこ》の君千日《きみせんにち》いやしき工匠等《たくみら》ともろともに、同《おな》じ処《ところ》に隠《かく》れ居給《ゐたま》ひて、かしこき玉《たま》の枝作《えだつく》らせ給《たま》ひて、官《つかさ》もつ賜《たま》はむと仰《おほ》せ給《たま》ひき。これをこのごろ案《あん》ずるに、御使《みつかひ》とおはしますべき、かぐや姫《ひめ》の要《えう》じ給《たま》ふべきなりけりと承《うけたまは》りて、この宮《みや》より賜《たま》はらむ。

と申《もう》して「賜《たま》はるべきなり。」といふを聞《き》きて、かぐや姫《ひめ》の暮《く》るるままに思《おも》

ひわびつる心地《ここち》わらひ栄《さか》えて、翁《おきな》をよび取《と》りていふやう、「誠《まこと》に蓬莱《ほうらい》の木《き》かとこそ思《おも》ひつれ。かくあさましき虚事《そらごと》にてありければ、はやかへし給《たま》へ。」といへば、翁答《おきなこた》ふ。「さだかに作《つく》らせたる物《もの》と聞《き》きつれば、かへさむことい と易《やす》し。」とうなづきをり。かぐや姫《ひめ》の心《こころ》ゆきはてて、ありつる歌《うた》のかへし、

まことかと聞《き》きて見《み》つれば言《こと》の葉《は》をかざれる玉《たま》の枝《えだ》にぞありける

といひて、玉《たま》の枝《えだ》も返《かえ》しつ。竹取《たけとり》の翁《おきな》、さばかり語《かた》らひつるが、さすがに覚《おぼ》えて眠《ねむ》りをり。皇子《みこ》は立《た》つもはした、居《ゐ》るもはしたにて居給《ゐたま》へり。日《ひ》の暮《く》れぬれば、すべり出《い》で給《たま》ひぬ。**(四ノ七)**

要旨

玉《たま》の枝《えだ》を作《つく》った工人《こうじん》らの出現《しゅつげん》によって、皇子《みこ》のたばかりが完全《かんぜん》に暴露《ばくろ》することを述《の》べた。皇子《みこ》に頼《たの》まれた工人《こうじん》らは、「恩賞《おんしょう》をまだいただかない。」といって愁訴《しゅうそ》する。翁《おきな》は不審《ふしん》がり、皇子《みこ》は意気《いき》

消沈《しょうちん》する。かぐや姫《ひめ》は訴状《そじょう》をよんで、その謀略《ぼうりゃく》に気《き》づき急《きゅう》に元気《げんき》がでる。そして、ことわりの返歌《かえし》をし玉《たま》の枝《えだ》を返《かえ》す。いたたまらなくなった皇子《みこ》は、日暮《ひく》れに乗《じょう》じて逃《に》げ出《だ》すというのである。

語釈

◇**かかる程《ほど》に**　皇子《みこ》と翁《おきな》が対談《たいだん》している時《とき》に。

◇**文挟《ふばさみ》**　貴人《きじん》に文《ふみ》をさしあげるには、細《ほそ》い竹《たけ》の先《さき》を割《わ》ってこれにはさんで渡《わた》す。直接手渡《ちょくせつてわた》しするのをさけるためである。

◇**作物司《つくもづかさ》のたくみ**　宮中《きゅうちゅう》の調度《ちょうど》の細工《さいく》をつかさどる役所《やくしょ》の工人《こうじん》。

◇**漢部内麿《あやべのうちまろ》**　仮説《かせつ》の名《な》。当時帰化人《とうじきかじん》の中《なか》に細工人《さいくにん》が多《おお》かったために漢部《あやべ》としたのであろう。

◇**まをさく**　申《もう》すことには。

◇**五穀《ごこく》を絶《た》ちて**　神仏《しんぶつ》に祈願《きがん》して成功《せいこう》を祈《いの》るため穀絶《こくた》ちをすること。五穀《ごこく》とは米《こめ》・麦《むぎ》・稗《ひえ》・粟《あわ》・豆《まめ》をいうが、ここでは穀物《こくるい》の総称《そうしょう》。

◇**禄《ろく》**　恩賞《おんしょう》・謝礼《しゃれい》・絹布《けんぷ》・衣類《いるい》などを賜《たま》わるのがふつうで、「被《かつ》け物《もの》」と同《おな》じ。

◇**わろきけこ**　貧《まず》しい手下《てした》の者《もの》。「けこ」は「家子《けこ》」で召使《めしつかい》の意《い》。

◇**かたぶきをり**　首《くび》をかしげている。不審《ぶしん》がるさま。

◇**われにもあらぬ気色《けしき》**　取《と》りみだして、茫然自失《ぼうぜんじしつ》しているさま。はかりごとがばれそうになったので、我《わ》が人《ひと》かのありさまでいること。

◇**肝消《きもき》えゐたまへり**　きもがなくなっておられた。驚《おどろ》き恐《おそ》れるさま。

◇**かしこき玉《たま》の枝《えだ》**　りっぱな玉《たま》の枝《えだ》。

◇**作《つく》らせ給《たま》ひて**　お作《つく》らせになって。「せ」は使役《しえき》の助動詞《じょどうし》「す」の連用形《れんようけい》。

◇**官《つかさ》**　官職《かんしょく》。

◇**案《あん》ずるに**　考《かんが》えてみるに。

◇**御使《みつかひ》**　召使《めしつかい》。ここでは妻《つま》の意《い》。

◇**要《よう》じ給《たま》ふべきなりけり**　お求《もと》めなさるべきものであったのだ。

◇**賜《たま》はるべきなり**　当然《とうぜん》いただくはずのものです。「べき」は当然《とうぜん》の意《い》の助動詞《じょどうし》。

◇**わらひ栄《さか》えて**　にこにこと晴《は》れやかになって。

◇**あさましき虚事《そらごと》**　あきれはてたうそ。

◇**さだかに**　たしかに。

◇**心《こころ》ゆきはてて**　すっかり気持《きも》ちがよくなって。「心《こころ》ゆく」は満足《まんぞく》する意《い》。

◇**ありつる**　先《さき》ほどの。前《まえ》にあった。

◇**まことかとの歌《うた》**　一首《いっしゅ》は、話《はなし》に聞《き》いて驚《おどろ》き、さて本物《ほんもの》かと思《おも》って実際《じっさい》に見《み》てみると、ことばをいつわり飾《かざ》った、飾《かざ》り物《もの》の玉《たま》の枝《えだ》でありましたよの意《い》。「聞《き》きて見《み》つれば」は話《はなし》に聞《き》いて、さて本物《ほんもの》かと思《おも》って見《み》たの意《い》。「言《こと》の葉《は》をかざれる玉《たま》の枝《えだ》」は、ことばをいつわり飾《かざ》る意《い》と、葉《は》を飾《かざ》った玉《たま》の枝《えだ》の意《い》がかけてあり、にせ物《もの》であることを含《ふく》ませている。

◇**さばかり**　あれほど。

◇**さすがに覚《おぼ》えて**　皇子《みこ》と親《した》しく語《かた》っていたとはいえ、さすがにぐあいが悪《わる》くなって。

◇**立《た》つもはした、居《ゐ》るもはしたにて**　「はした」は中途半端《ちゅうとはんぱ》で落《お》ち著《つ》かぬさま、立《た》ってもいてもいられないほど間《ま》が悪《わる》くて。

◇**すべり出《い》で給《たま》ひぬ**　そっとぬけ出《で》られた。「ぬ」は完了《かんりょう》の助動詞《じょどうし》。

(一七)

あの愁訴《しゅうそ》をした工人《こうじん》たちを、かぐや姫《ひめ》が呼《よ》びおいて、「うれしい人《ひと》たちです。」といって、謝礼《しゃれい》をひどくたくさんおくだしになる。工人《こうじん》たちはたいへん喜《よろこ》んで「思《おも》っていたとおりであるわい。」といって帰《かえ》った。その道《みち》で車持《くらもち》の皇子《みこ》が、血《ち》の流《なが》れるまで打《う》ちこらしめさせられ、謝礼《しゃれい》をもらったかいもなく、皆取《みなと》って捨《す》てさせられてしまったので、工人《こうじん》たちは逃《に》げうせてしまった。こうして、この皇子《みこ》は「一生《いっしょう》の恥辱《ちじょく》、これに過《す》ぎるものはない。女《おんな》を得《え》られなくなったばかりでない、世《よ》の中《なか》の人《ひと》の見《み》たり思《おも》ったりすることを思《おも》うと、恥《は》ずかしいことだ。」とおっしゃって、ただおひとりで、深《ふか》い山《やま》におはいりになったのである。お屋敷《やしき》の役人《やくにん》やそば近《ちか》くお仕《つか》えしている人《ひと》たちが、皆手分《みなてわ》けをしてお捜《さが》し申《もう》し上《あ》げたが、死《し》にでもなさったのでしょうか、お見《み》つけ申《もう》し上《あ》げることもできないでしまった。これには皇子《みこ》がお供《とも》の人《ひと》にわが身《み》をお隠《かく》しなさろうとして、年来《ねんらい》お姿《すがた》をお見《み》せにならなかったのであったのですよ。それから、こういうことを「たまさかる」とは言《い》いはじめたのですよ。

中譯

赫夜姬招呼訴苦的工人說：「你們是一群令我高興的人！」給了工人很多賞賜。工人們非常高興說：「正合我們的願望。」工人就回去了。在歸途，（遇到車持皇子），皇子爲了懲罰工人，把工人們打得流血，從赫夜姬那兒得來的賞賜等於白拿了，全部被皇子搶來丟掉，工人們抱頭鼠竄，逃得無影無蹤。皇子事後想：「一生的恥辱莫過於此。不僅沒有得到女人，想到世人對我的看法及想法，就覺得可恥。」因此便一個人隱藏到深山裏去了。住在皇子家的家臣及近侍們分頭去找皇子的下落，是否已仙逝了呢？怎麼樣也找不到。皇子隱藏起來連親近如隨從等人都避不見面，一年不見蹤影。從此以後，大家開始戲稱皇子失蹤的事爲「靈魂離開軀體漫遊四方」。

注釋

❶わい　（感助）呀！表示感動的語氣，上了年紀的男子多用。

❷こらしめる　〔懲らしめる〕（他下一・II）懲戒、懲罰、教訓。

❸もらう　〔貰う〕（他五・I）領取、收受。

❹かい　〔甲斐〕（名）用處、好處、效果。

❺うせる〔失せる〕（自下一・Ⅱ）（表卑）逃開。

❻やしき〔屋敷〕（名）大官住的宅邸。

❼やくにん〔役人〕（名）官吏，此處指家臣。

❽てわけ〔手分け〕（名、自サ・Ⅲ）分頭去……

❾みつける〔見附ける〕（他下一・Ⅱ）找尋到。

❿もうしあげる〔申し上げる〕（補動・下一・Ⅱ）接在帶「お」或「ご」接頭詞的體言或動詞連用形下，構成敬語。

⓫とものひと〔供の人〕（名）隨員。

⓬わがみ〔わが身〕（名）自己的身體。

⓭たまさかる〔魂離る〕（自五・Ⅰ）靈魂離開軀體而到處漫遊。日文的「魂」及「玉」發音皆為「たま」以「魂」暗指「枝玉」的「玉」譏笑皇子因製造假玉枝被人識破，而無顏見人，終於離開人群，隱藏深山。

〔一七〕かのうれへせし工匠等《たくみら》をば、かぐや姫呼《ひめよ》びすゑて、「うれしき人《ひと》どもなり。」といひて、禄《ろく》いと多《おお》くとらせたまふ。工匠等《たくみら》いみじく喜《よろこ》びて、「思《おも》ひつるやうにもあるかな。」といひて帰《かへ》る。道《みち》にて、車持《くらもち》の皇子《みこ》、血《ち》の流《なが》るるまでちうぜさせ給《たま》ひ、禄得《ろくえ》しかひもなく、皆《みな》とり捨《す》てさせ給《たま》ひてければ、逃《に》げうせにけり。かくて、この皇子《みこ》は「一生《いっしょう》の恥《はぢ》これに過《す》ぐるはあらじ。女《をんな》を得《え》ずなりぬるのみにあらず、天《あめ》の下《した》の人《ひと》の見《み》おもはむことの恥《はづ》かしきこと。」と宣給《のたま》ひて、ただ一所深《ひとところふか》き山《やま》へ入《い》り給《たま》ひぬ。宮《みや》づかさ、さぶらふ人人《ひとびと》、皆手《みなて》を分《わか》ちて求《もと》め奉《たてまつ》れども、御薨《みまかり》にもやし給《たま》ひけむ、え見《み》つけ奉《たてまつ》らずなりぬ。皇子《みこ》の、御供《おんとも》に隠《かく》し給《たま》はむとて、年《とし》ごろ見《み》え給《たま》はざりけるなりけり。これをなむ、たまさかるとはいひ始《はじ》めける。〔四ノ八〕

要旨

訴《うった》えをした工人《こうじん》らは思《おも》うままの禄《ろく》を得《え》て、喜《よろこ》んで帰《かえ》っていく。それを道《みち》に要《よう》して、車持《くらもち》の皇子《みこ》はさんざんに打《う》ちのめし、得《え》た禄《ろく》を皆《みな》とりすてさせる。そうして皇子《みこ》は人《ひと》に会《あ》わせる顔《かお》がないといって、深山《しんざん》に身《み》を隠《かく》してしまうというのである。

語釈

◇**うれへ**　愁訴《しゅうそ》、申《もう》しいで。

◇**呼《よ》びすゑて**　呼《よ》んで前《まえ》においいて。

◇**とらせたまふ**　おやりになる。「とらせ」は工人《こうじん》に取《と》ることをさせる意《い》であるが、かぐや姫《ひめ》からいえば与《あた》える意《い》。

◇**思《おも》ひつるやうにもあるかな**　思《おも》っていたとおりだわい、案《あん》の定《じょう》うまくいったなあ。

◇**ちうぜさせ給《たま》ひ**　家人《かじん》に命《めい》じて懲《こ》らしめ打《う》たせされ。「させ」は使役《しえき》。

◇**とり捨《す》てさせ給《たま》ひてければ**　取《と》って捨《す》てさせられてしまったので。「させ」は使役《しえき》、「てけり」は「けり」の意《い》を強《つよ》めた言《い》い方《かた》であるが、「けり」はここでは過去《かこ》というよりは断定的《だんていてき》な要素《ようそ》を含《ふく》んでいる。すなわち「……しまったのである」の意《い》。

◇**恥《はず》かしきこと**　感動的《かんどうてき》な終止《しゅうし》で「恥《はず》かしいことよ」と同《おな》じ。

◇**宮《みや》づかさ**　お屋敷《やしき》の役人《やくにん》。

◇**さぶらふ人人《ひとびと》**　おそばに侍《つかまつ》る人々《ひとびと》、近《ちか》く仕《つか》える人々《ひとびと》。

◇**え見《み》つけ奉《たてまつ》らずなりぬ**　「え」は「できる」の意《い》の副詞《ふくし》。お見《み》つけ申《もう》すことができないでしまった。

◇**たまさかる**　「たま」は霊魂《れいこん》、「さかる」は離《はな》れる、魂《たま》がからだから離《はな》れて浮《う》かれ歩《ある》くこと。玉《たま》のことがもとで、たましいがぬけ出《で》て、ぼんやりとしておろかになられたの意《い》で、玉《たま》と魂《たま》とをかけたしゃれである。

（一八）

右大臣《うだいじん》の阿倍御主人《あべのみうし》は、財産《ざいさん》が多《おお》く、一族《いちぞく》も多《おお》い人《ひと》でいらっしゃった。その年《とし》やってきた唐土船《もろこしぶね》を王《おう》けいという人《ひと》のもとに、手紙《てがみ》を書《か》いて、話《はなし》に聞《き》いている火《ひ》ねずみの裘《かわごろも》という物《もの》を買《か》ってよこせといって、お仕《つか》えしている人《ひと》の中《なか》で、心《こころ》のしっかりとした人《ひと》を選《えら》んで、小野房守《おののふさもり》という人《ひと》を、手紙《てがみ》につけてやった。房守《ふさもり》は持《も》っていって、その唐土《もろこし》（浦《うら》か）にいる王《おう》けいに金《こがね》を与《あた》える。王《おう》けいは手紙《てがみ》を広《ひろ》げて見《み》て、返事《へんじ》を書《か》く。それには、「火《ひ》ねずみの裘《かわごろも》は、この唐《もろ》の国《くに》にはないものです。話《はなし》には聞《き》いていますが、今《いま》でもまだ見《み》ていないのです。この世《よ》に存在《そんざい》する物《もの》なら、この国《くに》にも持《も》ってきたにちがいないでしょうに。たいそうむずかしい商《しょう》売《ばい》です。しかし、もしインドに、偶然《たまさか》にも持《も》っていってあるならば、ためしに金《かね》持《も》ちの家《いえ》などに尋《たず》ね求《もと》めてみましょう。それでもないものならば、お使《つか》いのかたに添《そ》えてお金《かね》をお返《かえ》し申《もう》しましょう。」といってある。

中譯

右大臣阿倍御主人財產多、宗族繁茂。那年，中國商人王卿乘船來日本，右大臣便寫了一封信給王卿，請他買故事中聽說的火鼠皮裘來，在僕人之中選了一位忠厚可靠者，名叫小野房守，命他送信去。房守帶著金子給住在中國（有的版本是：旅居日本的博多灣，似比較合情節）的王卿。王卿看完信，便寫回信：「在中國沒有火鼠皮裘。雖然故事中有此傳說，但是到現在還沒有見到過。如果是世界上有的東西，應當會在中國出現的，（但是沒有出現，甚覺遺憾）。這是一件很難成交的生意。但是假使偶然有人自印度帶來中國，試試到富有的人家去問問看。如果依舊沒有的話，將陪同貴使者房守璧還金子。」

注釋

❶ もろこし　〔唐土〕（名）日本古時稱中國爲唐土。

❷ おうけい　〔王卿〕（名）中國商人名。

❸ よこす　〔寄越す・遣す〕（補動、自五・Ⅰ）用動詞連用形……てよこす形，表示「來」，例：買ってよこせる＝叫……買……來。

❹**こころのしっかり**　〔心の確り〕忠實可靠。

❺**おののふさもり**　〔小野房守〕人名。

❻**うら**　〔浦〕（名）海灣、下接「か」表疑問、不確定之意，即今之博多灣。

❼**のに**　（接助）用在句末，表示遺憾或惋惜的語氣。

❽**ためしに**　〔副〕試試。

❾**そえる**　〔添える〕（他下一・Ⅱ）陪同、添、加。

〔一八〕右大臣《うだいじん》阿倍御主人《あべのみうし》は、財豊《たからゆたか》に家広《いへひろ》き人《ひと》にぞおはしける。その年《とし》わたりける唐土船《もろこしぶね》の王《おう》けいといふ人《もの》の許《もと》に、文《ふみ》を書《か》きて「火鼠《ひねずみ》の裘《かわごろも》といふなるもの買《か》ひておこせよ。」とて、仕《つか》うまつる人《ひと》の中《なか》に、心《こころ》たしかなるを選《えら》びて、小野《をのの》房守《ふさもり》といふ人《ひと》をつけてつかはす。もていたりて、かのもろこしに居《を》る王《おう》けいに金《こがね》をとらす。王《おう》けい文《ふみ》をひろげて見《み》て、返事《へんじ》かく。「火鼠《ひねずみ》の裘《かわごろも》、この国《くに》になきものなり。音《おと》には聞《き》けども、いまだに見《み》ぬなり。世《よ》にある物《もの》ならば、この国《くに》にも、もてまうで来《き》なまし。いと難《かた》き商《あきなひ》なり。然《しか》れども、若《も》し天竺《てんじく》にたまさかにもて渡《わた》りなば、もし長者《ちやうじや》のあたりにとぶらひ求《もと》めむに、なき物《もの》ならば、使《つかひ》に添《そ》へて金《こがね》をば返《かへ》し奉《たてまつ》らむ。」といへり。（五ノ二）

要旨

阿倍《あべ》の御主人《みうし》は金持《かねも》ちなので、シナ商人《しょうにん》の王《おう》けいに手紙《てがみ》をやって、火《ひ》ねずみの裘《かわごろも》を買《か》ってよこすように注文《ちゅうもん》する。王《おう》けいから返事《へんじ》がくる。手紙《てがみ》は、そんな物《もの》はこの唐《もろ》の国《くに》にもないので、入手《にゅうしゅ》困難《こんなん》だが、なんとか捜《さが》してみよう、なければ金《こがね》を返《かえ》そうというのである。

語釈

◇**家広《いへひろ》き人《ひと》**　一族《いちぞく》の多《おお》い人《ひと》。

◇**王《おう》けい**　シナ商人《しょうにん》の名《な》、王卿《おうけい》か。

◇**火鼠《ひねずみ》の裘《かわごろも》といふなるもの**　話《はなし》に聞《き》いている火《ひ》ねずみの裘《かわごろも》という物《もの》。「なる」は、伝聞《でんぶん》の意《い》を表《あら》わす助動詞《じょどうし》「なり」の連体形《れんたいけい》。人《ひと》づてに聞《き》いていて、実際《じっさい》に見《み》ていないのをいうに用《もち》いる。

◇**心《こころ》たしかなる**　心《こころ》のしっかりした。

◇**小野房守《おののふさもり》といふ人《ひと》をつけて**　小野房守《おののふさもり》はかりに設《もう》けた人名《じんめい》。小野房守《おののふさもり》という人《ひと》を手紙《てがみ》につけて。

◇**かのもろこしに居《を》る**　この所《ところ》、多少疑義《たしょうぎぎ》がある。

◇**この国《くに》**　唐土《もろこし》。

◇**音《おと》**　話《はなし》、うわさ。

◇**もてまうで来《き》なまし**　きっと持《も》ってやって来《き》たろうのにの意《い》。「な」は「まし」の意《い》を強《つよ》める「ぬ」の未然形《みぜんけい》、「まし」は仮想《かそう》の助動詞《じょどうし》、実際《じっさい》は持《も》ってきてないのに、その反対《はんたい》のことを想像《そうぞう》する場合《ばあい》である。

◇**たまさかに**　偶然《たまさか》に。

◇**長者《ちょうじゃ》**　金持《かねも》ち、富有《ふゆう》の家《いえ》。

◇**とぶらひ**　尋《たず》ねて、訪《たず》れて。

（一九）

あの王《おう》けい所有《しょゆう》の唐土船《もろこしぶね》が到著《とうちゃく》した。小野房守《おののふさもり》が帰著《きちゃく》して上京《じょうきょう》するということを聞《き》いたので、早《はや》く走《はし》る馬《うま》をもって走《はし》らせてお迎《むか》えさせになると、房守《ふさもり》はその馬《うま》に乗《の》って、九州《きゅうしゅう》からわずか七日《なぬか》で都《みやこ》に上《あが》りついたのである。王《おう》けいからの手《て》紙《がみ》を見《み》ると、その文面《ぶんめん》にいうには「火《ひ》ねずみの裘《かわごろも》をやっとのことで、使《つか》いの者《もの》を出《だ》して入手《にゅうしゅ》してさしあげます。考《かんが》えてみるのに今《いま》の世《よ》にも昔《むかし》の世《よ》にも、この皮《かわ》はめったにないものですよ。昔《むかし》、とうといインドの高僧《こうそう》がこの唐国《もろくに》に持《も》ってきてございましたのが、西方《さいほう》の山寺《やまでら》にあると聞《き》きつけて、朝廷《おおやけ》に申《もう》し上《あ》げて、やっとのことで買《か》い取《と》ってさしあげます。代金《だいきん》が少《すく》ないと、その国《くに》の役人《やくにん》が使《つか》いの者《もの》に申《もう》しましたので、王《おう》けいの物《もの》を足《た》して買《か》いました。金《こがね》をもう五十両《ごじゅうりょう》いただきたい。わたくしの船《ふね》がやがて帰《かえ》りますから、それに託《たく》して送《おく》ってください。もし金《こがね》をくださらないなら、裘《かわごろも》の実物《じつぶつ》を返《かえ》してください。」と書《か》いてあるのを見《み》て、みむらじは、「何《なに》をいわれるか。金《こがね》はもうわずかなのだ。うれしくも捜《さが》してくれたものよ。」といって、唐国《もろくに》のほうに向《む》かって伏《ふ》し拝《おが》まれた。この裘《かわごろも》が入《い》れてある箱《はこ》を見《み》ると、種々《くさぐさ》の美《うつく》しい瑠璃《るり》でいろどって作《つく》ってある。裘《かわごろも》を見《み》ると紺青《こんしょう》の色《いろ》である。毛《け》の先《さき》には金《こがね》の光《ひかり》がして、美《うつく》しくはなやかである。宝物《たからもの》と見《み》えて、その美《うつく》しいことは比較《ひかく》できる物《もの》がない。火《ひ》に焼《や》けないことよりも、美麗《びれい》なことはこのうえもない。

中譯

王卿所有的中國商船到達（博多灣）。小野房守回來了，為了上京通報右大臣，所以令跑得快的馬來迎接他，房守騎上快馬，從九州到京師才花了七天的時間。右大臣看王卿的信，字面的意思是：「火鼠皮裘是很難獲得的東西，今由使者呈上，想想看，無論古今，都算得上是稀有的喲！很久以前，有一位尊貴的印度高僧帶到中國來的，聽說藏在西方的山寺中，報告朝廷，費了很大的工夫才買到手（上次您給我的）錢不夠，中國官吏向我的使者說，因此再加些貨物給官吏，才買來。希望您再給我五十兩金子。我的船不久就要回國了，因此拜托（及時）送來。如果不願給金子的話，請退還火鼠皮裘。」右大臣看完信後說：「說什麼話？（五十兩）金子算得了什麼？樂意搜集送去。」說著，便向中國的方向拜謝。打開放皮裘的箱子看，但見用各種不同美麗顏色的琉璃作裝飾。再看皮裘，則是深藍色。毛的尖端閃爍著金光，美而華麗。好像是寶物，它的美，沒有東西可以比較。不能燃燒的東西也比不上它的美麗。

注釋

❶ ぶんめん　〔文面〕（名）（書信或文章的）字面。

❷ めったにない　〔滅多にない〕（形）很少有的。

❸ るり　〔瑠璃〕（名）魏志注：「瑠璃是本石，出大泰國，凡十種之色。」

❹ いろどる　〔色取る・彩る〕（他五・Ⅰ）裝飾、點綴、著色、化粧。

❺ こんじょう　〔紺青〕（名）深藍（色）。

❻ はなやか　〔華やか〕（形動ダ）華麗、華貴、漂亮。

❼ みえる　〔見える〕（自下一・Ⅱ）好像是、看得見。

【一九】かの唐土船《もろこしぶね》来《き》けり。小野房守《おののふさもり》まうで来《き》て、まう上《のぼ》るといふことを聞《き》きて、あゆみ疾《と》うする馬《うま》をもちて、走《はし》らせ迎《むか》へさせ給《たま》ふ時《とき》に、馬《うま》に乗《の》りて、筑紫《つくし》より、ただ七日《なぬか》に上《のぼ》りまうで来《き》たり。文《ふみ》を見《み》るに、いはく、「火鼠《ひねずみ》の裘《かわごろも》、辛《から》うじて、人《ひと》を出《いだ》して求《もと》めて奉《たてまつ》る。今《いま》の世《よ》にも、昔《むかし》の世《よ》にも、この皮《かは》はたはやすくなきものなりけり。昔《むかし》、かしこき天竺《てんぢく》の聖《ひじり》、この国《くに》にもて渡《わた》りて侍《はべ》りける、西《にし》の山寺《やまでら》にありと聞《き》き及《およ》びて、朝廷《おほやけ》に申《もう》して、辛《から》うじて買《か》ひ取《と》りて奉《たてまつ》る。価《あたひ》の金《こがね》少《すく》なしと、国司使《こくしつかひ》に申《もう》ししかば、王《おう》けいが物加《ものくわ》へて買《か》ひたり。今《いま》、金五十両《こがねごじふりやう》賜《たま》はるべし。船《ふね》の帰《かへ》らむにつけて賜《た》び送《おく》れ。もし金賜《こがねたま》はぬものならば、裘《かわごろも》の質《しち》かへしたべ。」といへることを見《み》て、「何《なに》おほす。いま金少《こがねすこ》しにこそあなれ。うれしく為《し》ておこせたるかな。」とて、唐土《もろこし》のかたに向《むか》ひて伏《ふ》し拝《をが》みたまふ。この裘《かわごろも》入《い》れたる箱《はこ》を見《み》れば、種種《くさぐさ》のうるはしき瑠璃《るり》をいろへて作《つく》れり。裘《かわごろも》を見《み》れば紺青《こんじやう》の色《いろ》なり。毛《け》の末《すゑ》には金《こがね》の光《ひかり》しささきたり。宝《たから》と見《み》え、うるはしきこと並《くら》ぶ物《もの》なし。火《ひ》に焼《や》けぬことよりも、けうらなることならびなし。【五ノ二】

要旨

唐土船《もろこしぶね》が著《つ》いて裘《かわごろも》をもって来《き》たことをのべた。小野房守《おののふさもり》が、九州《きゅうしゅう》から七日《なぬか》の早《はや》さで上京《じょうきょう》し、王《おう》けいの手紙《てがみ》と火《ひ》ねずみの裘《かわごろも》とを届《とど》ける。阿倍《あべ》のみむらじは、唐国《もろくに》のほうを伏《ふ》し拝《おか》んで喜《よろこ》ぶ。その裘《かわごろも》は、りっぱな箱《はこ》にはいっていて、このうえなく美《うつく》しいものだというのである。

語釈

◇**かの唐土船《もろこしぶね》**　王《おう》けいの所有《しょゆう》の船《ふね》。

◇**まうで来《き》て、まう上《あが》る**　シナからやってきて上京《じょうきょう》する。船《ふね》で博多《はかた》に著《つ》き、そこから馬《うま》で上京《じょうきょう》するのである。

◇**あゆみ疾《と》うする馬《うま》**　歩《ある》みを早《はや》くする馬《うま》、早《はや》く走《はし》る馬《うま》の意《い》。「とう」は「とく」の音便《おんびん》。

◇**かしこき**　とうとい。

◇**天竺《てんぢく》の聖《ひじり》**　インドの高僧《こうそう》。

◇**この国《くに》**　唐《もろ》の国《くに》。

◇**国司《こくし》**　地方《ちほう》の役人《やくにん》。

◇**使《つかい》に**　王《おう》けいの使者《ししゃ》に。

◇**賜《たま》はるべし**　いただきましょう。「べし」は意志《いし》を表《あら》わす助動詞《じょどうし》。

◇**金五十両《こがねごじゅうりょう》**　両《りょう》は目方《めかた》の単位《たんい》で、十六両《じゅうろくりょう》が一斤《いっきん》にあたる。

◇**賜《た》び送《おく》れ**　「たび」は「たぶ」の連用形《れんようけい》で「賜《たま》ひ」と同《おな》じ。送《おく》ってください。

◇**かへしたべ**　返《かえ》してください。「たべ」は「たぶ」の命令形《めいれいけい》。

◇**あなれ**　「あるなれ」の意《い》。

◇**いろへて**　「色《いろ》へて」彩色《さいしき》しての意《い》。

◇**ささきたり**　栄《さか》えてはなやいでいる。「ささく」は「はなやぐ」意《い》の動詞《どうし》。

◇**けうらなること**　美麗《びれい》なこと。

(二十)

「なるほど、さてさてこれは全《まった》くかぐや姫《ひめ》がほしがられているものにちがいないわい。」とおっしゃって、「ああ、もったいない。」といって、箱《はこ》に入《い》れて、何《なに》か木《き》の枝《えだ》につけて、おん身《み》の化粧《けしょう》をたいそう念入《ねんい》りにして、そのまま姫《ひめ》のもとに泊《と》まりこんでしまおうとお考《かんが》えになって、歌《うた》を裘《かわごろも》によみ添《そ》えて持《も》っていらっしゃった。その歌《うた》は、

限《かぎ》りなくあなたを思《おも》い慕《した》う「思《おも》ひ」の「火《ひ》」にも焼《や》けない、貴重《きちょう》な皮《かわ》の衣《ころも》を手《て》に入《い》れましたので、きょうまで、あなたを恋《こ》い慕《した》う涙《なみだ》にぬれていたたもとかわいて、きょうこそは晴《は》れやかに着《き》ましょう。

とよんであった。右大臣《うだいじん》は、かぐや姫《ひめ》の家《いえ》の門口《かどぐち》に持《も》っていって立《た》っていた。すると、竹取《たけとり》のじいさんが出《で》てきて、裘《かわごろも》を取《と》り入《い》れて、かぐや姫《ひめ》に見《み》せる。かぐや姫《ひめ》はこの裘《かわごろも》を見《み》ていうには、「りっぱな皮《かわ》のようです。しかし、特《とく》にほかのものと違《ちが》ったほんとうの皮《かわ》であるかどうかわかりません。」竹取《たけとり》のじいさんが答《こた》え

ていうには、「ともかくも、ひとまずお呼《よ》び入《い》れ申《もう》しましょう。世《よ》の中《なか》に見《み》えない裘《かわごろも》の様子《ようす》だから、これを本物《ほんもの》とお考《かんが》えなさいよ。人《ひと》をひどく悲《かな》しませ申《もう》し上《あ》げてはなりませんぞ。」といって、右大臣《うだいじん》をお呼《よ》びになって座《ざ》におつけ申《もう》し上《あ》げた。このようにお呼《よ》びすえして、今度《こんど》こそはきっといっしょになるだろうと、ばあさんの心《こころ》でも思《おも》っている。このじいさんは、かぐや姫《ひめ》のひとり住《す》まいなのに対《たい》して嘆《なげ》かわしく思《おも》っているので、よい人《ひと》にあわせようと思案《しあん》してはいるが、どうしてもいやだということなので、むりにといえないのはもっともなことである。

中譯

「哎！的確，這個就是赫夜姬所想要的東西，一點也不錯喲！」右大臣說：「啊！眞叫我誠惶誠恐！」把這火鼠皮裘裝入箱中，另外放進幾枝（帶花的）樹枝，自已再仔細打扮一番，想就這樣決定留宿在赫夜姬那兒了，寫了一首詩，（放進箱中）和皮裘一起送去。其詩曰：

思卿之情如火炙，相愛比翼永不分；速穿火鼠之皮裘，等於鴛盟訂一生。

右大臣把皮裘帶到赫夜姬家門口，站在那兒。於是竹取翁就出來接過皮裘，拿進去給赫夜姬看。赫夜姬看著皮裘說：「像是很美的毛皮。但是，是否特別與別的不同、是否是眞貨？還不知道。」竹取翁答道：「無論如何，暫且先叫他進來吧！這像是世上所無的皮裘，因此請把它想成是眞貨好了，不要太傷人心呀！」竹取翁便請右大臣入座。老婆婆（竹取翁的妻子）心裏也這樣猜想：如此叫他留下，這次可一定會在一起（結婚）了呢！竹取翁對赫夜姬的小姑獨處，感到悲嘆，因此盤算著爲她物色好夫婿，可是她無論如何都不要，這種事當然是不能勉強的。

注釋

❶ なるほど 〔成程〕（副）的確、果然、誠然。

❷ さてさて （感）哎哎！

❸ もったいない 〔勿体ない〕（形）同「あなかしこ」誠惶誠恐，不敢當的、有罪的。

❹ なにか （不定稱代名詞）什麼？

❺ ねんいり 〔念入り〕（形動ダ）周到、縝密、細緻。

❻ もと 〔許、下〕（名）跟前、左右、此處指赫夜姬的家。

❼ かぎりない 〔限無い〕（形）無限的。

❽ おもひ 〔思ひ〕是「おもう」的連用形，是舊式寫法，現在寫成「おもい」，「おもひ」中的「ひ」影射「火」字。

❾ こそ （修助）（接在別的詞下面）加強其語意和語氣。

例：きょうこそは晴れやかに着きましょう。

今天可是心情愉地穿上（火鼠皮裘）吧！右大臣希望早日看到赫夜姬穿上火鼠皮裘的風姿，故吟此詩。

⑩ はれやか　〔晴れやか〕（形動ダ）心情愉快、天氣晴朗。

⑪ すると　（接）表示事物發生的繼續，於是就……

⑫ どうか　（副）什麼辦法？

⑬ ともかくも　（副）無論如何、總之。

⑭ ひとまず　〔一先ず〕（副）暫先、暫且。

⑮ ぞ　（感助）表示強烈的主張、或促使對方注意。

⑯ すえる　〔居える〕（他下一・Ⅱ）（同「とどめておく」）留住。

⑰ すまう　〔住う〕（自五・Ⅰ）（文言）居住（＝すむ）。

⑱ なげかわしい　（形）可嘆的。此處爲連用形，當副詞用。

⑲ しあん　〔思案〕（名、自サ・Ⅲ）想、盤算、打注意。

⑳ どうしても　（連語、副）無論如何也……

㉑ むりにといえない　（形）不能強迫的、不能勉強的。

〔二十〕「宜《うべ》、かぐや姫《ひめ》の好《この》もしがり給《たま》ふにこそありけれ。」と宣給《のたま》ひて、「あなかしこ。」とて、箱《はこ》に入《い》れて、ものの枝《えだ》につけて、御身《おんみ》の化粧《けさう》いといたくして、やがてとまりなむと思《おぼ》して、歌《うた》よみ加《くわ》へて、持《も》ちていましたり。その歌《うた》は、

かぎりなきおもひに焼《や》けぬかはごろも袂《たもと》かわきて今日《けふ》こそは着《き》め

といへり。家《いへ》の門《かど》にもていたりて立《た》てり。竹取《たけとり》出《い》で来《き》て取《と》り入《い》れて、かぐや姫《ひめ》に見《み》す。かぐや姫《ひめ》、この裘《かわごろも》を見《み》ていはく、「うるはしき皮《かわ》なめり。わきて真《まこと》の皮《かわ》ならむとも知《し》らず。」竹取答《たけとりこた》へていはく、「とまれかくまれ、まづ請《しやう》じ入《い》れ奉《たてまつ》らむ。世《よ》の中《なか》に見《み》えぬ裘《かわごろも》のさまなれば、これをと思《おも》ひ給《たま》ひね。人《ひと》ないたくわびさせ奉《たてまつ》らせ給《たま》ひそ。」といひて、呼《よ》びするゑ奉《たてまつ》れり。かく呼《よ》びするゑて、この度《たび》はかならずあはむと、嫗《おうな》の心《こころ》にも思《おも》ひをり。この翁《おきな》は、かぐや姫《ひめ》のやもめなるを歎《なげ》かしければ、よき人《ひと》にあはせむと思《おも》ひはかれど、切《せち》に否《いな》といふことなれば、え強《し》ひぬは、ことわりなり。〔五ノ三〕

要旨

阿倍《あべ》の右大臣《うだいじん》が裘《かわごろも》を持《も》って「わが事《こと》なれり」と喜《よろこ》び勇《いさ》んで、かぐや姫《ひめ》のもとを訪《たず》れることを述《の》べた。右大臣《うだいじん》は簡単《かんたん》に信《しん》じきって、そのまま泊《と》まりこむ気《き》で裘《かわごろも》を持《も》って、かぐや姫《ひめ》の家《いえ》に出《で》かける。翁《おきな》が出《で》てきて、裘《かわごろも》をかぐや姫《ひめ》に見《み》せ、右大臣《うだいじん》を招《まね》き入《い》れる。竹取夫婦《たけとりふうふ》は、右大臣《うだいじん》に期待《きたい》を寄《よ》せているというのである。

語釈

◇**うべ**　ほんとうに、いかにも。承諾《じょうだく》の意《い》を表《あら》わす副詞《ふくし》。

◇**あなかしこ**　ああ、もったいない。「かしこ」は「かしこし」の語幹《ごかん》、恐《おそ》れ多《おお》い、とうとい、もったいないなど、驚《おどろ》きの気持《きも》ちを表《あら》わす語《ご》。

◇**いといたく**　たいそうひどく。

◇**やがて**　そのまま。

◇**とまりなむ**　泊《と》まってしまおう。「な」は「ぬ」の未然形《みぜんけい》で「む」の意味《いみ》を強《つよ》めるはたらきをする。

◇**かぎりなきの歌《うた》**　一首《いっしゅ》は限《かぎ》りのない思《おも》いの火《ひ》にも焼《や》けない皮衣《かわごろも》を手《て》に入《い》れたので、今《いま》まで泣《な》きの涙《なみだ》でぬれていたたもともかわいて、きょうこそは晴《は》れやかに着《き》ようの意《い》。「おもひ」に「火《ひ》」をかけている。

◇**なめり**　「なるめり」に同《おな》じ。のようだ。

◇**わきて**　とりわけ、特別《とくべつ》に。

◇**とまれかくまれ**　「ともあれかくもあれ」のつづまった言《い》い方《かた》、ともかく。

◇**請《しょう》じ入《い》れ**　招《まね》き入《い》れ。

◇**これをと思《おも》ひ給《たま》ひね**　これを真《まこと》の物《もの》とお思《おも》いなさい。「ね」は「ぬ」の命令形《めいれいけい》で、念《ねん》を入《い》れて強《つよ》くいう意《い》を表《あら》わす。

◇**人《ひと》はいたくわびさせ奉《たてまつ》らせ給《たま》ひそ**　禁止《きんし》の「な……そ」は間《ま》にある部分《ぶぶん》をすべておさえる。人《ひと》をひどく悲《かな》しませ申《もう》し上《あ》げてはなりません。かぐや姫《ひめ》が大臣《おとど》を「わびさせ」るので、「奉《たてまつ》ら」は大臣《おとど》を尊敬《そんけい》した言《い》い方《かた》で、かぐや姫《ひめ》の動作《どうさ》を表《あら》わす語《ご》につけた。姫《ひめ》からいえば謙《けん》そんの意《い》となる。「せ給《たま》ひ」は竹取《たけとり》の翁《おきな》が姫《ひめ》を尊敬《そんけい》して、その上《うえ》の姫《ひめ》の動作全体《どうさぜんたい》につけたもの。

◇**やもめ**　ふつう、夫《おっと》を失《うしな》った女《おんな》をいう。ここでは夫《おっと》を持《も》たない女《おんな》の意《い》。

◇**え強《し》ひぬ**　むりじいすることができない。

（三一）

かぐや姫《ひめ》が、じいさんにいうには、「この裘《かわごろも》は火《ひ》に焼《や》いてみて、焼《や》けないならばその時《とき》こそは、これがほんとうの裘《かわごろも》だろうと思《おも》って、人《ひと》のいうことにも負《ま》けましょう。あなたは『世《よ》の中《なか》にない物《もの》だから、それを疑《うたが》わずに本物《ほんもの》と思《おも》いましょう』とおっしゃる。でもやはり、これを焼《や》いてためしましょう。」という。じいさんは、「それはいかにももっともな言《い》い分《ぶん》だ。」といって、大臣《おとど》に「姫《ひめ》がこのように申《もう》します。」という。大臣《おとど》が答《こた》えていうには、「この火《ひ》ねずみの皮《かわ》は、唐土《もろこし》にもなかったというのを、やっとのことで捜《さが》し尋《たず》ねて手《て》に入《い》れたものです。何《なに》の疑《うたが》いがありましょう。そうはいいましても、早《はや》く焼《や》いてごらんなさい。」というので、火《ひ》の中《なか》にくべてお焼《や》かせになると、めらめらと焼《や》けてしまった。「やっぱり焼《や》けるところからみると、違《ちが》う物《もの》の皮《かわ》でしたよ。」と姫《ひめ》がいう。大臣《おとど》はこれをごらんになって、顔《かお》は草《くさ》の葉《は》のような、青《あお》ざめた色《いろ》をしていらっしゃった。かぐや姫《ひめ》は、ああうれしいと喜《よろこ》んでいた。前《まえ》に大臣《おとど》のおよみになった歌《うた》の返歌《へんか》を箱《はこ》

に入《い》れて返《かえ》す。歌《うた》には、

あとかたもなく燃《も》えると知《し》っているなら、この美《うつく》しい皮衣《かわごろも》を念頭《ねんとう》にもかけないで、火《ひ》にもくべずにみていようのに、そうとは知《し》らず火《ひ》に入れて、燃《も》やしてしまったことよ。ほんとうに残念《ざんねん》です。

とあったという。それで、大臣《おとど》は帰《かえ》ってしまわれたのである。世間《せけん》の人《ひと》たちは、「阿倍《あべ》の大臣《おとど》は、火《ひ》ねずみの裘《かわごろも》を持っていらっしゃって、かぐや姫《ひめ》の所《ところ》にお泊《と》まりになるということだね。ここにいらっしゃるのかな。」などと尋《たず》ねる。そこに居合《いあ》わせた人《ひと》がいうには、「皮《かわ》は火《ひ》にくべて焼《や》いてしまったら、めらめらと焼《や》けてしまったので、かぐや姫《ひめ》は、大臣《おとど》とご結婚《けっこん》なさらない。」といったので、これを聞《き》いて、世《よ》の人々《ひとびと》は、なしとげることのできないことを、「あへなし」といったのですよ。

中譯

赫夜姬向竹取翁說：「把這個皮裘放入火中燒燒看，如果燒不掉的話，才是眞的，我就輸給他了。您雖然說過：『因爲這世上所無的東西，所以不必懷疑，把它想成是眞貨吧！』但是，還是把它燒燒看吧！」竹取翁說：「妳說的，確實有理。」竹取翁轉告右大臣說：「小女是這樣說的。」右大臣回答：「這件火鼠皮裘不是中國能有的，好不容易才弄到手。還有什麼可懷疑的？既然這樣說，請快點燒燒看吧！」（得到了右大臣的同意）因此就把那件皮裘投入火中燒，（立刻）火光熊熊地燒光了。赫夜姬說：「畢竟還是能夠燃燒的東西，如此看來，（一定）不是火鼠皮做的了。」右大臣目睹此情，臉色轉成像草葉一樣的青。赫夜姬（本來就不願意出嫁，因此）非常高興。爲了回答右大臣先前的詩，所以寫了一首詩放進箱中退還給他，其詩爲：

鷹品之火鼠皮裘，遇火即化為灰燼；愛情堅貞不能假，如今只好東西分。

因此，右大臣（便只好）回去了。世人問：「阿倍大臣帶火鼠皮裘到赫夜姬家，住宿到她家了咧！眞的嗎？」當時在場的人說：「皮在火中燒光了，化成熊熊火光，因此赫夜姬不和大臣結婚。」聽了這場結局的世人，便把這個沒能如願的事，戲稱之爲「阿倍無」。

注　釋

❶ためす〔試す〕（他五・Ⅰ）試、試驗。

❷いかにも（副）的的確確、眞、實在。

❸くべる（他下一・Ⅱ）（放進爐子裏去）燒。

❹めらめらと（副）火焰熊熊燒的樣子。

❺しまう〔仕舞う〕（補動五・Ⅰ）用「……てしまう……でしまう」的語形，表示光了、盡了、完了。

❻やっぱり〔矢張〕（名副）畢竟還是。

❼あおざめる〔青ざめる〕（自下一・Ⅱ）臉色變成蒼白，變成青色。

❽あとかた〔跡形〕（名）痕跡、形跡。

❾ねんとう〔念頭〕（名）心上、惦念在心頭。

❿いよう〔異樣〕（形動ダ）奇異。

⓫とまる〔泊る〕（自五・Ⅰ）住下、止宿、投宿。

⓬いあわせる〔居合わせる〕（自下一・Ⅱ）在座、在場。

⑬ なしとげる 〔為遂げる〕（他下一・Ⅱ）完成。

⑭ あへなし 「あへない」〔取無い〕的文言寫法就是：「あへなし」。意思是：可憐的、悲慘的。右大臣的姓「阿倍」的讀音是：「あへ」，取雙關之義。

〔三一〕かぐや姫《ひめ》、翁《おきな》にいはく、「この裘《かはごろも》は、火《ひ》に焼《や》かむに、焼《や》けずはこそ真《まこと》ならめと思《おも》ひて、人《ひと》のいふことにもまけめ。『世《よ》になき物《もの》なれば、それをまことと疑《うたが》ひなく思《おも》はむ。』と宣《の》給《たま》ふ。なほこれを焼《や》きて見《み》む。」といふ。翁《おきな》「それ、さもいはれたり。」といひて、大臣《おとど》に、「かくなむ申《まを》す。」といふ。大臣《おとど》答《こた》へていはく、「この皮《かは》は唐土《もろこし》にもなかりけるを、辛《から》うじてもとめ尋《たず》ね得《え》たるなり。何《なに》の疑《うたがひ》あらむ。さは申《まを》すとも、はや焼《や》きて見《み》給《たま》へ。」といへば、火《ひ》の中《なか》にうちくべて焼《や》かせ給《たま》ふに、めらめらと焼《や》けぬ。「さればこそ異物《こともの》の皮《かわ》なりけれ。」といふ。大臣《おとど》これを見《み》給《たま》ひて、御顔《おんかほ》は草《くさ》の葉《は》の色《いろ》にてゐ給《たま》へり。かぐや姫《ひめ》は、あなうれしと喜《こころよ》びて居《ゐ》たり。かの詠《よ》み給《たま》へる歌《うた》の返《かへ》し、箱《はこ》に入《い》れて返《かへ》す。

なごりなくもゆと知《し》りせば裘《かわごろも》おもひの外《ほか》におきて見《み》ましを

とぞありける。されば帰《かへ》りいましにけり。世《よ》の人人《ひとびと》、「阿倍《あべ》の大臣《おとど》、火鼠《ひねずみ》の裘《かわごろも》もていまして、かぐや姫《ひめ》にすみ給《たま》ふとな。ここにやいます。」など問《と》ふ。ある人《ひと》のいはく、「皮《かは》は火《ひ》にくべて焼《や》きたりしかば、めらめらと焼《や》けにしかば、かぐや姫《ひめ》あひ給《たま》はず。」といひければ、これを聞《き》きてぞ、とげなきものをばあへなしとはいひける。**（五ノ四）**

要旨

姫《ひめ》の申《もう》しいでによって、火《ひ》に焼《や》いてためしてみると、めらめら燃《も》えてしまったというのである。かぐや姫《ひめ》は喜《よろこ》び、大臣《おとど》は顔青《かおあお》ざめて帰《かえ》ってゆく。世間《せけん》の人々《ひとびと》が、阿倍《あべ》の右大臣《うおとど》が、かぐや姫《ひめ》にあうと聞《き》いて、集《あつ》まってくるが、だめになったというと、これを「あへなし」といったというのである。

語釈

◇**焼《や》かむに**　焼《や》くとしたときに。仮定的《かていてき》にいう場合《ばあい》の「む」に注意《ちゅうい》。仮想《かそう》の助動詞《じょどうし》。

◇**真《まこと》ならめ**　「焼《や》けずばこそ」の結《むす》びとしては下《した》の「人《ひと》の言《い》ふことにもまけめ」で結《むす》んでいるので、ここは「真《まこと》ならむと思《おも》ひて」とありたいところ。

◇**さもいはれたり**　「然《さ》も」の意《い》、いかにも、もっとものことをいわれた。

◇**焼《や》かせ給《たま》ふ**　お焼《や》かせになる。「せ」は使役《しえき》の助動詞《じょどうし》「す」の連用形《れんようけい》。

◇**さればこそ**　さてはやっぱり。

◇**草《くさ》の葉《は》の色《いろ》にて**　草《くさ》の葉《は》のような、青《あお》ざめた色《いろ》をして。

◇**なごりなくの歌《うた》**　一首《いっしゅ》は、残《のこ》りなくすっかり燃《も》えると知《し》っているのなら、皮《かわ》の衣《ころも》を思《おも》いの火《ひ》の外《ほか》において見《み》ていようのに、そうとは知《し》らずに、火《ひ》に入《い》れてしまったことよの意《い》。「知《し》りせば」の「せ」はふつう過去《かこ》の助動詞《じょどうし》「き」の未然形《みぜんけい》ともみられているが、サ変《へん》の動詞《どうし》「す」の未然形《みぜんけい》である。「おもひ」は「思《おも》ひ」に「火《ひ》」をかけている。「まし」は仮想《かそう》の助動詞《じょどうし》、「……ようのに、実際《じっさい》はそうとは知《し》らずに……してしまった。」の意《い》。

◇**すみ給《たま》ふとな**　お住《す》みになるということですね。「すむ」は同棲《どうせい》すること。「な」は感動《かんどう》の終《しゅう》助詞《じょし》。

◇**ある人《ひと》**　「在《あ》る人《ひと》」で、そこに居合《いあ》わせた人《ひと》。

◇**とげなきもの**　「とげ」は「利気《りき》」で、鋭《するど》い、さとい心《こころ》のこと。悪商人《あくしょうにん》にだまされ成功《せいこう》しなかった意《い》の「遂《と》げなき」とさとい心《こころ》のない意《い》の「利気《りき》なき」をかけた。

◇**あへなし**　「敢《あ》へなし」で、「かいがない」という意《い》と「阿倍《あべ》なし」をかけた。結婚《けっこん》に失敗《しっぱい》してあえない意《い》と、結婚《けっこん》できずに帰《かえ》ってしまって、かぐや姫《ひめ》の家《いえ》に阿倍《あべ》の右大臣《うおとど》がいない意《い》を含《ふく》めた。（日文古文濁音可以不標示，讀者自已加上去。）

（三）

大伴《おおとも》の御行《みゆき》の大納言《だいなごん》は、自分《じぶん》の家《いえ》に召《め》し使《つか》われているすべての人《ひと》を集《あつ》めて、おっしゃるには、「龍《たつ》の首《くび》に五色《ごしき》に光《ひか》る玉《たま》があるということだ。それを取《と》ってきて奉《たてまつ》った者《もの》には、願《ねが》いのほどをかなえてやろう。」とおっしゃる。家来《けらい》たちはおおせ事《こと》を承《うけたまわ》って申《もう》すことには、「おっしゃられることはまことにとうとい。けれども、この五色《ごしき》の玉《たま》はたやすく取《と》ることはできますまいよ。「ましてやそれが龍《たつ》の首《くび》にある玉《たま》であるからには、どうして取《と》りましょう、とても取《と》れません。」といいあっています。大納言《だいなごん》がおっしゃる。「りっぱな家来《けらい》といわれるほどの者《もの》は、命《いのち》を捨《す》てても、自分《じぶん》の君《きみ》の命令《めいれい》をかなえようと思《おも》うべきである。日本《にほん》の国《くに》にない、インドやもろこしの物《もの》でもない。この日本《にほん》の国《くに》の海《うみ》や山《やま》から、龍《たつ》は上《あが》ったり降《お》りたりするものだ。おまえたちはどう考《かんが》えて、むずかしい物《もの》だといおうとするのか。」家来《けらい》たちは申《もう》すには、「それならば、いたしかたがございません。困《こん》難《なん》なことであっても、おおせに従《したが》って捜《さが》しにいきましょう。」といいますと、大《だい》納言《なごん》は見《み》て笑《わら》って、「おまえたちは、この大伴家《おおともけ》に仕《つか》える者《もの》として、名《な》が世間《せけん》に知《し》れているのである。主君《しゅくん》の命令《めいれい》にどうしてそむいてよいものか。」とおっしゃって、龍《たつ》の首《くび》の玉《たま》を取《と》りにといって、家来《けらい》たちをお出《だ》しになる。この人々《ひとびと》の道中《どうちゅう》の食料《しょくりょう》にするために、お屋敷《やしき》の内《うち》の絹《きぬ》や綿《わた》や銭《ぜに》などを、あるたけ取《と》り出《だ》して持《も》たせておやりになる。

中譯

大伴御行大納言在自己家中，把全部伺候他的人召集起來，對他們說：「據說龍首有五色發光之珠，你們誰把它取來，完成我的願望吧！」家臣們聽完他的吩咐之後，互相說：「您所說的事，是高貴的。但是，這五色發光的珠子不是那麼容易取到的吧！況且呀，因爲珠子在龍首（的頷下），怎樣去取呢？無論如何也不能取到吧！」大納言說：「做一個好的家臣，就是犧牲生命，也應該想要貫徹自己主人的命令。在日本國沒有，印度、中國也沒有。但是龍是自日本國的海、山，上飛、下潛的東西。你們怎樣想？說是徒勞無功的事情嗎？」家臣們回答：「主人既然這麼說，我們也沒辦法，雖然是困難的事，我們也只好遵從主人的吩咐，去尋找吧！」大納言看到這種情形，笑道：「你們身爲大伴家的家臣，會揚名社會。主君的命令豈可違背的？」爲了取龍首頷下之珠，便命家臣們出發。爲了供給旅途中大家的糧食，所以把家中的絹、綿、錢等全部令家臣拿出來。

注釋

❶じぶん　〔自分〕（名）自己。じぶんかって〔自分勝手〕自私、任性、隨便。

❷すべて　（名）全部。

❸かなえる　〔叶える〕（他下一・II）使……達到目的、滿足……的願望。

❹けらい　〔家来〕（名）（日本封建時代，領主、貴族的）家臣、臣下。

❺おおせごと　〔仰事、仰言〕（名）吩咐的話。

❻うけたまわる　〔承る〕（他五・I）（謙遜語）聽、聽從、聽說。

❼まい　〔助動、特殊型〕
（一）（否定的推測）大概不……、也許……
（二）（否定的決心）不打算……
（三）（否定的商量）不……吧！
用法：接於五段活用動詞的終止形之下。五段活用動詞以外的動詞，則接於未然形下。

❽まして　〔況して、増して〕（副）況且、何況。

❾や　（助）加在體言或某些副詞之下，加強語氣。

❿とても　〔迚も〕（副）（下接否定語）無論如何也……、怎麼也……。

⓫いいあう　〔言い合う〕（他五・Ⅰ）互相說。

⓬べし　〔可し〕（助動、形型）（接於動詞連體形之下）表示：義務、應該、可能、決意、推測、當然。べき是べし的連體形。

⓭や　（助）表示例舉。

⓮むずかしい　〔難しい〕（形）徒勞無功的。

⓯いたしかた　〔致し方〕（名）方法、辦法。

⓰おおせ　〔仰せ〕（名）吩咐、囑咐。

⓱として　〔連語、格助〕作爲……、以……資格。

⓲そむく　〔背く〕（自五・Ⅰ）違背、不聽從。

⓳あるだけ　〔有る丈〕（副）全部、所有。

【三二】大伴《おほとも》の御行《みゆき》の大納言《だいなごん》は、わが家《いへ》にありとある人《ひと》をめし集《あつ》めて、宣給《のたま》はく、「龍《たつ》の首《くび》に五色《ごしき》に光《ひか》る玉《たま》あなり。それを取《と》りて奉《たてまつ》りたらむ人《ひと》には、願《ねが》はむ事《こと》をかなへむ。」と宣給《のたま》ふ。男《をのこ》ども、仰《おほ》せの事《こと》を承《うけたまは》りて申《もう》さく、「仰《おほ》せの事《こと》はいとも尊《たうと》し。ただし、この玉《たま》たはやすくえ取《と》らじを。いはむや、龍《たつ》の首《くび》の玉《たま》はいかがとらむ。」と申《もう》しあへり。大納言《だいなごん》宣給《のたま》ふ、「天《きみ》の使《つかひ》といはむものは、命《いのち》を捨《す》てても、おのが君《きみ》の仰《おほ》せ事《ごと》をばかなへむとこそ思《おも》ふべけれ。この国《くに》になき、天竺唐土《てんぢくもろこし》の物《もの》にもあらず。この国《くに》の海山《うみやま》より、龍《たつ》は下《お》り上《のぼ》るものなり。いかに思《おも》ひてか、汝等《きんぢら》かたきものと申《もう》すべき。」男《をのこ》ども申《もう》すやう、「さらばいかがはせむ。かたなき事《こと》なりとも、仰《おほ》せ事《ごと》に従《したが》ひて求《もと》めにまからむ。」と申《もう》すに、大納言見笑《だいなごんみわら》ひて、「汝等《きんぢら》、君《きみ》の使《つかひ》と名《な》を流《なが》しつ。君《きみ》の仰《おほ》せ事《ごと》をば、いかがは背《そむ》くべき。」と宣給《のたま》ひて、「龍《たつ》の首《くび》の玉《たま》とりに」とて、出《いだ》し立《た》て給《たま》ふ。この人人《ひとびと》の道《みち》の糧食物《かてくひもの》に、殿《との》の内《うち》の絹《きぬ》・綿《わた》・銭《ぜに》など、ある限《かぎ》りとり出《い》でて添《そ》へて遣《つか》はす。【六ノ一】

要旨

大伴《おほとも》の御行《みゆき》が、龍《たつ》の首《くび》の玉《たま》を取《と》りに、家来《けらい》をやることを述《の》べた。御行《みゆき》が家《いえ》の子《こ》たちを、すべて召集《しょうしゅう》して、龍《たつ》の首《くび》の玉《たま》を取《と》ってくることを命《めい》ずるが、男《おとこ》たちはその命令《めいれい》の無法《むほう》さをあやぶむ。大納言《だいなごん》は、龍《たつ》は日本《にほん》にいるものだし、命《いのち》を捨《す》てても取《と》る覚悟《かくご》がなくてはなるまいという。男《おとこ》どももやむなく承知《しょうち》する。そこで食料《しょくりょう》などあらゆるものを取《と》りそろえて、出発《しゅっぱつ》させるというのである。

語釈

◇**ありとある**　あらゆる、あるかぎりの。

◇**あなり**　「あるなり」に同《おな》じ。あるということだ。

◇**奉《たてまつ》りたらむ人《ひと》**　「む」は仮想《かそう》の助動詞《じょどうし》。奉《たてまつ》ったとしたら、その人《ひと》にはの意《い》。

◇**願《ねが》はむ事《こと》をかなへむ**　願《ねが》いたいということをかなえてやろう。「む」はどちらも意志《いし》を表《あら》わす。

◇**男《をのこ》ども**　家来《けらい》たち。

◇**え取《と》らじを**　取《と》ることはできますまいよ。「を」は感動《かんどう》の終助詞《しゅうじょし》。

◇**いはむや**　まして。

◇**天の使**《きみつかひ》　意味不明《いみふめい》。「君の使《きみつかひ》」の誤《あやま》りとする説《せつ》もある。

◇**汝等**《きんぢら》　「きんぢら」は「きみむちら」(君貴《きみき》ら)の意《い》。「なむぢら」と同意《どうい》で古《ふる》い言《い》い方《かた》。

◇**さらばいかがはせむ**　そうおっしゃられるなら、どうしましょう、いたしかたはありますまいの意《い》。

◇**かたなき事《こと》なりとも**　「かたき事《こと》」とある本《ほん》によると「むずかしいことでも」となる。「かたなき」なら「形無《かたな》き」の意《い》か。

◇**君の使**《きみつかひ》　主君《しゅくん》に使《つか》われる者《もの》。ここでは大伴家《おほともけ》の家臣《かしん》としての意《い》。

◇**糧食物**《かてくひもの》　食料《しょくりょう》。「かて」は、「かりて」のつづまったもの。

◇**ある限《かぎ》り**　ありったけ。

（二三）

「この人《ひと》たちが帰《かえ》るまで物忌《ものい》みをしてわたしはいよう。この玉《たま》を取《と》ることができなくては、家《いえ》に帰《かえ》ってくるな。」とおっしゃった。家来《けらい》たちには、それぞれおおせを承《うけたまは》って出発《しゅっぱつ》した。そして、「君《きみ》は『龍《たつ》の首《くび》の玉《たま》を取《と》れないなら帰《かえ》ってくるな。』とおっしゃるから、どこへでも足《あし》の向《むか》いたほうへ行《い》ってしまおう。ほんとにこんな物好《ものず》きなことをなさる。」と悪口《わるくち》をいい合《あ》っている。くださった物《もの》を、めいめい分配《ぶんぱい》して取《と》る。ある者《もの》は自分《じぶん》の家《いえ》に隠《かく》れており、ある者《もの》は、自分《じぶん》の行《い》きたいと思《おも》う所《ところ》へ行《い》く。「親《おや》や主君《しゅくん》といっても、このように不条理《ふじょうり》なことをおっしゃることよ。」といって、得心《とくしん》がゆかないものだから、大納言《だいなごん》を悪《わる》くいい合《あ》っている。

中譯

大納言吩咐道：「大家回來之前，一直要齋戒，我也是。不能取得珠子，則不回來。家臣們每人接受主人的囑託而啓程了。互相譏諷主人道：「主人說：『不能取得龍首之珠的話，便不回來。』那麼就毫無目的地流浪了。眞（喜歡）做這樣好奇的事。」每人分配取得主人送的東西。有人隱藏到自己的家中去、有人到自己想去的地方去。這些人說：「就算是父母、主上也不能說出這樣不合道理的事呀！」因爲不滿意，所以互相批評大納言。

注釋

❶ものいみ〔物忌〕（名）齋戒。

❷な（感助）表示禁止。

❸それぞれ（名副）分別、每個。

❹あしのむく〔足の向く〕信步所知，沒目的亂走。

❺わるくち〔悪口〕（名、自サ・Ⅲ）誹謗人的話、壞話。

❻めいめい〔銘銘〕（名、副）各自、各各。

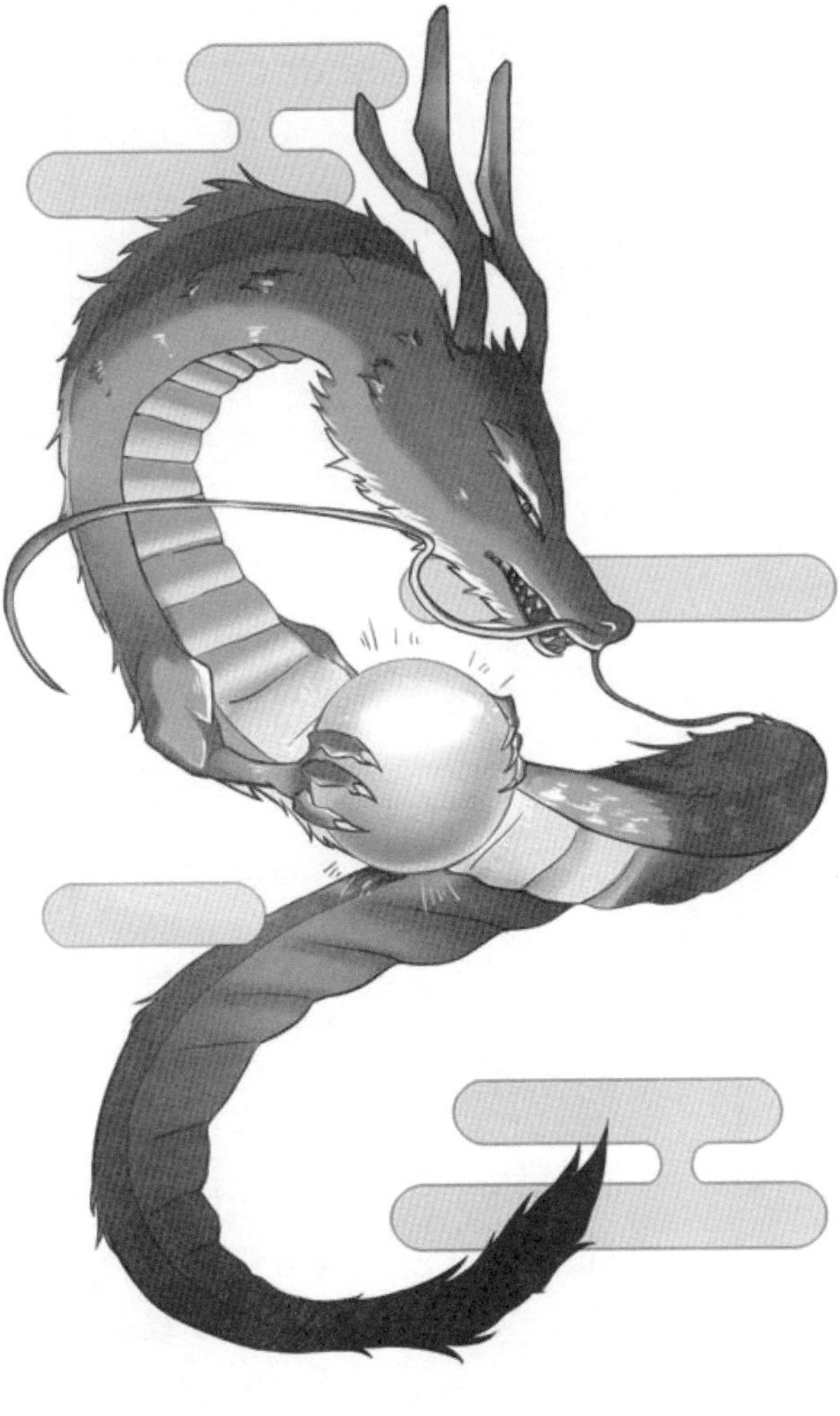

❼じょうり　〔条理〕（名詞）道理。

❽とくしん　〔得心〕（名、自サ・Ⅲ）徹底了解、滿意、同意。

【一三】「この人人《ひとびと》ども、帰《かへ》るまで、いもひをして我《われ》は居《を》らむ。この玉《たま》とり得《え》では家《いへ》に帰《かへ》り来《く》な。」と宣《の》給《たま》はせけり。おのおの仰《おほ》せ承《うけたまは》りて罷《まか》り出《い》でぬ。「『龍《たつ》の首《くび》の玉《たま》とり得《え》ずば帰《かへ》り来《く》な。』と宣《の》給《たま》へば、いづちもいづちも足《あし》のむきたらむ方《かた》へいなむず。かかるすき事《ごと》をし給《たま》ふ。」と謗《そし》りあへり。賜《たま》はせたる物《もの》おのおの分《わ》けつつ取《と》る。あるひはおのが家《いへ》に籠《こも》り居《ゐ》、あるひはおのが行《ゆ》かまほしき所《ところ》へいぬ。親《おや》、君《きみ》と申《もう》すとも、かくつきなき事《こと》を仰《おほ》せ給《たま》ふ事《こと》と、ことゆかぬもの故《ゆゑ》、大納言《だいなごん》を謗《そし》りあひたり。【六ノ二】

要旨

大伴《おほとも》の大納言《だいなごん》が、使臣《ししん》たちに、玉《たま》を取《と》れないでは家《いえ》に帰《かえ》るなと厳命《げんめい》を下《くだ》す、部下《ぶか》たちもやむをえず、主人《しゅじん》の大納言《だいなごん》の悪口《わるくち》をいいながら、賜《たま》った物《もの》を分配《ぶんぱい》して家《いえ》にこもっていたり、行《い》きたい所《ところ》へ行《い》ってしまったりするというのである。

語釈

◇**いもひ**　「斎《い》む」から起《お》こった名詞《めいし》。斎戒《さいかい》。家《いえ》にこもって身《み》を清《きよ》め物忌《ものい》みして神《かみ》に祈《いの》ること。精進《しょうじん》する。

◇**帰《かへ》り来《く》な**　帰《かえ》って来《く》るな。「な」は禁止《きんし》の終助詞《しゅうじょし》。

◇**いづちもいづちも**　どこへでも。

◇**いなむず**　「去《い》なんとす」のつづまったもの。「むず」は「む」を強《つよ》めたようなもので、一《ひと》つの助動詞《じょどうし》ともみられる。行《い》ってしまおう。

◇**すき事《こと》**　物好《ものず》きなこと。

◇**行《い》かまほしき所《ところ》へいぬ**　行《い》きたい所《ところ》へ行《い》く。「まほしき」は希望《きぼう》の助動詞《じょどうし》「まほし」の連体《れんたい》形《けい》、「いぬ」はナ変《へん》の動詞《どうし》「往《い》ぬ」。

◇**つきなき事《こと》**　似《に》つかわしくないこと、不当《ふとう》のこと、不条理《ふじょうり》なこと。

◇**ことゆかぬ**　得心《とくしん》がゆかない、事《こと》のわけがわからない。

（二四）

「かぐや姫《ひめ》を住《す》ませるとしたら、ふつうの平凡《へいぼん》な住居《じゅうきょ》ではみっともない。」とおっしゃって、美《うつく》しい家《いえ》をお作《つく》りになって、うるしを塗《ぬ》り、蒔絵《まきえ》を施《ほどこ》して壁《かべ》とされ、屋根《やね》の上《うえ》には糸《いと》を染《そ》めて、いろいろに美《うつく》しくふかせて、室内《しつない》の設備《せつび》には、口《くち》にはいいようのない綾織物《あやおりもの》に絵《え》をかいて、へやごとに張《は》った。もとの妻《つま》たちは皆《みな》追《お》い出《だ》して、かぐや姫《ひめ》に対《たい》して必《かなら》ず会《あ》おうと思《おも》い、その用意《ようい》をして、ひとり住《す》みで日《ひ》を送《おく》っていらっしゃる。

中譯

大納言說：「叫赫夜姬住的話，如果住普通平常的房子，那就不像樣了。」因此便蓋美輪美奐的房子，塗油漆、牆上繪泥金畫，屋頂上鋪著染了各種美麗顏色的線。室內陳設有用緞子繪的畫，其美無法形容，每間房子的牆上都掛有畫。並把原來的妻妾全部趕出去，心想必定可以迎接赫夜姬來住，所以要如此準備，一個人住，打發日子。

注釋

❶ たら　（助動）（是時間助動詞「た」的假定形，表示假定）若是……

❷ みっともない　（形）不想像的、難看的。

❸ まきえ　〔蒔絵〕（名）（漆器上的）泥金畫。

❹ やね　〔屋根〕（名）屋頂。

❺ あやおりもの　〔綾織物〕（名）緞。

〔二四〕「かぐや姫《ひめ》するゑんには、例《れい》のやうには見《み》にくし。」とのたまひて、麗《うるは》しき屋《や》をつくり給《たま》ひて、漆《うるし》を塗《ぬ》り、蒔絵《まきゑ》して壁《かべ》し給《たま》ひて、屋《や》の上《うえ》には糸《いと》を染《そ》めて、いろいろに葺《ふ》かせて、内《うち》のしつらひには、いふべくもあらぬ綾織物《あやおりもの》に絵《ゑ》をかきて、間毎《まごと》に張《は》りたり。もとの妻《め》ども皆追《みなお》ひはらひて、かぐや姫《ひめ》をかならずあはむまうけして、ひとり明《あか》し暮《くら》し給《たま》ふ。〔六ノ三〕

要旨

かぐや姫《ひめ》を迎《むか》えるために、家《いえ》を新築《しんちく》したことを述《の》べている。内外《ないがい》ともに美《うつく》しくつくり立《た》てて、もとからの妻《つま》を追《お》いはらって、ひとり住《す》みしてかぐや姫《ひめ》を待《ま》つのである。

語釈

◇**するゑんには**　すえようとするにには。「む」は仮想《かそう》の助動詞《じょどうし》、まだすえてはないのだが、かりにすえるとしたらの意。

◇**例《れい》のやう**　ふつうのような住居《じゅうきょ》、平凡《へいぼん》な住居《じゅうきょ》。

◇**漆《うるし》**　「ウルシ」の木《き》の樹液《じゅえき》をとって精製《せいせい》したもの。

◇**蒔絵《まきゑ》して**　蒔絵《まきえ》を施《ほどこ》して、うるしをぬった上《うえ》に金銀粉《きんぎんぷん》を蒔《ま》いて器物《きぶつ》に描《えが》いた絵《え》が蒔絵《まきえ》である。

◇**壁《かべ》し給《たま》ひて**　壁《かべ》となさって。

◇**いろいろに葺《ふ》かせて**　いろいろに美《うつく》しくふかせて。

◇**しつらひ**　設備《せつび》、装置《そうち》。

◇**いふべくもあらぬ**　ことばではいい表《あら》わせない。

◇**綾織物《あやおりもの》**　模様《もよう》を織《お》りだした織物《おりもの》。

◇**間《ま》**　へや。

◇**皆追《みなお》ひはらひて**　原本《げんぽん》にはないが『竹取物語解《たけとりものがたりかい》』に補《おぎな》ったのによる。

◇**かぐや姫《ひめ》をかならずあはむまうけして**　かぐや姫《ひめ》に必《かなら》ず会《あ》おうと思《おも》い、その用意《ようい》をして。
「を」は、「に対《たい》して」の意《い》。

（二五）

さきに派遣《はけん》した人《ひと》を夜昼《よるひる》お待《ま》ちになるのに、年《とし》が変《か》わるまで音《おと》さたもない。待《ま》ち遠《とお》しがられて、たいそう人目《ひとめ》をさけて、ただ舎人《とねり》ふたりを取《と》り次《つ》ぎ役《やく》として、お身《み》をおやつしになって、難波《なにわ》のあたりにいらっしゃって、お尋《たず》ねになることは、「大伴《おほとも》の大納言様《だいなごんさま》の人《ひと》が船《ふね》に乗《の》って、龍《たつ》を殺《ころ》してその首《くび》の玉《たま》を取《と》ったかどうかについて聞《き》いているか。」と問《と》わせたところが、船人《ふなじん》が答《こた》えていうには、「変《へん》なことだなあ。」と笑《わら》って、「そんなことをする船《ふね》もありません。」と答《こた》えるので、「つまらないことをいう船人《ふなじん》であることよ。よくわからないでこのようにいうのだ。」とお思《おも》いになって、「自分《じぶん》の弓《ゆ》の力《ちから》は、龍《たつ》がいたらすぐ射殺《いころ》して、首《くび》の玉《たま》をばきっと取《と》ろう。遅《おそ》れてくるやつらを待《ま》っていまい。」とおっしゃって、船《ふね》に乗《の》り、あちらの流《なが》れ、こちらの海《うみ》とこぎあるかれるうちに、ひどく遠《とお》くなって、筑紫《つくし》の海《うみ》にこぎ出《で》られた。

中譯

大納言日夜等候先前派遣出去尋找珠子的家臣們，經年累月，杳無音信。覺得等得不耐煩了，秘密地，僅以兩個近侍爲傳達，大納言因焦思而消瘦了，到難波一帶去，令傳達問船夫：「大伴大納言閣下，欲乘船出海屠龍，取龍首之珠，你以爲如何？」船夫答：「眞是荒唐啦！」船夫接著笑道，「乘船屠龍，連船都會沒有了！」大納言聽說後，心裏這樣想：「船夫說的話，眞是毫無意義，不太了解我的關係，才這樣說。」大納言（自豪地）說：「我的弓力（強），一射到龍，立刻就死，一定會取得龍首之珠。我不打算等遲遲未歸的奴輩！」便乘船在海上各處划行得很熟練，不知不覺，航行了很遠，到了九州海面。

注釋

❶ さきに　〔先に〕（副）以往、以前。

❷ まちどおしい　〔待ち遠しい〕（形）令人等不耐煩的、盼望已久的。

❸ がる　（接尾、五型・Ⅰ）接於形容詞詞幹或某些名詞之下，構成動詞。（一）表示感覺、覺得的意思。（二）表示（自己）以爲、認爲的意思。

❹ひとめをさける　〔人目を避ける〕躲避旁人眼目。

❺とねり　〔舍人〕（名）皇族（或天皇）的近侍，此處指雜役者。

❻とりつぎ　〔取次〕（名）傳達。

❼やつす　〔窶す〕（他五・Ⅰ）焦思致使身體消瘦、憔悴。

❽あたり　（名）附近、一帶。

❾ふなびと　〔船人〕（名）船夫、水手。

❿へん　〔変〕（名、形動ダ）荒唐、奇怪。

⓫なあ　〔感助〕表示驚嘆、讚嘆。

⓬つまらない　〔詰まらない〕（連語・形）無謂的、不足道的、無價值的、無聊的。

⓭をば　（格助）「を」的加強語氣。

⓮やつら　〔奴等〕（名）奴輩、那些傢伙、指大納言先派出去尋找珠子的家臣，一直遲遲未歸，事實上，都溜掉了，根本沒有去找。

⓯こぎある　〔漕ぎ行る〕（自五・Ⅰ）划行。

⓰かれる　（自下一・Ⅱ）老練。

⑰ つくし　〔筑紫〕（名、雅語）日本九州的古稱。

〔二五〕遣《つか》はしし人《ひと》は、夜昼《よるひる》待《ま》ち給《たま》ふに、年越《としこ》ゆるまで音《おと》もせず。心《こころ》もとながりて、いと忍《しの》びて、ただ舎人《とねり》二人《ふたり》召継《めしづき》として、やつれ給《たま》ひて、難波《なには》のほとりにおはしまして、問《と》ひ給《たま》ふことは、「大伴《おほとも》の大納言殿《だいなごんどの》の人《ひと》や、船《ふね》に乗《の》りて、龍《たつ》殺《ころ》してそが首《くび》の玉《たま》とれるとや聞《き》く。」と問《と》はするに、船人答《ふなびとこた》へていはく、「あやしきことかな。」と笑《わら》ひて、「さるわざする船《ふね》もなし。」と答《こた》ふるに、「をぢなき事《こと》する船人《ふなびと》にもあるかな。え知《し》らでかくいふ。」とおぼして、「わが弓《ゆみ》の力《ちから》は、龍《たつ》あらばふと射殺《いころ》して、首《くび》の玉《たま》はとりてむ。遅《おそ》く来《く》るやつばらを待《ま》たじ。」とのたまひて、船《ふね》に乗《の》り、海《うみ》ごとにありき給《たま》ふに、いとど遠《とほ》くて、筑紫《つくし》の方《かた》の海《うみ》に漕《こ》ぎ出《い》で給《たま》ひぬ。〔六ノ四〕

要旨

大納言《だいなごん》みずから出《で》かけることを述《の》べた。つかわした家来《けらい》からの音信《おんしん》がないので、待《ま》ちきれなくなってこっそり難波《なにわ》にやってきて、船人《ふなじん》たちに尋《たず》ねるがわからない。弓勢《ゆんぜい》に自信《じしん》を持《も》つ大納言《だいなごん》は、みずから龍《たつ》の首《くび》の玉《たま》を取《と》ろうとして、船《ふね》に乗《の》ってこぎ出《で》るというのである。

語釈

◇**音《おと》もせず**　音信《おんしん》もしない、音《おと》さたがない。

◇**心《こころ》もとながりて**　待《ま》ち遠《とお》しく気《き》が気《き》でないので。

◇**舎人《とねり》**　天皇《てんのう》などに近侍《きんじ》して雑役《ざつえき》をする者《もの》、摂政関白《せっしょうかんぱく》に賜《たま》わることもある。ここは雑役《ざつえき》に奉仕《ほうし》する者《もの》の意《い》。

◇**召継《めしづき》**　取《と》り次《つ》ぎの役《やく》、貴人《きじん》は直接《ちょくせつ》にものをいうのをさけ、中間《ちゅうかん》に人《ひと》をおいて取《と》り次《つ》がせる。

◇**やつれ給《たま》ひて**　身《み》なりをおやつしになって。

◇**大伴《おほとも》の大納言《だいなごん》殿の人《ひと》や**　召継《めしづき》ぎのことばである。「や」は疑問《ぎもん》の意《い》を表《あら》わす係《かか》りの助詞《じょし》で、下《した》の「とれる」がその結《むす》び。

◇**とれるとや聞《き》く**　取《と》ったかどうかについて聞《き》いているか。

◇**問《と》はするに**　大納言《だいなごん》が、舎人《とねり》をして船人《ふなじん》に問《と》い合《あ》わせるのである。

◇**あやしき**　不思議《ふしぎ》な、変《へん》な。

◇**さるわざ**　そんなこと。

◇**をぢなぎ**　妙《みょう》な、もったいない。

◇**取《と》りてむ**　きっと取《と》ろう、必《かなら》ず取《と》ってみせよう。「て」は意志《いし》の助動詞《じょどうし》「む」の意味《いみ》を強《つよ》めるのに用《もち》いている。

◇**やつばら**　奴輩《どはい》、奴《やつ》ら。「ばら」は「たち」「ども」の意《い》、ののしっていうことば。

（二六）

どうしたわけか、強風《きょうふう》が吹《ふ》いて、あたり一面《いちめん》まっくらになって、船《ふね》を吹《ふ》いて持《も》っていく。どちらのほうともわからず、船《ふね》を海中《かいちゅう》に入《い》れてしまいそうに吹《ふ》き回《まわ》して、波《なみ》は船《ふね》にうちかけながら船《ふね》をまき入《い》れ、雷《かみなり》は落《お》ちかかりそうにひらめく。こうした様子《ようす》に、大納言《だいなごん》はとまどいして、「まだこのようにつらいめにあったことはない。どうなるのだろうか。」とおっしゃる。船頭《せんどう》が答《こた》えていう、「あまたたび、船《ふね》に乗《の》って歩《ある》いておりますが、まだこのようにつらいめにあったことはありません。船《ふね》は海《うみ》の底《そこ》に沈《しず》むか、さもなければ、きっと雷《かみなり》が落《お》ちかかりましょう。もし幸《さいわ》いに神《かみ》の助《たす》けがあるなら、南海《なんかい》に吹《ふ》かれておいでになるにちがいありません。情《なさ》けない主人《しゅじん》の所《ところ》にお仕《つか》えして、つまらない死《し》に方《ほう》をしそうだなあ。」といって船頭《せんどう》が泣《な》く。大納言《だいなごん》はこれを聞《き》いておっしゃるのには、「船《ふね》に乗《の》っては、船頭《せんどう》のいうことを、ほんとに高《たか》い山《やま》のように頼《たの》みにしている。それなのに、どうしてこんなに頼《たよ》りないようにいうのだ。」とひどいへどをはいておっしゃる。船頭《せんどう》が答《こた》えていう。「神様《かみさま》ではないのですから、どんなことをいたしましょう。風《かぜ》が吹《ふ》き波《なみ》が激《はげ》しいけれども、雷《かみなり》までも頭上《ずじょう》に落《お》ちかかりそうなのは、龍《たつ》を殺《ころ》そうとしてお尋《たず》ねになるので、このようになるのです。疾風《しっぷ》も龍《たつ》が吹《ふ》かせるのです。早《はや》く神様《かみさま》にお祈《いの》りしなさい。」という。「それはよいことだ。」といって、「船頭《せんどう》のお祭《まつ》りする神様《かみさま》、どうかお聞《き》きください。わたくしは、愚《おろ》かで浅《あさ》はかな心《こころ》から、龍《たつ》を殺《ころ》そうと思《おも》いました。これからさきは、龍《たつ》の毛《け》の先一本《さきいっぽん》だけも動《うご》かし申《もう》し上《あ》げることはしますまい。」と誓《ちか》いの祝詞《のりと》を声高《こえたか》く唱《とな》えて、立《た》ったりすわったりして、泣《な》く泣《な》く声《こえ》をおあげになることが、千度《ちたび》ほど申《もう》されたためでしょうか、ようやく雷《かみなり》が鳴《な》りやんだ。空《そら》が少《すこ》し光《ひか》って、風《かぜ》はまだ早《はや》く吹《ふ》いている。船頭《せんどう》がいうには、「これは龍《たつ》のしわざだったのだ。この吹《ふ》く風《かぜ》は、よいほうの風《かぜ》である。悪《わる》いほうの風《かぜ》ではない。よいほうに向《む》かって吹《ふ》くのです。」といっても、大納言《だいなごん》はこれを耳《みみ》にもお入《い》れにならない。

中譯

怎麼辦呢？刮起大風、附近一帶漆黑一片，船被風刮，漂流到那個方向，完全不知道，船被吹得打轉，好像要沈到海底似的，波濤拍打著船，海浪卷包著船、好像要打雷似地在閃光。大納言在這樣的情形下，躊躇起來，問舵手道：「生平沒有碰到過這樣倒楣的事，怎麼辦呢？」舵手回答：「我雖然乘坐過很多次的船，但是沒有遇到像這樣的艱難情形。船要沈入海底啊！不然，一定會遭雷擊吧！如果，幸運得到神助的話，則一定吹到南海去。侍奉不仁慈的主人，將要無意義地送掉性命啦！」舵手說著，便哭了。大納言聽舵手說這些話之後說「（旅客）乘船，把舵手說的話當作高山一樣來仰賴。雖然那樣，爲什麼要說如此不足仰賴的話呢？」大納言（因暈船）嘔吐得很厲害。舵手回答：「我不是神，因此能爲閣下効勞什麼呢？刮風、波浪洶湧，連雷都有要打到頭上來的樣子了，因爲想屠龍而尋找它，所以才會遇到現在情形。疾風也是龍噴出來的。請快點向神祈禱。」大納言說：「向神祈禱是好事。」便高聲朗誦祈禱文：「船神啊，請聽！我以愚蠢，思慮不深的心，想屠龍。從現在起到以後，請您連龍的一根毛都不讓它動。（大納言在高聲朗誦祈禱文時）向神跪拜、哭泣，爲此大概有千遍吧！好不容易雷聲才停止。天空有點亮了，而風勢仍速。舵手說：「這是龍在興風作浪。吹的風是吉向風。不是惡向風，是向好方向吹的風。」大納言不把舵手說的話聽入耳中。

注釋

❶いちめん〔一面〕（名）全體、滿。

❷まっくら〔真暗〕（名、形動ダ）漆黑。

❸とも（修動）表示全部、全部……。

❹かかる〔掛る〕（補動、五・Ⅰ）接於動詞連用形之下，表示：（一）將要眼看就……（二）動作正在進行中。

❺ひらめく〔閃く〕（自五・Ⅰ）閃、閃耀。

❻とまどい〔戸惑い、途惑い〕（名、自サ・Ⅲ）躊躇、不知如何是好。

❼せんどう〔船頭〕（名）舵手、船老大（船上領導的人）、船夫。

❽あまたたび〔数多度〕（副）多次、屢次。

❾か（感助）啊！（在此處僅表示感動或可能無疑問之意）。

❿さもなければ（連語、副）不然、不然的話。

⓫さいわい〔幸〕（名、形動ダ）幸運、幸福。

⓬なさけない〔情無い〕（形）沒有仁慈心的、無情的。

⓭へど　〔反吐〕（名）嘔吐物、嘔吐。

⓮かみさまではないのですから　此句略去主詞（我），言「我不是神，因此……」。

⓯けれども　（接助）此處急僅用來連接上下文，不表示甚麼意義。

⓰のりと　〔祝詞〕（名）祈禱文。

⓱から　（格助）用、以、因爲。

⓲たったりすわったり　形容向神跪拜的動作。

〔三六〕いかがしけむ、はやき風《かぜ》吹《ふ》きて、世界《せかい》くらがりて、船《ふね》を吹《ふ》きもてありく。いづくの方《かた》とも知《し》らず、船《ふね》を海中《かいちう》にまかり入《い》れぬべく吹《ふ》き廻《まは》して、浪《なみ》は船《ふね》にうちかけつつまき入れ、雷《かみ》は落《お》ちかかるように閃《ひらめ》く。かかるに、大納言《だいなごん》は惑《まど》ひて、「まだかかるわびしき目《め》見《み》ず。如何《いか》ならむとするぞ。」と宣給《のたま》ふ。楫《かぢ》取答《とりこた》えて申《もう》す、「ここら船《ふね》に乗《の》りてまかりありくに、まだかくわびしき目《め》を見《み》ず。御船《みふね》海《うみ》の底《そこ》に入《い》らずば、雷落《かみお》ちかかりぬべし。もし、さいはひに神《かみ》の助《たす》けあらば、南海《なんかい》に吹《ふ》かれおはしぬべし。うたてある主《ぬし》の御許《みもと》に仕《つか》うまつりて、すずろなる死《しに》をすべかめるかな。」とて、楫取《かぢとり》泣《な》く。大納言《だいなごん》これを聞《き》きてのたまはく、「船《ふね》に乗《の》りては、楫取《かぢとり》の申《もう》すことをこそ、高《たか》き山《やま》と頼《たの》め。などかくたのもしげなく申《もう》すぞ。」とあをへどを吐《つ》きて宣給《のたま》ふ。楫取答《かぢとりこた》へて申《もう》す、「神《かみ》ならねば、何業《なにわざ》をか仕《つか》うまつらむ。風吹《かぜふ》き浪《なみ》はげしけれども、雷《かみ》さへいただきに落《お》ちかかるやうなるは、龍《たつ》を殺《ころ》さむと求《もと》めたまへば、あるなり。はやても龍《たつ》の吹《ふ》かするなり。はや神《かみ》に祈《いの》りたまへ。」といふ。「よきことなり。」とて、「楫《かぢ》取《とり》の御神《おんかみ》聞《きこ》しめせ。をぢなく心幼《こころおさな》く龍《たつ》を殺《ころ》さむと思《おも》ひけり。今《いま》より後《のち》は、毛《け》の末一筋《すゑひとすぢ》をだに動《うご》かし奉《たてまつ》らじ。」と、寿詞《よごと》をはなちて、立《た》ちゐ、なくなく呼《よ》ばひ給《たま》ふこと、千度《ちたび》ばかり申《もう》し給《たま》ふけにやあらむ、やうやう雷鳴《かみな》りやみぬ。少《すこ》しひかりて、風《かぜ》はなほ早《はや》く吹《ふ》く。楫取《かぢとり》のいはく、「これは龍《たつ》のしわざにこそありけれ、この吹《ふ》く風《かぜ》はよき方《かた》の風《かぜ》なり。あしき方《かた》の風《かぜ》にはあらず。よき方《かた》に赴《おもむ》きて吹《ふ》くなり。」といへども、大納言《だいなごん》はこれを聞《き》き入《い》れ給《たま》はず。**（六ノ五）**

要旨

急《きゅう》に強風《きょうふう》が吹《ふ》いて、狂瀾怒涛《きょうらんどとう》に船《ふね》は翻弄《ほんろう》され、雷《かみ》は落《お》ちんばかりにひらめく。大納言《だいなごん》は心地《ここち》が惑《まど》い、かじ取《と》りも泣《な》き顔《がお》になる。大納言《だいなごん》は青《あお》へどを吐《つ》きながら、かじ取《と》りのことばに従《したが》って神《かみ》に祈《いの》ると、ようやく雷《かみ》が鳴《な》りやむ。風《かぜ》はなお強《つよ》く、かじ取《と》りの慰《なぐさ》めも、大納言《だいなごん》の耳《みみ》にはいらないというのである。

語釈

◇**世界《せかい》くらがりて**　この世《よ》すべて、あたり一面暗《いちめんくら》くなって。
◇**吹《ふ》きもてありく**　風《かぜ》が船《ふね》を吹《ふ》いてあちこち持《も》っていく。
◇**まかり入《い》れぬべく**　「まかり」は退出《たいしゅつ》する意《い》、退《の》き入《い》れてしまいそうに。
◇**わびしき目《め》**　つらいめ。
◇**楫取《かぢとり》**　船人《ふなびと》、船頭《せんどう》。
◇**ここら**　度多《どおお》く、あまたたび。
◇**まかりありく**　「まかり」は、謙《けん》そんの意《い》をそえるためにつける。歩《ある》きます。
◇**落《お》ちかかりぬべし**　きっと落《お》ちかかるにちがいない。「ぬ」は「べし」の推量《すいりょう》の意《い》を強《つよ》める。
◇**うたてある**　情《なさ》けない。
◇**すずとなる死《しに》**　つまらない死《し》に方《かた》。「すずろなる」は何《なに》ということもない、むやみやたらなの意《い》。
◇**すべかめるかな**　しそうに思《おも》われるなあ。「すべくあるめる」のつづまったもの。
◇**高《たか》き山《やま》と頼《たの》め**　高《たか》い山《やま》は動《うご》かないので、安心《あんしん》して頼《たの》みにされることをいったのである。

◇**あをへど**　「へど」は気分《きぶん》が悪《わる》いときに吐《つ》き出《だ》すもの、「あを」は、意味《いみ》を強《つよ》めてそえた語《ご》。

◇**あるなり**　このようなことがあるのです。

◇**はやて**　疾風《しっぷう》、暴風《ぼうふう》。

◇**楫取の御神**《かぢとりのみかみ》　船頭《せんどう》の祭《まつ》る神《かみ》のこと。

◇**をぢなく**　愚《おろ》かに。

◇**毛**《け》**の末一筋**《すえひとすじ》**をだに**　龍《たつ》の毛《け》の先一本《さきいっぽん》だけでも。

◇**寿詞**《よごと》　「ほめことば」、祝《いの》っていうことば、祈願《きがん》の祝詞《のりと》。

◇**はなちて**　大声《おおごえ》をあげて。

◇**立**《た》**ちぬ**　立《た》ったりすわったりして。

◇**けにやあらむ**　そのためであろうか。「け」は、けしき、けはいの意《い》。

（二七）

三日四日《みかよかふ》吹いて、船《ふね》を吹《ふ》き返《かえ》して寄《よ》せた。浜《はま》を見《み》ると、播磨《はりま》の国《くに》の明石《あかし》の浜《はま》であった。大納言《だいなごん》は、南海《なんかい》の浜《はま》に吹《ふ》き寄《よ》せられたのであろうかと思《おも》って、ため息《いき》をついて寝《ね》ておられた。船《ふね》に乗《の》っていた家来《けらい》たちが、国《くに》の役所《やくしょ》に告《つ》げたが、国《くに》の役人《やくにん》が来《き》てお見舞《みま》いをするにも、起《お》き上《あ》がることがおできにならず、船底《ふなそこ》に寝《ね》ておられた。松原《まつばら》にむしろを敷《し》いて降《おり》ろし申《もう》し上《あ》げる。その時《とき》に、はじめて南海《なんかい》でなかったわいと思《おも》って、やっとのことで起《お》き上《あ》がられたのを見《み》ると、風病《ふうびょう》ひどく病《や》む人《ひと》で、腹《はら》がたいそうふくれ、こちらそちらの目《め》には、すももを二《ふた》つつけたようである。これを見《み》ては国《くに》の役人《やくにん》も思《おも》わず微笑《ほほえ》をもらした。

中譯

三、四天的刮風，把船刮回去了，看見海濱，是播磨國明石海濱。大納言以為被刮到南海海濱了?吁了一口氣便睡了。隨侍船上的家臣們到播磨的官署去通知（大納言在船上），播磨國的官員便來探望大納言，但是大納言睡在船倉裏，起不來。（播磨國官員）在松原鋪了蓆子，請大納言下船。那時，才知道不是南海，好不容易起身一看，已是患冒，病得很厲害的人了，腹部腫得好大，雙目紅腫得像李子一樣。播磨國官員目睹此情，忍不住微笑了起來。

注釋

❶ **はま**　〔浜〕（名）海濱、海邊。

❷ **はりま**　〔播磨〕（名）古國名，在今天的兵庫縣境。

❸ **ためいき**　〔溜息〕（名、自サ・Ⅲ）嘆氣、長吁短嘆。

❹ **やくしょ**　〔役所〕（名）官署、官廳。

❺ **みまう**　〔見舞う〕（他五・Ⅰ）慰問、探問、問候。

❻ **こちらそちらの目**　雙目。

〔二七〕三四日《みかよか》吹《ふ》きて、吹《ふ》き返《かへ》し寄《よ》せたり。浜《はま》を見《み》れば、播磨《はりま》の明石《あかし》の浜《はま》なりけり。大納言《だいなごん》、南海《なんかい》の浜《はま》に吹《ふ》き寄《よ》せられたるにやあらむと思《おも》ひて、息《いき》づき臥《ふ》し給《たま》へり。船《ふね》にある男《をのこ》ども、国《くに》に告《つ》げたれども、国《くに》の司《つかさ》まうでとぶらふにも、え起《お》きあがり給《たま》はで、船底《ふなそこ》に臥《ふ》し給《たま》へり。松原《まつばら》に御筵《みむしろ》敷きておろし奉《たてまつ》る。その時《とき》にぞ、南海《なんかい》にあらざりけりと思《おも》ひて、辛《から》うじて起《お》き上《あが》り給《たま》へるを見《み》れば、風《かぜ》いとおもき人《ひと》にて、腹《はら》いとふくれ、こなたかなたの目《め》には、李《すもも》を二《ふた》つつけたるやうなり。これを見《み》てぞ、国《くに》の司《つかさ》もほほゑみたる。〔六ノ六〕

要旨

明石《あかし》の浜《はま》に漂著《ひょうちゃく》して南海《なんかい》の浜《はま》に吹《ふ》き寄《よ》せられたものと思《おも》いこみ、ため息《いき》をついている。そこへ知《し》らせによって、その国《くに》の役人《やくにん》が見舞《みま》いにくる。大納言《だいなごん》は、南海《なんかい》でなかったことに気《き》づき起《お》き上《あ》がる。醜《みにく》い顔《かお》つきをみて、国《くに》の役人《やくにん》も思《おも》わずほほえんだというのである。

語釈

◇**播磨《はりま》の明石《あかし》**　今《いま》の兵庫県明石市《ひょうごけんあかしし》。

◇**息《いき》づき臥《ふ》し給《たま》へり**　ため息《いき》をついて寝《ね》ていらっしゃる。

◇**船《ふね》にある**　船《ふね》に乗《の》りこんでいた。

◇**まうでとぶらぶ**　やってきてお見舞《みま》いをする。

◇**風《かぜ》いとおもき人《ひと》**　風病《ふうびょう》のたいそう重《おも》い人《ひと》。

◇**李《すもも》を二《ふた》つつけたるやうなり**　目《め》の赤《あか》くはれ上《あ》ったのをすももにたとえた。

（二八）

大納言《だいなごん》は、国《くに》の役所《やくしょ》にお命《めい》じになって、手輿《たごし》をお作《つく》らせになって、ようやくになわされなさって家《いえ》におはいりになったのを、どうして聞《き》いたのであろうか、さきにつかわした家来《けらい》たちがやって来《き》ていうことには、「龍《たつ》の首《くび》の玉《たま》を取《と》ることができなかったので、お屋敷《やしき》へも参上《さんじょう》できませんでした。今《いま》は玉《たま》の取《と》りがたかったことをご体験《たいけん》なされたので、処罰《しょばつ》もあるまいと思《おも》って参上《さんじょう》したのです。」と申《もう》し上《あ》げる。大納言《だいなごん》は起《お》き上《あ》がって、すわっておっしゃるには、「おまえたちはよく持《も》ってこないでしまった。龍《たつ》は雷《かみ》の仲間《なかま》であったのだ。その龍《たつ》の玉《たま》を取《と》ろうとして、多《おお》くの人々《ひとびと》が害《がい》せられてしまおうとしたのである。玉《たま》を取《と》ろうとしてさえそうなのに、まして龍《たつ》を捕《と》らえたとしたならば、わけもなく自分《じぶん》は害《がい》せられたにちがいない。よく捕《とら》えないでしまった。思《おも》えばかぐや姫《ひめ》という大盗人《おほぬすびと》のやつが、自分《じぶん》を殺《ころ》そうとしてこんなことをするのであった。今《いま》となっては家《いえ》のあたりさえ通《とお》るまい。おまえたちも通《とお》ってはならんぞ。」といって家《いえ》に少《すこ》し残《のこ》っていた物《もの》は、龍《たつ》の玉《たま》を取《と》らない者《もの》たちにくださった。これを聞《き》いて、離縁《りえん》になられたとの奥方《おくがた》は、腹《はら》の痛《いた》くなるほどお笑《わら》いになった。糸《いと》をふかせて造《つく》ったお屋敷《やしき》は、とんび、からすが、巣《す》に皆食《みなく》いとって持《も》っていってしまった。世《よ》の中《なか》の人《ひと》がいったことには、「大伴《おほとも》の大納言《だいなごん》は、龍《たつ》の首《くび》の玉《たま》を取《と》っていらっしゃったか。」「いや、そんなことはない。それどころか、おん目二《めふた》つにすもものような玉《たま》をくっつけておいでになったよ。」といったので、「そんなすももでは、ああ、食《た》べがたいことだ。」としゃれをいったことから、思《おも》うようにならないことを、「ああ堪《こた》えがたいことだ」といいはじめたのである。

中譯

大納言命令播磨國的官署做轎子，好容易才抬到家，以前被派遣出去的家臣們來問大納言的情形如何？並說：「因爲沒能取得龍首之珠，所以沒到公館來拜訪。今天，閣下親自經驗過取龍首珠之不易，因此大概不會處罰我們，才敢來晉謁。」大納言起身坐著說：「你們沒能取來珠子，因爲龍是雷的伙伴。想取龍的珠子，很多人幾乎受害。僅欲取龍之珠，就遭到這樣的後果，更何況捕龍呢？這樣的話，一定容易遇害的。所以不太容易捕捉到龍。想來，赫夜姬是大扒手，想要我的命而叫我做這種事。從現在起，我連她家的附近都不去，你們也不要去吧！」大納言把家中剩下的東西贈送沒有取得龍珠的家臣們。和大納言離了婚的原配夫人聽到這件事，肚子都笑痛了。以彩色線蓋造的宅邸、成了鳶、鴉的巢，且把彩色線銜入喙。世人問：「大伴大納言取得龍珠了嗎？」有人回答：「不，沒有，不過，雙目紅腫得像李子一樣。」因此有人打趣道：「那樣的李子，啊！不好吃啦！」所以開始把不如意的事稱之爲：「啊！難堪的事。」

注釋

❶たごし〔手輿〕（名）轎子（由人抬著走，但是抬的人，手的高度至腰而已）。

❷ようやく〔副〕好不容易（很不容易、花了很大的工夫才……）、漸漸。

❸になう〔担う〕（他五・Ⅰ）扛、抬、擔。

になわされ是になわされる（被抬）的連用形，下接なさって〔為って〕（原形爲なさる，其連用形下接て，因音便而成爲なさって）なさる是なす〔為す〕（做、爲）的恭敬說法。

❹つかわす〔遣わす〕（他五・Ⅰ）派、遣、打發（出去）。

❺なかま〔仲間〕（名）伙伴、同僚。

❻わけもなく〔訳も無く〕（副）容易、輕而易舉。

❼おおぬすびと〔大盗人〕罵人的話，意思是說赫夜姬是大扒手，想要偷他的命＝要他死。

❽りえん〔離縁〕（名、他サ・Ⅲ）離婚。

❾おくがた〔奥方〕（名）太太、夫人。

❿とんび〔鳶〕（鳥名）鳶。

⓫ **からす** 〔烏〕（鳥名）烏鴉。

⓬ **かたい** （作爲補助用言，接在動詞連用形之下，因音便的關係，讀音變爲「がたい」）表示：難於……例：たべがたい難吃的。（意思是：大納言的雙目雖然紅腫得像李子，但是不眞是李子，因此不能吃，有雙關及諷刺之義）。

⓭ **しゃれ** 〔洒落〕（名）打趣話、俏皮話、詼諧話。

〔二八〕 国《くに》に仰《おほ》せたまひて手輿《たごし》つくらせ給《たま》ひて、やうやう荷《にな》はれたまひて家《いへ》に入《い》り給《たま》ひぬるをいかで聞《き》きけむ、遣《つか》はしし男《をのこ》ども参《まい》りて申《もう》すやう、「龍《たつ》の首《くび》の玉《たま》をえ取《と》らざりしかばなむ。殿《どの》へもえ参《まゐ》らざりし。玉《たま》のとり難《がた》かりしことを知《し》り給《たま》へればなむ、勘当《かんだう》あらじとて参《まい》りつる。」と申《もう》す。大納言《だいなごん》起《お》きゐて宣給《のたま》はく、「汝等《きんぢら》よくもて来《こ》ずなりぬ。龍《たつ》は鳴《な》る神《かみ》の類《たぐひ》にてこそありけれ。それが玉《たま》を取《と》らむとて、そこらの人々《ひとびと》の害《がい》せられなむとしけり。まして龍《たつ》を捕《とら》へたらましかば、こともなく、我《われ》は害《がい》せられなまし。よく捕《とら》へずなりにけり。かぐや姫《ひめ》てふ大盗人《おほぬすびと》のやつが、人《ひと》を殺《ころ》さむとするなりけり。家《いへ》のあたりだに今《いま》は通《とほ》らじ。男《をのこ》どももなありきそ。」とて、家《いへ》に少《すこ》し残《のこ》りたりける物《もの》どもは、龍《たつ》の玉《たま》とらぬ者《もの》どもにたびつ。これを聞《き》きて、離《はな》れ給《たま》ひし本《もと》の上《うえ》は腹《はら》をきりて笑《わら》ひ給《たま》ふ。糸《いと》を葺《ふ》かせて造《つく》りし屋《や》は、鳶《とび》、烏《からす》、巣《す》に皆《みな》くひもていにけり。世界《せかい》の人《ひと》のいひけるは、「大伴《おほとも》の大納言《だいなごん》は、龍《たつ》の首《くび》の玉《たま》や取《と》りておはしたる。」「否《いな》、さもあらず、御眼二《みまなこふた》つに李《すもも》のやうなる玉《たま》をぞ添《そ》へていましたる。」といひければ、「あなたへがた。」といひけるよりぞ、世《よ》にあはぬ事《こと》をば、「あなたへがた」とはいひ始《はじ》めける。（六ノ七）

要旨

大伴《おほとも》の大納言《だいなごん》が、かぐや姫《ひめ》をあきらめてしまうことを述《の》べた。大納言《だいなごん》が手輿《たごし》に乗《の》せられて、やっともことで京《きょう》に帰《かえ》ると、さきにゆくえをくらましていた、例《れい》の使《つか》いの者《もの》どもが姿《すがた》を現《あら》わしてくる。大納言《だいなごん》はかぐや姫《ひめ》を罵倒《ばとう》し、その男《おとこ》たちには、かえってほうびを与《あた》えるというので、結末《けつまつ》にはれいによってしゃれを出《だ》してきている。

語　釈

◇**仰《おほ》せたまひて**　命《めい》じられて。

◇**手輿《たごし》**　人《ひと》の手《て》でかつぐ輿《こし》。

◇**つくらせ給《たま》ひて**　お作《つく》らせになって。「せ」は使役《しえき》の助動詞《じょどうし》「す」の連用形《れんようけい》。

◇**やうやう**　ようやく。「によふによふ」とある本《ほん》によれば「呻吟《しんぎん》しつつ」の意《い》。

◇**いかで聞《き》きけむ**　どうして聞《き》いたのであろう。

◇**え参《まゐ》らざりし**　くることができませんでした。「え」は可能《かのう》の意《い》の副詞《ふくし》。「し」は過去《かこ》の助動《じょどう》詞《し》「き」の連体形《れんたいけい》で係《かか》りの助詞《じょし》「なむ」の結《むす》び。

◇**勘当《かんどう》**　罪科《ざいか》にあてる、処罰《しょばつ》する。

◇**起《お》きゐて**　起《お》き上《あ》がってすわって。

◇**もて来《こ》ずなりぬ**　持《も》ってこないでしまった。

◇**鳴《な》る神《かみ》の類《るい》**　雷《かみ》と同《おな》じ仲間《なかま》。

◇**そこらの人人《ひとびと》**　「ここら」と「そこら」は同《おな》じような意《い》で、多《おお》くの人々《ひとびと》。

◇**まして**　取《と》ろうとしただけでも害《がい》せられようとしたのに、まして。

◇**捕《と》へたらましかば**　もしも捕《と》えたとしたならば。「ましか」は仮想《かそう》の助動詞《じょどうし》「まし」の已然《いぜん》形《けい》。

◇**こともなく**　わけもなく、容易《ようい》に、必《かなら》ず。

◇**かぐや姫《ひめ》てふ**　「てふ」は「といふ」のつづまったもの。

◇**やつ**　ののしっていう語《ご》。「奴《やつ》」の意《い》。

◇**なありきそ**　歩《ある》くな。「な……そ」は禁止《きんし》の意《い》を表《あら》わす。

◇**たびつ**　賜《たま》わった。「たぶ」とは五段活用《ごだんかつよう》で「賜《たま》ふ」の意《い》。

◇**離《はな》れ給《たま》ひし本《もと》の上《うえ》**　離縁《りえん》になられたもとの奥方《おくがた》。「上《うえ》」は婦人《ふじん》の尊称《そんしょう》。

◇**腹《はら》をきりて**　腹《はら》をかかえて笑《わら》う場合《ばあい》、腸《ちょう》がちぎれるようになるので「切《き》る」といった。

◇**世界《せかい》の人《ひと》**　世《よ》の中《なか》の人《ひと》。

◇**玉《たま》や**　「や」は係《かか》りの助詞《じょし》で疑問《ぎもん》の意《い》を表《あら》わす。

◇**さもあらず**　そんなことはない。

◇**いましたる**　連体形《れんたいけい》で終止《しゅうし》しているのは、この下《した》に「なり」とか「事《こと》」とかいうのが省略《しょうりゃく》されているとみてよい。

◇**あなたへがた**　ああ堪《こた》えられないの意《い》で、あまりのおかしさに堪《こた》えられない意《い》と、大納言《だいなごん》の目《め》の上《うえ》に添《そ》えられたすももは、真実《しんじつ》のすももではないから食《た》べがたい意《い》とをかけている。

◇**世《よ》にあはぬ**　世《よ》の中《なか》に合《あ》わない、思《おも》うままにならない。

(二九)

中納言石上《ちゅうなごんいそのかみ》のまろたりは、自分《じぶん》の家《いへ》に使《つか》われている家来《けらい》たちのところに、「つばめが巣《す》を作《つく》ったなら知《し》らせよ。」とおっしゃると、それをお聞《き》きして家来《けらい》たちは、「何《なに》の用《よう》になさるのでしょう。」と申《もう》しました。すると、中納言《ちゅうなごん》が答《こた》えておっしゃるには、「つばめの持《も》っている子安貝《こやすがい》を取《と》ろうと思《おも》い、そのためにするのだ。」とおっしゃった。家来《けらい》たちが答《こた》えて申《もう》すには、「つばめをたくさん殺《ころ》して見《み》てさえも、腹《はら》にはないものです。しかし、子《こ》を生《う》むときには、どうして出《だ》すのでしょうか、ばたばたして出《だ》すとか申《もう》します。人《ひと》がちょっとでも見《み》ると、消《き》えてしまうものです。」といいます。またある人《ひと》がいいますには、「大炊寮《おおいずかさ》の飯《はん》をかしぐ家屋《かおく》の棟《むね》に、天井《てんじょう》の穴《あな》にはすべてつばめは巣《す》をくっております。そこに忠《ちゅう》実《じつ》だと思《おも》う家来《けらい》たちをつれていって、足場《あしば》を作《つく》って上《あ》げて様子《ようす》を見《み》させたなら、多《おお》くのつばめが子《こ》を生《う》まないことがありましょうか。子《こ》を産《う》んだところで、家来《けらい》にお取《と》らせになるがいいでしょう。」といいます。中納言《ちゅうなごん》はお喜《よろこ》びになって、

「さてさておもしろいことを聞《き》いたものだ、少《すこ》しも知《し》らなかったわい。興味《きょうみ》あることをいったものだ。」とおっしゃって、忠実《ちゅうじつ》な家来《けらい》を二十人《にじゅうにん》ほどつかわして、足場《あしば》を組《く》んで上《あ》げておかれた。お屋敷《やしき》から絶《た》え間《ま》なく使《つか》いをお出《だ》しになって、「子安貝《こやすがい》を取《と》ったか。」とお聞《き》かせなる。つばめのほうでも、人《ひと》がたくさん上《あが》っているのに恐《おそ》れて、巣《す》に帰《かえ》ってこない。こんなふうの返事《へんじ》を申《もう》し上《あ》げると、それをお聞《き》きになって、どうしようと思案《しあん》にくれておられると、その大炊寮《おおいずかさ》の役人《やくにん》の、くらつ麿《まろ》という老人《ろうじん》がいいますことには、「子安貝《こやすがい》を取《と》ろうとお考《かんが》えになるなら、わたくしがくふういたしましょう。」といって、御前《ごぜん》にやってきたので、中納言《ちゅうなごん》は顔《かお》つき合《あ》わせて向《む》きあわれた。

中譯

中納言石上麿親訪被自家使喚的家臣，向他們說：「燕子築巢了的話，通知我喲！」聽了這話的家臣們問：「做什麼用呢？」於是中納言就回答：「爲了想取燕子的子安貝。」家臣們答：「殺了很多隻燕子，腹中連什麼都沒有。但是有人說：燕子生子時，會有子安貝吧？且出現得很快。被人一瞧，便消失了。」又有人向中納言說：「大炊寮內，燒飯的那間房子的梁、天花板的空穴處，全有燕子築巢。帶些您認爲是忠實可靠的家臣到那兒去，搭起架子，命令他們爬上去看情形，很多的燕子豈有不生子的？在生子的時候，叫家臣上去取就得了。」中納言高興地說：「哎哎！我聽到了有趣兒的事，這是我以前不知道的呀！說的是有趣的事唎！」中納言派遣了二十個左右的家臣，搭好架子，爬上去。自它邸起緊密地派出使者，詢問家臣道：「取到了子安貝嗎？」燕子看到很多人在架子上，很害怕，因此不敢歸巢。中納言聽到這樣的回報（沒取到子安貝），正在策劃如何做好呢？有一位大炊寮的官員，名叫倉津麿的老人晉謁中納言道：「如果想取得子安貝的話，我爲您設法呢！」中納言與之親切交談。

注釋

❶どうして　（表示強烈的感情）唉呀！

❷ぼたぼた　（副、自サ・Ⅲ）事物迅速進展貌。例：ぼたぼたうれる。暢銷。

❸ちょっと　〔一寸〕（副）一會兒、稍微。

❹でも　〔修助〕（舉出極端例子表示其他也會一樣）就連……也……

❺おおいずかさ　〔大炊寮〕（名）負責天皇御饌的官署

❻かしぐ　〔炊ぐ〕（他五・Ⅰ）炊、燒飯。

❼むね　〔棟〕（名）梁。

❽てんじょう　〔天井〕（名）天花板。

❾くう　〔構う〕（他五・Ⅰ）築（巢）。

❿あしば　〔足場〕（名）建築架、立足點。

⓫さてさて　（感）哎哎！

⓬おもしろい　〔面白い〕（形）有趣的、精彩的、新奇的。

⓭たえま　〔絶え間〕（名）空隙、間隔。

⓮ **つかい** 〔使い〕（名）打發去的人。

⓯ **しあん** 〔思案〕（名、自サ・Ⅲ）想、盤算。

⓰ **くらつまろ** 〔倉津麿〕人名。

⓱ **くふう** 〔工夫〕（名、自他サ・Ⅲ）想辦法、籌劃。

⓲ **かおをつきあわせてむきあわれた** 親切與之談話狀。

〔二九〕 中納言《ちうなごん》石上《いそのかみ》のまろたりは、家《いへ》につかはるる男《をのこ》どもの許《もと》に、「燕《つばくらめ》の巣《す》くひたらば告《つ》げよ。」と宣給《のたま》ふをうけたまはりて、「何《なに》の料《れう》にかあらむ。」と申《もう》す。答《こた》へて宣給《のたま》ふやう、「燕《つばくらめ》のもたる子安貝《こやすがい》とらむ料《れう》なり。」と宣給《のたま》ふ。男《をのこ》ども答《こた》へて申《もう》す、「燕《つばくらめ》をあまた殺《ころ》して見《み》るだにも、腹《はら》になきものなり、ただし子《こ》産《う》む時《とき》なむ、いかでか出《いだ》すらむ、はららくか申《もう》す。人《ひと》だに見《み》れば失《うしな》せぬ。」と申《もう》す。また人《ひと》の申《もう》すやうは、「大炊寮《おほいれう》の飯炊《いひかし》ぐ屋《や》の棟《むね》に、つくの穴《あな》ごとに燕《つばくらめ》は巣《す》をくひ侍《はべ》り。それにまめならむ男《をのこ》どもをゐてまかりて、あぐらを結《ゆ》いて上《あ》げて窺《うかが》はせむに、そこらの燕《つばくらめ》、子《こ》うまざらむやは。さてこそ取《と》らしめ給《たま》はめ。」と申《もう》す。中納言《ちうなごん》喜《こころよ》び給《たま》ひて、「をかしき事《こと》にもあるかな。もつともえ知《し》らざりけり。興《きょう》あること申《もう》したり。」と宣《のたま》ひて、まめなる男《をのこ》ども二十人《にじふにん》ばかり遣《つか》はして、あななひにあげすゑられたり。殿《どの》より使《つかひ》、ひまなく賜《たま》はせて、「子安貝《こやすがい》とりたるか。」と問《と》はせ給《たま》ふ。燕《つばくらめ》も人《ひと》のあまたのぼり居《ゐ》たるにおぢて、巣《す》に上《のぼ》りこず。かかる由《よし》の返事《かへりごと》を申《もう》したければ、聞《き》き給《たま》ひて、「如何《いかが》すべきと思《おも》し煩《わづら》ふに、かの寮《つかさ》の官人《かんじん》、くらつ麿《まろ》と申《まを》す翁《おきな》申《まを》すやう、「子安貝《こやすがい》とらむと思《おほ》しめさば、たばかり申《まを》さむ。」とて、御前《ごぜん》に参《まゐ》りたれば、中納言《ちうなごん》、額《ひたひ》を合《あ》せてむかひ給《たま》へり。（七ノ二）

要旨

石上《いそのかみ》のまろたりが、つばめの子安貝《こやすがい》を手《て》に入《い》れるのに苦労《くろう》するさまを述《の》べた。石上中納言《いそのかみちゅうなごん》の召使《めしつかい》に、つばめが巣《す》を作《つく》ったら知《し》らせるようにいうと、召使《めしつかい》たちは、つばめの子安貝《こやすがい》というものは、容易《ようい》に見《み》られないものだと答《こた》える。またある人《ひと》が、大炊寮《おおいりょう》の飯《めし》をかしぐ建物《たてもの》の棟《むね》に、つばめが巣《す》くっているから足場《あしば》を作《つく》って見張《みは》らせ、そうして取《と》らせるのがよいと教《おし》えると、乗《の》り気《き》になってすぐにそれをやらせる。つばめも人《ひと》がたくさんいるのを恐《おそ》れて寄《よ》りつかないので、困《こま》りきっているところに、寮《りょう》の官人《かんにん》くらつ麿《まろ》が来《き》て、方策《ほうさく》を授《さず》けるというのである。

語釈

◇**もたる**　「持《も》ちてあたる」のつづまったもの、持《も》っている。

◇**はららくかと申《もう》す**　「はららく」は未詳《みしょう》の語《ご》、ばたばたと音《おと》をたてる意《い》か。

◇**大炊寮《おおいりょう》**　宮内省《くないしょう》の所管《しょかん》で、国々《くにぐに》から運《はこ》んできた米《き》や雑穀《ざっこく》を収《おさ》め、神仏《しんぶつ》その他《ほか》に供食《きょうしょく》し、また天皇御料《てんのうみりょう》のつき米《こめ》をつかさどる。

◇**棟《むね》**　屋根《やね》の頂《いただき》。

◇**つくの穴《あな》**　「つく」はよくわからない。「つし」の誤《あやま》りとみる説《せつ》もある。それによれば「つし」は人家《じんか》の屋根裏《やねうら》の物置場《ものおきば》で、たきぎや雑具《ざつぐ》を入《い》れておく、もとは竹《たけ》の簀《すのこ》をかき木《き》を渡《わた》しただけのもので、のちに板天井《ばんてんじょう》になっても、その名《な》は変《か》わらないで「つし二階《にかい》」などともいう。ここでは天井《てんじょう》の棟《むね》の所《ところ》の竹《たけ》の簀《すのこ》をかき木《き》を渡《わた》してできた「つし」の穴《あな》ごとにの意《い》ということになる。

◇**まめならむ男《をのこ》**　忠実《ちゅうじつ》と思《おも》われる家来《けらい》。

◇**ゐてまかりて**　つれていって。

◇**あぐら**　足座《あぐら》の意《い》で足場《あしば》のこと。

◇**窺《うかが》はせむに**　様子《ようす》を見《み》させるとしたならば。「む」は仮想《かそう》の助動詞《じょどうし》。

◇**そこらの**　たくさんの。

◇**子《こ》うまざらむやは**　子《こ》を産《う》まないことがあろうか、きっと産《う》むにちがいない。「やは」は反語《はんご》の助詞《じょし》。

◇**さてこそ取《と》らしめ給《たま》はめ**　そうしてはじめて、お取《と》らせになるがいいでしょう。「しめ」は使役《しえき》の助動詞《じょどうし》。

◇**をかし**き**事**《こと》　おもしろく興味《きょうみ》あること。
◇**もつとも**　少《すこ》しも。
◇**あななひに**　足場《あしば》、柱《はしら》を立《た》てて作る足場《あしば》。
◇**問**《と》**はせ給**《たま》**ふ**　使者《ししゃ》をつかわしてお聞《き》かせになる。「せ」は使役《しえき》の助動詞《じょどうし》。
◇**おちて**　恐《おそ》れて、おじけついて。
◇**かかる由**《よし》　このようなこと、つばめが巣《す》に上《あ》がってこないという趣《しゅみ》。
◇**思**《おも》**し煩**《わずら》**ふ**　思案《しあん》に余《あま》る。
◇**かの寮**《りょう》**の官人**《かんにん》　その大炊寮《おおいずかさ》の役人《やくにん》。
◇**くらつ麿**《まろ》　役人《やくにん》の名《な》。
◇**たばかり申**《もう》**さむ**　くふういたしましょう。
◇**顔**《かお》**を合**《あ》**わせ**　顔《かお》つき合《あ》わせて。

（三十）

くらつ麿《まろ》が申《もう》すには、「このつばめの子安貝《こやすがい》は、まずく計画《けいかく》してお取《と》りになっているのです。それでは、お取《と》りになることができますまい。足場《あしば》におおげさに二十人《にじゅうにん》の人《ひと》が上《あが》っておりますので、つばめがなつかないで、寄《よ》りついてこないのです。なさってよろしい方法《ほうほう》は、この足場《あしば》をこわして、人《ひと》は皆退《みなひ》いて、忠実《ちゅうじつ》と思《おも》われる人《ひと》ひとりだけをかごに乗《の》せおいて、綱《つな》を用意《ようい》して、鳥《とり》が子《こ》を産《う》もうとするときに綱《つな》をつり上《あ》げさせて、とっさに子安貝《こやすがい》をお取《と》らせになるのがよいでしょう。」と申《もう》し上《あ》げる。中納言《ちゅうなごん》がおっしゃるには、「それはたいへんよいことだ。」といって、足場《あしば》をこわし、人《ひと》は皆帰《みなかえ》ってまいりました。中納言《ちゅうなごん》がくらつ麿《まろ》におっしゃるには、「つばめはどのようなときに子《こ》を産《う》むと知《し》って、人《ひと》を上《あが》らせようか。」とおっしゃる。くらつ麿《まろ》が申《もう》すことには、「つばめが子《こ》を産《う》もうとするときは、尾《お》をさし上《あ》げて、七度回《しちどまわ》ってはじめて産《う》み落《お》とすようです。それで、七度回《しちどまわ》ると思《おも》われるおりに引《ひ》き上《あ》げて、そのときに子安貝《こやすがい》をばお取《と》らせなさい。」と申し上げる。　中納言はお喜びになって、だれにもお知らせにならず、ひそかに大炊寮《おおいずかさ》においでになって、家来《けらい》たちの中《なか》に交《ま》じって、夜《よる》も昼《ひる》も同《おな》じようにしてお取《と》らせになる。くらつ麿《まろ》がこのように申《もう》し上《あ》げるのを、たいそうひどく喜《こころよ》んでおっしゃる。「わたしの所《ところ》で使《つか》われる人《ひと》でもないのに、願《ねが》いをかなえてくれることのうれしさよ。」とおっしゃって、御衣《おんぞ》を脱《ぬ》いでほうびとしておかづけになった。さらに「夜《よる》になってこの役所《やくしょ》にやってこい。」とおっしゃって帰《かえ》らせた。

中譯

倉津麿向中納言進言：「上次謀取子安貝的計劃拙劣，所以不能成功吧！因爲架子上爬了二十個那麼多的人，燕子是怕人的，所以都不敢接近了。理想的方法是，把架子拆掉，叫他們都退出去，只選一位您認爲忠實可靠的人，叫他到筐子裏去，準備好繩子，燕子將產子時，吊上繩子（把筐子吊上去），俄頃之間便取得子安貝，好吧？」中納言讚道：「這個方法太妙了！」便把架子弄毀拆除，大家全都回去了。中納言問倉津麿道：「可知道燕子在怎麼樣的時候生子呢？叫人上去取呢？」倉津麿回答：「燕子將要生子的時候：翹起尾巴、環繞七次而後才開始要生子。因此確信它環繞七次便拉起繩索，就在此時，請（叫那個人）取子安貝！」中納言心喜，任何人都不告訴，悄悄來到大炊療，混雜在家臣之中，不分晝夜，使人探取子安貝。中納言非常高興聽到倉津麿所說的方法。「在我那兒服務的人沒有能趕上你的聰明，我的願望可以實現了，眞高興！」中納言說著，便脫去衣服，披在倉津麿的左肩上以示獎勵，並說：「晚上，到此（大炊療）官署來！」然後叫他先回去。

注釋

❶まずい　〔不味い〕（形）拙笨的、不好的、不好吃的。まずく是まずい的連用形，當副詞用。

❷それでは　（接）那麼、那麼說。

❸おおげさ　〔大袈裟〕（形動ダ）大規模、大肆鋪張、說大話。

❹なつく　〔懐く〕（自五・Ⅰ）接近、親密。

❺よりつく　〔寄り付く〕（自五・Ⅰ）挨近、接近、靠近。

❻こわす　〔毀す〕（他五・Ⅰ）弄毀（拆掉）。

❼だけ　〔文〕（修助）（一般作副詞用）表示限於某種範圍、或某種程度。

❽かご　〔籠〕（名）筐、籃、籠。

❾とっさに　〔咄嗟に〕（副）瞬間、俄頃。

❿さしあげる　〔差上げる〕（他上一・Ⅱ）翹起、舉起。

⓫おんぞ　〔御衣〕（名）對衣服之敬稱。

⓬ほうび　〔褒美〕（名）獎勵、褒獎、獎賞。

⑬ かずける

〔被ける〕（他上一・Ⅱ）披上。「おかずけになった」是過去式的敬語説法。日本古時，學我國，貴人獎勵下屬的一種方式，把自己衣服脱下贈給對方，披在對方的左肩上。

〔三十〕くらつ麿《まろ》が申《もう》すやう、「この燕《つばくらめ》の子安貝《こやすがい》は、あしくたばかりて取《と》らせ給《たま》ふなり。さてはえ取《と》らせたまはじ。あななひに、おどろおどろしく二十人《にじふにん》の人上《ひとのぼ》りて侍《はべ》れば、荒《あ》れて寄《よ》りまうで来《こ》ず。せさせ給《たま》ふべきやうは、このあななひをこぼちて、人《ひと》みな退《ひ》きて、まめならむ人《ひと》の一人《ひとり》を籠《こ》にのせするゑて、綱《つな》をかまへて、鳥《と》の子産《こう》まむ間《ま》に、綱《つな》を釣《つ》り上《あ》げさせて、ふと子安貝《こやすがい》を取《と》らせ給《たま》はむなむ、よかるべき。」と申《もう》す。中納言宣給《ちうなごんのたま》ふやう、「いとよきことなり。」とて、あななひをこぼち、人《ひと》みな帰《かえ》りまうで来《こ》ぬ。中納言《ちうなごん》、くらつ麿《まろ》に宣給《のたま》はく、「燕《つばくらめ》はいかなる時《とき》にか子《こ》を産《う》むと知《し》りて、人《ひと》をばあぐべき。」と宣給《のたま》ふ。

くらつ麿《まろ》申すやう、「燕《つばくらめ》は子《こ》うまむとする時《とき》は、尾《お》をささげて七度《しちど》めぐりてなむ産《う》み落《お》すめる。さて七度《しちど》めぐらむ折《おり》ひき上《あ》げて、そのをり子安貝《こやすがい》は取《と》らせ給《たま》へ。」と申《もう》す。中納言《ちうなごん》喜《こころよ》び給《たま》ひて、よろずの人《ひと》にも知《し》らせ給《たま》はで、みそかに寮《つかさ》にいまして、男《をのこ》どもの中《なか》に交《まじ》りて、夜《よる》を昼《ひる》になして取《と》らしめ給《たま》ふ。くらつ麿《まろ》かく申《もう》すを、いといたく喜《こころよ》び宣給《のたま》ふ、「ここに使《つか》はるる人《ひと》にもなきに、願《ねが》ひをかなふるうれしさ。」と宣給《のたま》ひて、御衣《おんぞ》ぬぎてかづけ給《たま》ひつ。更《さら》に「夜《よる》さりこの寮《つかさ》にまうで来《こ》。」とのたびて遣《つか》はしつ。**（七ノ二）**

要　旨

くらつ麿《まろ》が、子安貝《こやすがい》を手《て》に入《い》れるはかりごとを、中納言《ちうなごん》にたてまつることについて述《の》べた。くらつ麿《まろ》は、このようにぎょうさんに人《ひと》をあげて取《と》ろうとしてもだめだ。足場《あしば》をこわして、ただひとりの人《ひと》をかごに乗《の》せて、つばめが子《こ》を産《う》もうとするときをみはからって、つり上《あ》げて取《と》るがよいとすすめる。中納言《ちゅうなごん》はそのことばに従《したが》う。くらつ麿《まろ》は、さらにつばめが子《こ》を産《う》み時《とき》には、尾《お》を上《あ》げて七度《しちど》回《まわ》って産《う》み落《お》とすようだから、そのときに子安貝《こやすがい》を取《と》るようにいう。中納言《ちゅうなごん》は大《おお》いに喜《よろこ》び、さっそくその方法《ほうほう》を実行《じっこう》するとともに、くらつ麿《まろ》に大《おお》いに感謝《かんしゃ》するというのである。

語　釈

◇**あしくたばかりで**　まずく計画《けいかく》して、へたな計画《けいかく》での意《い》。
◇**さては**　それでは。
◇**え取《と》らせたまはじ**　お取《と》りになることはできない。
◇**荒《あ》れて**　荒《あら》くなって、人《ひと》に慣《な》れないで。
◇**せさせ給《たま》ふべきやうは**　なさいますべきしかたは、よいと思《おも》われるなさりかたは。「させ給《たま》ふ」は「給《たま》ふ」の敬意《けいい》を「させ」でいっそう高《たか》めたもの。最高《さいこう》の敬意《けいい》の表《あら》わし方《かた》。
◇**こぼちて**　こわして。
◇**かまへて**　用意《ようい》して。
◇**ふと**　ふいと、急《きゅう》に。

◇**ささげて**　さし上《あ》げて。

◇**産《う》み落《お》とすめる**　産《う》み落《お》とすようです。「める」は「めり」の連体形《れんたいけい》で推量《すいりょう》の助動詞《じょどうし》。

◇**みそかに**　ひそかに。

◇**夜《よる》を昼《ひる》になして**　夜《よる》を昼《ひる》と同《おな》じようにして、昼夜《ちゅうや》の別《べつ》なく。

◇**いといたく**　たいそうひどく、このうえもなく。

◇**ここに使《つか》はるる人《ひと》にもなきに**　ここ（わたしの家《いえ》）に使《つか》われる人《ひと》でもないのに。

◇**かづけ給《たま》ひつ**　おかづけになった。「かづけ」は下二段《しもにだん》の動詞《どうし》の連用形《れんようけい》、貴人《きじん》よりほうびとして与《あた》える衣服《いふく》は、相手《あいて》の左肩《ひだりかた》にかぶせるのが例《れい》である。

◇**夜《よる》さり**　「夜《よる》さる」の連用形《れんようけい》が名詞《めいし》として用《もち》いられた形《けい》、「さる」は「になる」の意《い》。夜《よる》になったときの意《い》。

◇**のたびて**　「のたまひて」に同《おな》じ。「たぶ」は「たまふ」の同意語《どういご》。

（三一）

日《ひ》が暮《く》れたので、中納言《ちゅうなごん》はその役所《やくしょ》においでになってごらんになると、ほんとうにつばめが巣《す》を作《つく》っている。くらつ麿《まろ》がいうとおりにつばめが回《まわ》るので、目《め》の荒《あら》いかごに人《ひと》を乗《の》らせて釣《つ》り上《あ》げさせて、つばめの巣《す》に手《て》をさし入《い》れらせて探《さぐ》るのに、「何《なに》もありません。」というので、中納言《ちゅうなごん》は「探《さぐ》り方《かた》が悪《わる》いからないのだ。」と腹《はら》をたてて、「だれに命《めい》じてよいやら思《おも》いつかないよ。」といって、「わたしが上《あが》って探《さぐ》ろう。」とおっしゃって、かごにのり、つられ上《あが》って巣《す》の中《なか》をのぞいていらっしゃると、つばめが尾《お》をさしあげて、ひどくくるくる回《めぐ》った。それと同時《どうじ》に、手《て》を上《あ》げてお探《さぐ》りになると、手《て》に平《ひら》たい物《もの》がさわった。その時《とき》に中納言《ちゅうなごん》は、「わたしは何《なに》か握《にぎ》ったぞ。今《いま》すぐ降《お》ろしてくれ。くらつ麿《まろ》、わたしはしてやったぞ。」とおっしゃった。人々《ひとびと》が集《あつ》まって早《はや》く降《お》ろそうとして綱《つな》を引《ひ》きすぎて、綱《つな》が切《き》れてしまった、と同時《どうじ》に、中納言《ちゅうなごん》は八《や》つある鼎《かなえ》の上《うえ》にあおむけに落《お》ちられた。人々《ひとびと》は驚《おどろ》いて、寄《よ》っておかかえ申《もう》し上《あ》げた。中納言《ちゅうなごん》は、お目《め》は白目《しらめ》になって倒《たお》れていらっしゃる。人々《ひとびと》は水《みず》をすくってお口《くち》にお入《い》れする。やっとのことで息《いき》を吹《ふ》き返《かえ》されたので、今度《こんど》はまた鼎《かなえ》の上《うえ》から、手《て》をとり足《あし》をとりして地《じ》面《めん》にお降《お》ろし申《もう》し上《あ》げる。ようやくのこと「ご気分《きぶん》はいかがですか。」と尋《たず》ねると、苦《くる》しい息《いき》の下《した》から、「物《もの》は少《すこ》しわかるが、腰《こし》がなんとしても動《うご》かない。しかし、子安貝《こやすがい》をひょいと握《にぎ》り持《も》ったからうれしく思《おも》われる。何《なに》はともあれ、まず脂《し》燭《そく》をつけてこい。この子安貝《こやすがい》の顔《かお》を見《み》よう。」とみ頭《かしら》をもちあげて、おん手《て》を広《ひろ》げられたところが、つばめのしておいた糞《くそ》を握《にぎ》っておられたのであった。それをごらんになって、「ああ、かいのないことよ。」とおっしゃった。それからというもの、予想《よそう》どおりにならないことを「かひなし」といったという。子安貝《こやすがい》でもなかったとごらんになったので、ご気分《きぶん》もすっかり違《ちが》って、子安貝《こやすがい》を入《い》れようと用意《ようい》された唐櫃《からびつ》のふたへは、おん身《み》を入《い》れられなさることもできそうもなく、腰《こし》の骨《ほね》は折《お》れてしまったという。

中譯

由於天黑了，所以中納言駕臨那個官署來看，果然燕子築巢了。如倉津麿之言，燕子在迴轉，因此便命人乘坐在編織得很稀的竹筐裏，吊上去，伸手至燕子巢中探索，但是卻說：「什麼東西都沒有」。中納言說：「這是因爲探索的方法拙劣，所以才沒有。」接著生氣道：「想不起來派誰上去好，還是我上去探索吧！」便乘坐竹筐、吊上去，向巢中一瞧，燕子在翹尾巴、迴轉得很厲害。與此（燕子在翹尾巴及迴轉）同時，中納言舉手探尋，手觸摸到平平的物體。其時，中納言說：「我握到什麼東西了喲！現在迅速把我降下來。倉津麿，我做得積極咧！」大夥兒集合起來想迅速把中納言降到地面上來，拉繩索拉得過猛，結果繩索斷了，同一時候，中納言仰面墜落在八鼎之上。大夥兒驚慌著圍攏來。中納言翻白眼倒在鼎上。大夥兒掬水灌進中納言的口中去。好容易才甦醒過來，然後，大家七手八腳把他自鼎上抬到地下來，過了很久，大家問：「尊體覺得如何？」中納言呼吸困難地說：「意識雖有點恢復了，不過腰怎麼樣也動彈不動。但是，因爲忽然握住子安貝，所以覺得高興。無論如何，先點亮火把來瞧瞧子安貝的樣子吧！」中納言抬起頭，開手掌，但是所握住的是燕子的糞便！中納言看到燕子的糞便說：「啊，徒勞無功！」從此以後，人們把未能成爲預想的事稱之爲「貝無」。據說中納言因爲看到不是子安貝，心情完全不一樣了，準備用來裝子安貝的中國式箱子的蓋子，中納言的身體裝不進去，因爲腰骨折斷了。

注釋

❶ ひがくれる〔日が暮れる〕日暮、天黑。

❷ めのあらい〔目の粗い〕網眼大的（竹編織物的空格）。

❸ はらをたてる〔腹を立てる〕（形）生氣、發怒。

❹ おもいつく〔思い付く〕（他五・Ⅰ）想起來、想到、想出來。

❺ くるくる〔副、自サ・Ⅲ〕（形）形容迴轉的樣子。

❻ さわる〔触る〕（自五・Ⅰ）模、觸、碰。

❼ か（修助）表示不肯定，意思是說：手中握有東西，但是到底是什麼東西，在沒有看之前，尚不能十分確定。

❽ やる〔遣る〕（補動五・Ⅰ）（接在動詞連用形加「て」之下）表示積極地從事於什麼事。

❾ つな〔綱〕（名）粗繩、索。

❿ きれる〔切れる〕（自下一・Ⅱ）斷、中沒、能切。

⓫ やつあるかなえ〔八つある鼎〕八個鼎，中、日兩國古時的烹器。漢書郊祀志：「禹收九牧

之金鑄九鼎，象九州。」（中國古時，全國分爲九州）日本古稱「八州（又稱「大八州」、或「八島」、「大八島」，故鑄八鼎，可能學中國的，但是「八州」的意思不是指日本古時將全國分爲八個州，而是：「由很多島組成的國家」之義

⓬ あおむけ〔仰むけ〕（名）仰、仰著。

⓭ よる〔寄る〕（自五・Ⅰ）靠近、挨近、聚集。

⓮ かかえる〔抱える〕（他下一・Ⅱ）抱。

⓯ すくう〔掬〕（他五・Ⅰ）掬取、捧。

⓰ ふきかえす〔吹き返す〕（自五・Ⅰ）甦生、恢復呼吸。

⓱ こんど〔今度〕（名）這一次、最近、下一次、將來。

⓲ てをとりあしをとり〔手を取り足を取り〕拉手拉腳（形容大夥兒七手八腳地抬）。

⓳ きぶん〔気分〕（名）（身體）舒服（與否）、心情、情緒、氣氛。

⓴ たずねる〔尋ねる〕（他下一・Ⅱ）詢問、訪問、探尋。

㉑ ひょいと〔副〕忽然、無意中。

㉒なにはともあれ。　無論如何、不拘怎樣。

㉓しそく　〔脂燭〕（名）用紙或布浸油，點火後以供照明之用者。

㉔つける　〔附・着ける〕（他下一・II）點燃。

㉕かお　〔顔〕（名）様子、臉。

㉖みかしら　〔御頭〕、おんて〔御手〕「み」及「おん」漢字皆爲「御」，是表示恭敬的接頭語。

㉗ところが　〔接助〕（雖然……）可是。

㉘かひなし　〔甲斐無し〕（文言）讀音爲：「かいなし」，口語爲かいない〔甲斐無い〕徒勞無功、白費。「貝無い」的讀音同「甲斐無い」，有戲謔雙關之義（「貝」即子安貝之略稱）。

㉙からびつ　〔唐櫃〕（名）中國式箱子（通常有四隻腿）。

〔三一〕日暮《ひく》れぬれば、かの寮《つかさ》におはして見給《みたま》ふに、誠《まこと》に燕巣《つばくらめす》つくれり。くらつ磨申《まろまを》すやうをうけて、めぐるに、荒籠《あらこ》に人《ひと》をのぼせて釣《つ》り上《あ》げさせて、燕《つばくらめ》の巣《す》に手《て》をさし入《い》れさせて探《さぐ》るに、「物《もの》もなし。」と申《まを》すに、中納言《ちうなごん》、「あしく探《さぐ》ればなきなり。」と腹《はら》だちて、「誰《だれ》ばかり、おぼえむに。」とて、「我《われ》のぼりて探《さぐ》らむ。」と宣《の》給《たま》ひて、籠《こ》にのり、釣《つ》られ登《のぼ》りて窺《うかが》ひ給《たま》へるに、燕尾《つばくらめを》をさげていたくめぐるに合《あは》せて、手《て》を捧《ささ》げて探《さぐ》り給《たま》ふに、手《て》にひらめるものさはる時《とき》に、「われ物《もの》にぎりたり。今《いま》はおろしてよ。翁《おきな》しえたり。」とのたまふ。集《あつま》りて疾《と》くおろさむとて、綱《つな》を引《ひ》き過《す》ぐして、綱絶《つなた》ゆるすなはちに、やしまの鼎《かなへ》の上《うえ》にのけざまに落《お》ち給《たま》へり。人々《ひとびと》あさましがりて、寄《よ》りて抱《かか》へ奉《たてまつ》れり。御《おん》目《め》はしらめにて、ふし給《たま》へり。人々水《ひとびとみづ》をすくひ入《い》れ奉《たてまつ》る。辛《から》うじていきいで給《たま》へるに、また鼎《かなへ》の上《うへ》より、手《て》とり足《あし》とりしてさげおろし奉《たてまつ》る。辛《から》うじて、「御《み》心地《ここち》はいかがおぼさるる。」と問《と》へば、息《いき》の下《した》にて、「ものは少《すこ》し覚《おぼ》ゆれど、腰《こし》なむ動《うご》かれぬ。されど子安貝《こやすがひ》をふと握《にぎ》りもたれば、うれしく覚《おぼ》ゆるなり。まづ、脂燭《しそく》さして来《こ》。この貝《かひ》、顔《かほ》みむ。」と、御《み》ぐしもたげて、御手《みて》をひろげ給《たま》へるに、燕《つばくらめ》のまり置《お》ける古糞《ふるくそ》をにぎり給《たま》へるなりけり。それを見給《みたま》ひて、「あな、かひなのわざや。」と宣給《のたま》ひけるよりぞ、思《おも》ふに違《たが》ふことをば、かひなしといひける。貝《かひ》にもあらずと見給《みたま》ひけるに、御心地《みここち》もたがひて、唐櫃《からびつ》の蓋《ふた》に入《い》れられ給《たま》ふべくもあらず、御腰《みこし》は折《を》れにけり。（七ノ三）

要旨

中納言《ちゅうなごん》が、つばめの子安貝《こやすがい》を取《と》りそこなった失敗談《しっぱいだん》を述《の》べたもの。日暮《ひく》れになって、くらつ磨《まろ》のいったとおりにつばめが回《まわ》ったので人《ひと》を上《あ》げて探《さぐ》らせたが、何《なに》もないという。中納言《ちゅうなごん》は、探《さぐ》り方《かた》が悪《わる》いと腹《はら》だって、自分《じぶん》から上《あが》って探《さぐ》る。手《て》に平《ひら》たい物《もの》がさわったので、これだと思《おも》って合《あ》い図《ず》をすると、綱《つな》が切《き》れて鼎《かなえ》の上《うえ》に墜落《ついらく》する。人々《ひとびと》の手当《てあ》てで、ようやく息吹《いきふ》きかえし、手《て》の物《もの》を見《み》ると、それはつばめの古糞《ふるくそ》であった。中納言《ちゅうなごん》は、がっかりし、また腰《こし》の骨《ほね》はくだけてしまったというのである。

語　釈

◇**中《ま》すやうをうけて**　「うけて」は「受《う》けて」で、いうとおりに。

◇**荒籠《あらこ》**　目《め》の荒《あら》いかご。

◇**あしく探《さぐ》れば**　へたに探《さぐ》るから、探《さぐ》り方《かた》が悪《わる》いから。

◇**誰《だれ》ばかり、おぼえむに**　だれだけが思《おも》われよう、だれとも思《おも》いつかないの意《い》。「に」は添《そ》えていうことば。古《ふる》い他《ほか》の本《ほん》には、「誰《だれ》かは我《われ》ばかりおぼえん」とあり、これによれば、だれがいったい自分《じぶん》ほどわかろう、自分《じぶん》にまさる者《もの》はあるまい意《い》となる。

◇**いたくめぐるに合《あは》せて**　ひどく回《まわ》るのに時《とき》を合《あ》わせて、同時《どうじ》に。

◇**ひらめるもの**　平《ひら》たい物《もの》。

◇**おろしてよ**　おろしてくれ。「てよ」は希《き》望《ぼう》を表《あら》わす。

◇**翁《おきな》しえたり**　翁《おきな》よ自分《じぶん》はしてやったぞ。「翁《おきな》」はくらつ麿《まろ》のこと。

◇**綱絶《つなた》ゆるすなはちに**　綱《つな》が切《き》れると同時《どうじ》に。「すなはち」はその時《とき》すぐにの意《い》。

◇**やしまの鼎《かなへ》**　大炊寮《おおいずかさ》に八箇《やっつ》の鼎《かなえ》があり、日本国《にほんこく》の八州《はっしゅう》に思《おも》いを寄《よ》せて「やしまのかなへ」といったのである。鼎《かなえ》は三本足《さんぼんあし》のついた釜《かま》。

◇**のけさまに**　あおむけに。

◇**あさましがりて**　驚《おどろ》きあきれて。

◇**辛《から》うじて**　やっとのことで。

◇**腰《こし》なむ動《うご》かれぬ**　腰《こし》がなんとしても動《うご》けない。「なむ」は係助詞《けいじょし》で意味《いみ》を強《つよ》めるはたらきをする。「ぬ」は打消《うちけし》の助動詞《じょどうし》「ず」の連体形《れんたいけい》で「なむ」の結《むす》び。

◇**もたれば**　もちてあればの意《い》。

◇**まづ**　何《なに》よりも先《さき》にの意《い》。

◇**脂燭《しそく》**　紙《かみ》や布《ぬの》に油脂《ゆし》をしみこませ点火《てんか》して「あかり」とするもの。

◇**さして来《こ》**　ともしてこい。「こ」は「来《く》」の命令形《めいれいけい》。

◇**御《み》ぐし**　「ぐし」は髪《かみ》のことで、転《てん》じて頭《あたま》をさす。

◇**まり置《お》ける**　糞尿《ふんにょう》をするのを「まる」という。今《いま》でも便器《べんき》を「おまる」という。

◇**かひなのわざや**　効果《こうか》のないことよ。「や」は感動《かんどう》の終助詞《しゅうじょし》。「甲斐《かい》がない」と「貝無《かいな》」とをかけている。

◇**御心地《みここち》もたがひて**　ご気分《きぶん》も違《たが》って、病気《びょうき》になって。

◇**唐櫃《からびつ》**　唐《から》ふうの櫃《ひつ》で六本《ろっぽん》の足《あし》のついたもの。子安貝《こやすがい》を入《い》れようとして用意《ようい》しておいた、りっぱな櫃《ひつ》である。

◇**入《い》れられ給《たま》ふべくもあらず**　入《い》れられなさることもできず。貝《かい》を入《い》れられなくなった唐櫃《からびつ》のふたに、御身《おんみ》を入《い》れられなくなったといってたわむれたのである。

（三二）

中納言《ちゅうなごん》は、心幼《こころおさな》いことをして病気《びょうき》になったことを、人《ひと》に聞《き》かせまいとなさったけれども、その心配《しんぱい》がまた病気《びょうき》の種《たね》となって、たいそう弱《よわ》くなってしまわれた。貝《かい》が取《と》れなくなってしまったことよりも、世《よ》の人《ひと》が聞《き》いて笑《わら》うかもしれないということを、日《ひ》がたつにつれてご心配《しんぱい》になったので、ただふつうに病気《びょうき》で死《し》ぬよりも、外聞《がいぶん》が悪《わる》く思《おも》われなさるのであった。これをかぐや姫《ひめ》が聞《き》いて、お見舞《みま》いに贈《おく》った歌《うた》、

長《なが》いことお立《た》ち寄《よ》りくださいませんが、わたくしの待《ま》つかいもなく、子安貝《こやすがい》がなかったというのは、ほんとうでしょうか。

とあるのを、かたわらの人《ひと》が読《よ》んで聞《き》かせる。中納言《ちゅうなごん》はひどく元気《げんき》のない心《こころ》で、頭《あたま》を持《も》ち上《あ》げて、おそばの人《ひと》に紙《かみ》を持《も》たせて、苦《くる》しい気分《きぶん》でやっとのことでお書《か》きになる。

子安貝《こやすがい》はありませんでしたが、お歌《うた》を得《え》てかく思《おも》うかいはありましたのに、苦《くる》し

みぬいて死《し》んでゆくわたくしの命《いのち》を、どうして救《すく》ってはくださらないのですか。」と書《か》いて息《いき》が絶《た》えてしまわれた。これを聞《き》いて、かぐや姫《ひめ》は少《すこ》し気《き》の毒《どく》にお思《おも》いなされた。それからというものは、少《すこ》しうれしいことをば、世《よ》の中《なか》の人々《ひとびと》は「かいあり」といったということだ。

中譯

中納言雅不欲外人聽聞他因做了幼稚的事情而臥病床上，但是由於如此的憂慮，又成了病的原因，身體更加衰弱了。世人因他沒有得到貝，也許會譏笑吧？中納言每天爲此憂愁，情願只因普通病而死，不願目前的情形傳揚出去，給人不好的印象。赫夜姬聽到這件事，贈送一首慰問的詩：

閣下久未光臨寒舍，是因子安貝未尋獲？

中納言令在一旁服侍的人念給他聽。中納言在精神極差的情形下，抬起頭，令在一旁服侍他的人拿紙來，以痛苦的心情，好容易才吟了一首詩回答：

未獲子安貝，卻受慰問詩；盼以藥貝匙，延命仰慕心。

中納言寫完詩後，便氣絕謝世了。赫夜姬聽到中納言的死訊，覺得有點難過。從這件事之後，世人把稍覺得意的事，稱之爲「貝有」。

注　釋

❶こころおさない〔心幼い〕（形）幼稚的、孩子氣的。

❷たね〔種〕（名）原因、籽種。

❸かもしれない〔かも知れない〕（連語、形型）說不定……也許、也未可知。

❹かたわら〔傍〕（名）身旁、旁邊。

❺げんき〔元気〕（名）精神、血氣（形動ダ）健康。

❻かい（名）「かい」本爲「貝」的讀音，轉意爲用貝（殼）製成的「匙」，「匙」的讀音亦爲「かい」，匙可用來飲藥水，再轉意爲「得救」之義。

❼ぬく〔抜く〕（補動五・I）接於動詞連用形之下表示：始終一貫。例：苦しみ抜く＝從頭到尾都是痛苦的。

❽どうして〔副〕爲什麼、如何地。

❾かいあり〔甲斐有り〕「かいあり」是かいがある〔甲斐が有る〕的文言寫法，意思是：有效的、有好處「貝有」的讀音亦爲「かいあり」，取雙關之意。

〔三三〕中納言《ちうなごん》は、いわけたるわざして病《や》むことを、人《ひと》に聞《き》かせじとし給《たま》ひけれど、それを病《やまひ》にていと弱《よわ》くなり給《たま》ひにけり。貝《かい》をばえ取《と》らずなりにけるよりも、人《ひと》の聞《き》き笑《わら》はむことを、日《ひ》にそへて思《おも》ひ給《たま》ひければ、ただに病《や》み死《し》ぬるよりも、人《ひと》ぎき恥《はず》かしく覚《おぼ》え給《たま》ふなりけり。これをかぐや姫《ひめ》聞《き》きて、とぶらひにやる歌《うた》、

年《とし》を経《へ》て波《なみ》立《た》ち寄《よ》らぬ住《すみ》の江《え》のまつかひなしと聞《き》くはまことか

とあるを読《よ》みて聞《き》かす。いと弱《よわ》き心地《ここち》に頭《かし》もたげて、人《ひと》に紙《かみ》をもたせて、苦《くる》しき心地《ここち》に辛《から》うじて書《か》き給《たま》ふ。

かひはかくありけるものをわび果《は》てて死《し》ぬる命《いのち》をすくひやはせぬ

と書《か》きて絶《た》え入《い》りたまひぬ。これを聞《き》きて、かぐや姫《ひめ》すこしあはれとおぼし

けり。それよりなむ、少《すこ》しうれしきことをば、かひありとはいひける。
（七ノ四）

要　旨

中納言《ちゅうなごん》は、貝《かい》の取《と》れなかったことよりも、こんなことから病気《びょうき》になって人《ひと》に笑《わら》われるのをたいへん気《き》にしていた。かぐや姫《ひめ》からも見舞《みま》いの歌《うた》がくる。中納言《ちゅうなごん》は、やっとのことで返歌《へんか》をしたため、そのまま息《いき》が絶《た》えてしまう。かぐや姫《ひめ》も少《すこ》し気《き》の毒《どく》に思《おも》うというのである。

語　釈

◇**いわけたる**　心幼《こころおさな》く、無分別《むぶんべつ》な。
◇**日《ひ》にそへて**　日《ひ》ましに、日《ひ》がたつにつれて。
◇**ただに**　ほかのことでなく、いちずに。
◇**人《ひと》ぎき恥《はず》かしく**　人《ひと》の聞《き》くことを恥《はず》かしく、外聞悪《がいぶんわる》く。
◇**とぶらひ**　見舞《みま》い。

◇**年《とし》を経《へ》ての歌《うた》**　一首《いっしゅ》は、年《とし》を経《へ》ても波《なみ》の立《た》ち寄《よ》らない住《すみ》の江《え》の浜《はま》には松《まつ》の貝《かい》もないと聞《き》きますのはほんとうでしょうか、（長年《ながねん》お立《た》ち寄《よ》りになりませんが、わたくしの待《ま》つかいもなく、子安貝《こやすがい》がないと聞《き》きますのはほんとうでしょうか）の意《い》。上句《かみのく》には、「波《なみ》の立《た》ち寄《よ》らぬ」に、お立《た》ち寄《よ》りにならぬの意《い》をこめ、下句《しものく》の「まつかひなし」には、待《ま》つかいのない意《い》と、松《まつ》も貝《かい》もないの意《い》をかけている。

◇**かひはかくの歌《うた》**　一首《いっしゅ》は、子安貝《こやすがい》はないとはいえ、お見舞《みま》いの歌《うた》をいただいて苦心《くしん》のかいはあったというものです。そうですが、苦《くる》しみぬいて死《し》んでゆくわたくしの命《いのち》を匙《かい》で物《もの》をすくうように、どうして救《すく》ってはくださらないのですがの意《い》。「かひ」に「かい」と「貝《かい》」、さらに「貝《かい》で作《つく》った匙《かい》」をかけ、「匙《かい》」と「すくふ」とは縁語《えんご》となる。また「すくふ」も「救《すく》う」と物《もの》を「すくう」とをかけたことになる。

◇**絶《た》え入りたまひぬ**　息《いき》が絶《た》えてしまわれた。

◇**あはれと**　かわいそうに、気《き》の毒《どく》に。

◇**かひあり**　「かいあり」と「貝《かい》あり」とをかけている。

（三）

さて、かぐや姫《ひめ》の容姿《かたち》の世間《せけん》に似《に》るものもなく美《うつく》しいのを、天皇《てんのう》がお聞《き》きになって、内侍《ないし》の中臣《なかとみ》のふさ子《こ》におっしゃる、「多《おお》くの人《ひと》がわが身《み》をむなしくして求婚《きゅうこん》しても、あわないでいるというかぐや姫《ひめ》は、どれほどの女《おんな》であるかと、おまえが行《い》って見《み》てくるように。」とおっしゃる。ふさ子《こ》はおおせを承《うけたまわ》って行《い》った。竹取《たけとり》の家《いえ》では、恐《おそ》れつつしんで、お招《まね》きして入《い》れて会《あ》った。ばあさんに内侍《ないし》がおっしゃる。「天皇《てんのう》さまのおおせごとに、かぐや姫《ひめ》の容姿《かたち》がたいそう優美《ゆうび》であられるということだ。よく見《み》てまいれという旨《むね》をおっしゃいましたのでまいりました。」というと、「それではそのように姫《ひめ》に申《もう》しましょう。」といって、ばあさんは奥《おく》へはいっていった。

中譯

卻說，天皇風聞赫夜姬的姿色之美，世界上再找不到第二人可以和她比擬，便對內侍中臣房子說：「很多人徒勞無功地向她求婚，都不合（她的意），赫夜姬是一位多麼美麗的姑娘，妳去看看！」房子遵命而去。竹取翁夫人恭恭敬敬的招呼房子進去相會。內侍對老婆婆（竹取翁的妻子）說：「聽說令媛赫夜姬非常美麗，所以天皇陛下吩咐我來好好看一看。」內侍接著說：「那麼，就照那樣我說的意思，告訴令媛吧！」老婆婆便到赫夜姬的臥房去傳話。

注釋

❶さて　〔接、副〕（用以結束前面的話，並提出新的話題）卻說、且說、那麼。

❷かたち　〔容姿〕（名）姿容、姿色。

❸ないし　〔內侍〕（名）日本宮中的官名，掌管後宮雜事。

❹なかとみのふさこ　〔中臣房子〕人名，即任內侍之官署。

❺わがみ　〔我が身〕（名）自己的身體、自己，此處指追求赫夜姬而來獲青睞的人。

❻むなしい　〔空しい〕（形）徒然的、枉然的、白白的。

❼どれほど〔何程〕（副）多麼、何等。

❽うけたまわる〔承る〕（他五・Ⅰ）聽從、接受、聽。

❾おそれつつしむ〔恐れ謹む〕（他五・Ⅰ）誠惶誠恐、恭恭敬敬。

❿むね〔旨〕（名）意思、旨趣。

⓫それでは〔接〕那麼、那麼說。

⓬ひめ〔姫、媛〕（名）貴族的姑娘、小姐、女子的美稱。此處指赫夜姬。

⓭おく〔奥〕（名）閨房（赫夜姬的居室）後面。

〔三三〕さて、かぐや姫《ひめ》、容《かたち》の世《よ》に似《に》ずめでたき事《こと》を、御門《みかど》きこしめして、内《ない》侍中臣《しなかとみ》のふさ子《こ》に宣給《のたま》ふ、「おほくの人《ひと》の身《み》を徒《いたづら》になして、あはざなるかぐや姫《ひめ》は、いかばかりの女《をんな》ぞと、罷《まか》りて見《み》てまゐれ。」と宣給《のたま》ふ。ふさ子《こ》、承《うけたま》はりてまかれり。竹取《たけとり》の家《いへ》に、かしこまりて請《しやう》じ入《い》れてあへり。嫗《おうな》に内侍《ないし》宣給《のたま》ふ、「仰《おほ》せごとに、かぐや姫《ひめ》のかたち、いうにおはすなり。よく見《み》て参《まゐ》るべきよし宣給《のたま》はせつるになむ参《まい》りつる。」といへば、「さらば、かく申《まを》し侍《はべ》らむ。」といひて入《い》りぬ。（八ノ一）

要　旨

天皇《てんのう》の命《めい》を奉《ほう》じて、内侍《ないし》が竹取《たけとり》の家《いえ》にきて、かぐや姫《ひめ》を見《み》ようとすることを述《の》べた。天皇《てんのう》が、かぐや姫《ひめ》の美《うつく》しいことを聞《き》いて、内侍《ないし》に見《み》てくるように命《めい》ずる。内侍《ないし》は、竹取《たけとり》の家《いえ》に来《き》て、嫗《おうな》に天皇《てんのう》のおおせを告《つ》げると、嫗《おうな》は内《うち》にはいってかぐや姫《ひめ》に話《はな》すというのである。

語釈

◇**世《よ》に似《に》ず**　この世《よ》ににたものもなく。

◇**御門《みかど》**　天皇《てんのう》、帝王《ていおう》。宮殿《きゅうでん》のご門《かど》の意《い》から宮殿《きゅうでん》そのものをさすようになり、転《てん》じて朝廷《ちょうてい》、宮殿《きゅうでん》の主《おも》である天皇《てんのう》をもさすようになった。

◇**きこしめして**　お聞《き》きになって。

◇**内侍《ないし》**　内侍《ないし》の司《つかさ》の女官《にょかん》、後宮《こうきゅう》の雑事《ざつじ》をつかさどる、尚侍《しょうじ》（ないしのかみ）、典侍《でんじ》（ないしのすけ）、掌侍《しょうじ》（ないしのじょう）の三等官《さんとうかん》があるが、ただ内侍《ないし》というときは掌侍《しょうじ》のこと。

◇**中臣《なかとみ》、ふさ子《こ》**　内侍《ないし》の名《な》、中臣氏《なかとみし》は天児屋根命《てんじやねめい》の子孫《しそん》で、祭祀《さいし》をつかさどる家《いえ》がら。

◇**あはざなる**　あはざるなる→あはざんなる→あはさなる。「なる」は伝聞《でんぶん》の助動詞《じょどうし》。あわないでいるという。

◇**罷《まか》りて**　行《い》って。「まかる」は尊貴《そんき》の所《ところ》から退出《たいしゅつ》する意《い》、「まかる」の反対《はんたい》は「まゐる」。

◇**かしこまりて**　恐《おそ》れつつしんで。

◇**請《しゃう》じ入《い》れて**　お招《まね》きし入《い》れて。

◇**内侍《ないし》宣《の》給《たま》ふ**　あとには「内侍《ないし》いひければ」とあるのに、ここに敬語《けいご》を使《つか》っているのは、天皇《てんのう》のおおせを伝《つた》える場合《ばあい》であるからである。

◇**いうに**　「優《ゆう》に」で、優美《ゆうび》にの意《い》。

◇**おはすなり**　おいでになるということだ。「なり」は伝聞《でんぶん》の助動詞《じょどうし》。

◇**入《い》りぬ**　かぐや姫《ひめ》のいる居間《いま》にはいっていった。

（三四）

ばあさんはかぐや姫《ひめ》に「早《はや》くあのみ使《つか》いにお会《あ》いしなさい。」というと、かぐや姫《ひめ》は「よい容姿《かたち》でもありません、どうしてお目《め》にかかれましょう。」という。すると、ばあさんは「あんまりなことをおっしゃいますね。天皇様《てんのうさま》のみ使《つか》いをどうして疎略《そりゃく》にできましょう。」という。するとかぐや姫《ひめ》が答《こた》えるには、「天皇《てんのう》様《さま》がお召《め》しになって、いろいろおっしゃってくださるようなことも、別《べっ》に恐《おそ》れ多《おお》いとも思《おも》いません。」

といって、全《まった》くお目《め》にかかりそうもない。産《う》んだ実《じっ》の子《こ》のようではあるが、たいそう気《き》のおけるように、よそよそしい態度《たいど》でいったので、ばあさんも、自分《じぶん》の思《おも》うように無理《むり》じいすることもできない。ばあさんは内侍《ないし》のところにもどってきて、「この幼《おさな》い者《もの》は強情《ごうじょう》でございまして、残念《ざんねん》ですがどうしても、お目《め》にかかりそうもありません。」と申《もう》し上《あ》げる。内侍《ないし》は「きっと見《み》てこいとおことばがあったのに、お会《あ》い申《もう》さないでは、どうして帰《かえ》っていけましょう。国王《こくおう》のおことばを、現実《げんじつ》にこの世《よ》にお住《す》まいになるほどの人《ひと》が、お聞《き》き入《い》れしないでおられようか。道理《どうり》にあわないことをなさいますな。」と恥《は》ずかしくなるほどの強《つよ》いことばでいったので、これを聞《き》いて、いよいよ、かぐや姫《ひめ》は聞《き》き入《い》れそうもない。そして、「国王《こくおう》のおことばに対《たい》して、そむくというなら、早《はや》く殺《ころ》してしまってください。」という。

中譯

老婆婆催促赫夜姬道：「請快去拜見天皇的使者！」赫夜姬說：「我的姿色並不美，爲什麼要見面呢？」於是老婆婆就說：「妳說的太過火了咧。豈可待慢天皇陛下的使者？」赫夜姬回答：「我並不覺得天皇的寵召及聖旨有什麼特別可怕（了不起）。」赫夜姬根本沒有要和使者見面的樣子。雖然像親生的孩子，但是因爲以非常拘謹、冷漠的態度說，所以老婆婆不能強迫赫夜姬隨從自己的意思。老婆婆回到內侍那兒稟告：「小女的性情很倔強，眞是，我怎麼說，她硬是不肯來。內侍以讓人覺得於心有愧的強硬語詞說：「天皇陛下命令我一定要來見她，如果不見面，叫我回去如何交代呢？天下的人豈有敢違抗聖旨的呢？請別做不合道理的事呀！」聽到內侍這一番道理，最後，赫夜姬（依舊）沒答應，而且說：「如果說我違抗聖旨的話，就請快點把我殺了吧！」

注釋

❶おめにかかれる　(敬語) 見面、會面。

❷あんまり　(形動ダ、副) 太過分、太過火。

❸そりゃく　〔疎略〕(名、形動ダ) 疏慢無禮（對待客人）。

❹めす　〔召す〕(他五・Ⅰ) (敬語) 召見、召喚。

❺じつのこ　〔実の子〕親生的孩子。

❻きのおける　〔気の於ける〕(自下一・Ⅱ) 放在心上不說出來、拘謹。

❼よそよそしい　〔余所余所しい〕(形下) 不親熱的、冷淡的、疏遠的。

❽むりじい　〔無理示威〕強令就範。

❾ごうじょう　〔強情〕（形動ダ）倔強、固執、剛愎、頑固。

❿な　(感助) (接終止形下) 表示禁止。

⓫いよいよ　〔愈愈〕(副) 到最後、終於。

⓬ききいれる　〔聞入れる〕(他下一・Ⅱ) 聽從、終於。

⓭そむく　〔背く〕（自五・Ⅰ）不遵從、違背、背叛。

【三四】かぐや姫《ひめ》に、「はやかの御使《みつかひ》に対面《たいめん》し給《たま》へ。」といへば、かぐや姫《ひめ》、「よき容《かたち》にもあらず、いかでか見《まみ》ゆべき。」といへば、「うたても宣給《のたま》ふかな。御門《みかど》の御使《みつかひ》をば、いかでかおろかにせむ。」といへば、かぐや姫《ひめ》の答《こた》ふるやう、「御門《みかど》の召《め》して宣給《のたま》はんこと、かしこしとも思《おも》はず。」といひて、更《さら》に見《まみ》ゆべくもあらず。産《う》める子《こ》のやうにはあれど、いと心《こころ》はずかしげに、おろそかなるやうにいひければ、心《こころ》のままにもえ責《せ》めず。嫗《おうな》、内侍《ないし》の許《もと》に帰《かへ》り出《い》でて、「口惜《くちお》しく、この幼《おさな》き者《もの》は、こはく侍《はべ》るものにて、対面《たいめん》すまじき。」と申《まを》す。内侍《ないし》、「かならず見参《みたてまつ》れと仰《おほ》せ事《ごと》ありつるものを、見奉《みたてまつ》らでは、いかでか帰《かへ》り参《まゐ》らむ。国王《こくわう》の仰《おほ》せ事《ごと》を、まさに世《よ》に住《す》み給《たま》はむ人《ひと》の、承《うけたまは》り給《たま》はらでありなむや。いはれぬ事《こと》なし給《たま》ひそ。」と、詞《ことば》はづかしくいひければ、これを聞《き》きて、まして、かぐや姫《ひめ》聞《き》くべくもあらず。「国王《こくわう》の仰《おほ》せ事《ごと》を背《そむ》かば、はや殺《ころ》し給《たま》ひてよかし。」といふ。【八ノ二】

要旨

かぐや姫《ひめ》が、御門《みかど》のみ使《つか》いに対《たい》しても、動《どう》じない厳《げん》たる態度《たいど》を述《の》べた。媼《おうな》がみ使《つか》いに対面《たいめん》するようにいうがきかない。そして御門《みかど》のお召《め》しをも意《い》に介《かい》さないので、媼《おうな》もてこずって内侍《ないし》にその旨《むね》を伝《つた》える。内侍《ないし》は腹《はら》をたて、国王《こくおう》のおおせごとをきかぬ道理《どうり》はあるまいというが、かぐや姫《ひめ》はあくまで反抗的態度《はんこうてきたいど》に出《で》るというのである。

語釈

◇**よき容《かたち》にもあらず**　それほどよい容姿《かたち》でもない。

◇**いかでか見《み》ゆべき**　どうしてお目《め》にかかりましょう。お目にはかかれませんの意。

◇**うたても**　あんまりひどくも、いやなふうに。

◇**いかでかおろかにせむ**　どうして、おろそかにされようぞ。

◇**かしこしとも思《おも》わず**　恐《おそ》れ多《おお》いとも思《おも》わない。

◇**更《さら》に見ゆべくもあらず**　全《まっ》たくお会いしそうもない。「更《さら》に」は「少しも」「全《まっ》たく」の意《い》で下《した》に打消《うちけし》のことばで応《おう》する。

◇**産《う》める子《こ》のやうにあれど**　産《う》んだ子《こ》のように、なれ親《した》しんではいるが。

◇**心《こころ》はづかしげに**　気《き》のおけるように、嫗《おうな》が気《き》恥《は》ずかしさを覚《おぼ》えるように。

◇**おろそかなるやうに**　うとうとしいように、親《した》しみのないように。

◇**え責《せ》めず**　責《せ》めることができない。無理《むり》じいすることができない。

◇**こはく侍《はべ》るものにて**　心《こころ》が強《つよ》くございますもので、強情者《ごうじょうもの》でございまして。

◇**対面《たいめん》すまじき**　「まじき」は連体形《れんたいけい》、「まじ」とある本《もと》もある。対面《たいめん》すまいと思《おも》われますの意《い》。

◇**見奉《みたてまつ》らでは**　お会《あ》い申《もう》さないでは。「で」は打消《うちけし》の助詞《じょし》で「ないで」の意《い》。

◇**まさに**　正《まさ》しく、現《げん》に。

◇**ありなむや**　あることができようか、おられようか。「ありなむ」は「あらむ」の意《い》を強《つよ》めた言《い》い方《かた》、「な」は「ぬ」の未然形《みぜんけい》で強意《きょうい》に用《もち》いられている。

◇**いはれぬ事《こと》なし給《たま》ひそ**　道理《どうり》にあわないことをなさいますな。「な……そ」は禁止《きんし》の意《い》の助《じょ》詞《し》。

◇**詞《ことば》はづかしくいひければ**　聞《き》くほうが恥《は》ずかしくなるような強《つよ》いことばでいったので。

◇まして　いよいよ

◇殺《ころ》し給《たま》ひてよかし　殺《ころ》してしまってください。「てよ」は「つ」の命令形《めいれいけい》、「かし」は念《ねん》を入《い》れていう意《い》をそえる助詞《じょし》。

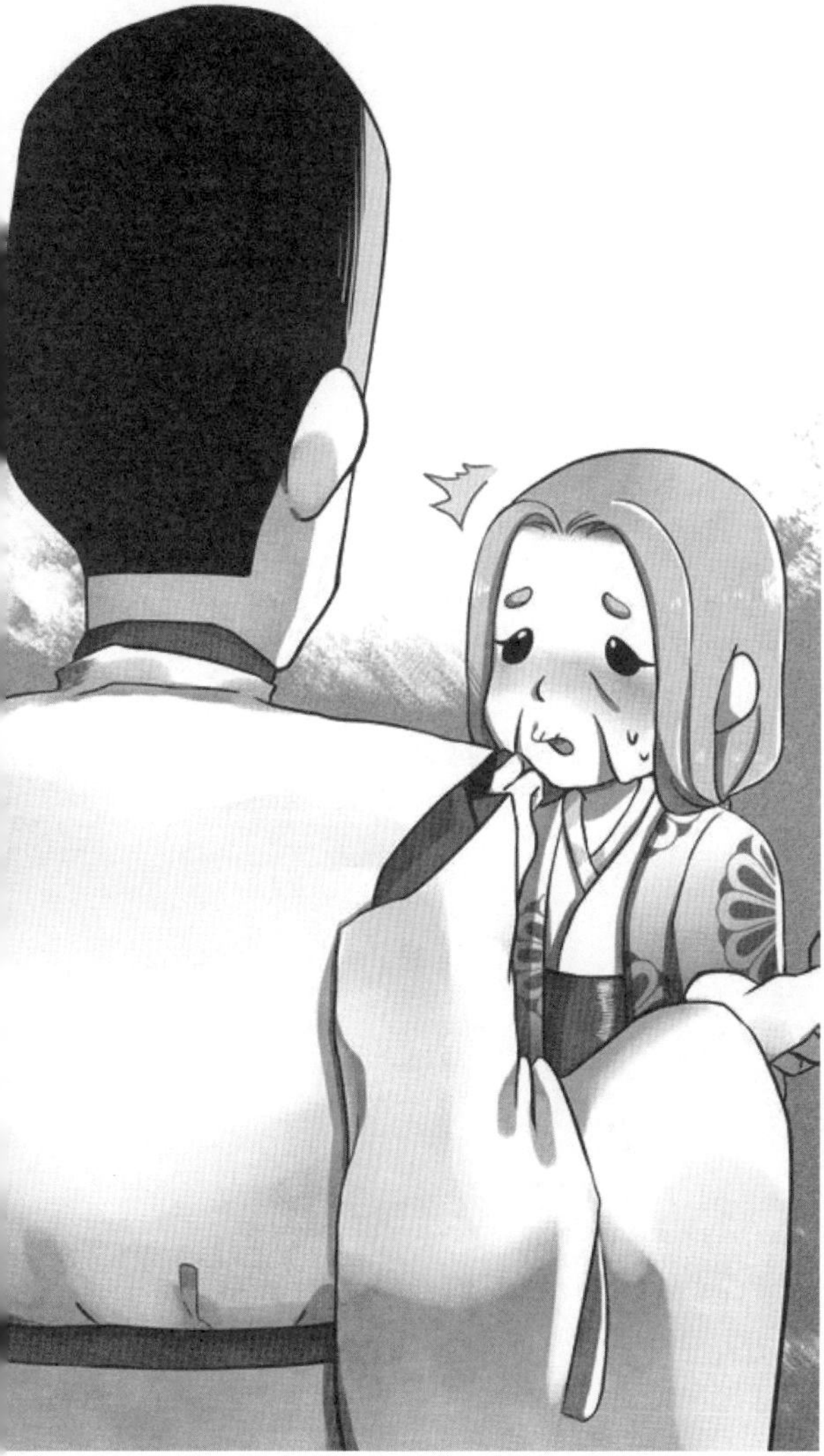

（三五）

この内侍《ないし》が帰《かえ》っていって、この事情《じじょう》を申《もう》し上《あ》げる。天皇《てんのう》がこれをお聞《き》きになって、「たくさんの人《ひと》を殺《ころ》してしまった心《こころ》なのだ。」とおっしゃって思《おも》いとどまられたが、それでもやはり、姫《ひめ》のことをお思《おも》いになっていらっしゃって、この女《おんな》の計略《けいりゃく》にまけるものかとお思《おも》いになって、おっしゃる、「おまえの持《も》っているかぐや姫《ひめ》を差《さ》し出《だ》せ。顔《かお》かたちがよいと聞《き》いて、使《つか》いをやったけれど、そのかいもなく、とうとう会《あ》えなくなってしまった。このように、わがままにふるまう習慣《しゅうかん》をつけさせてはいけない」とおっしゃった。じいさんは恐《おそ》れ入《い》ってご返事申《へんじもう》し上《あ》げるには、「この小《こ》むすめはどうしても宮仕《みやづか》えしそうもございませんので、もてあましております。それにしても、帰《かえ》りましておおせごとをお伝《つた》えしましょう。」と申《もう》し上《あ》げる。これをお聞《き》きになっておおせられる、「どうしておまえの手《て》で育《そだ》てあげたほどの子《こ》を、思《おも》うままにならないことがあろう。この女《おんな》をもしも差《さ》し出《だ》したなら、おまえに位《くらい》をどうしてくだし賜《たま》わらずにおこうか。」じいさんは喜《よろ》んで家《いえ》に帰《かえ》って、かぐや姫《ひめ》に話《はな》すことには、「こんなにまで天皇様《てんのうさま》がおっしゃった。それでもやはりお仕《つか》えなさらぬか。」というと、かぐや姫《ひめ》が答《こた》えていうには、「そのような宮仕《みやづか》えは絶対《ぜったい》にいたすまいと思《おも》っているのに、むりにお仕《つか》えさせなさるなら、消《き》えうせてしまいましょう。官位《かんい》をいただかせて死《し》ぬだけです。」じいさんが答《こた》えるには、「天皇様《てんのうさま》のおなしくださる官位《かんい》も、わが子《こ》を見申《みもう》さないでは何《なに》にしようぞ。それはそうとして、どうして宮仕《みやづか》えをなさらないのでしょう。死《し》なねばならぬようなことがございましょうか。」という。「これほどいってもまだうそかと思《おも》われるなら、仕《つか》えさせて死《し》なないでいるかどうかごらんください。多《おお》くの人《ひと》の疎略《そりゃく》でなかったお気持《きも》ちをむだにしてしまって、そのお気持《きも》ちにそわずにいるのです。それなのに、きのうきょう、天皇様《てんのうさま》がおっしゃったからといって、それにつくということは、人《ひと》に聞《き》かれても恥《は》ずかしい。」というので、じいさんが答《こた》えていうには、「世《よ》の中《なか》のことは、どうあろうと、こうあろうと、あなたのお命《めい》があぶないことが、何《なに》より大《おお》きなさしさわりですから、やはり、お仕《つか》えいたしかねることを、参内《さんだい》して申《もう》し上《あ》げましょう。」といって、参《さん》内《だい》して申《もう》すことには、「おことばのもったいなさに、あの子《こ》をさしあげようと思《おも》って、そのようにいたしますと、『宮仕《みやづか》えに出《だ》すなら死《し》んでしまう。』と申《もう》します。造麿《みやつこまろ》の手《て》で産《う》ませた子《こ》でもありません。昔《むかし》、山《やま》で見《み》つけたのです。こういうわけですから、気《き》だても世間《せけん》の人《ひと》には似《に》ておりません。」と申《もう》し上《あ》げる。

中譯

這位內侍回宮稟告天皇，天皇聽罷說：「（此姝心狠）害死了多少人（的心腸呀）（指爲她顚倒的五位貴公子，結果落得空相思一場）」天皇想不去思念赫夜姬，可是辦不到，心想：豈能輸給這個小妮子？天皇（便召來竹取翁，對他）說：「你把赫夜姬送來。聽說她的容貌很美，我派使者去，都沒有見成，毫無效果。一直那樣任性，是不好的！」竹取翁誠惶誠恐地回答：「小女怎麼樣也不願供職宮中，因此叫我很爲難。縱然如此，我回去，仍將天皇的玉言傳告小女。」天皇聽完後說：「由你一手養大的小孩爲什麼不聽你的話呢？如果您讓她來宮中，我豈會不賜你官位？」竹取翁興高采烈地回到家，對赫夜姬說：「天皇所說的，正是這個意思。儘管如此，妳仍不願入宮服侍天皇嗎？」赫夜姬回答：「我絕對不想做那樣的事，如果強迫我做的話，我情願消失掉。使我領受官位，那我只有一死了。」竹取翁說：「天皇賜予官位，而不見吾女，那有什麼意義呢？那且不說，爲何不進宮供職呢？有必死的原由嗎？」赫夜姬說：「這麼說，會被認爲是撒謊呢？如果您是這樣認爲的話，那麼，使我供職之後，請看我會不會死，很多人（五位貴公子）爲我獻殷懃，結果白費，天皇僅昨天，今天這樣說一下，我就順從，傳出來，就沒臉見人的。」竹取翁回答：「世界上的事情，不管怎樣，只要會危及妳的生命，我就認爲是比什麼都大的阻礙，因此我還是晉謁天皇，說明吾女礙難進宮供職的原因。竹取翁向天皇奏道：「未能遵從玉言，深覺有罪，本欲送小女進宮服侍陛下，但小女說：『如果要我進宮，我就去死。』她不是我親生的女兒。是以前在山中找到的，因此之故，她的性情與塵世的凡人不同。」

注釋

❶ **おもいとどまる** 〔思い止まる〕（他五・I）打消……的念頭。

❷ **それでも** 〔接〕雖然那樣、儘管如此。

❸ **けいりゃく** 〔計略〕（名）計策、謀略。

❹ **さしだす** 〔差し出す〕（他五・I）交出「さしだせ」是「さしだす」的命令形。

❺ **かおかたち** 〔顔貌〕（名）容貌、臉龐。

❻ **とうとう** 〔到頭〕（副）終於。

❼ **わがまま** 〔我が侭〕（名・形動ダ）任性、放肆。

❽ **ふるまう** 〔振舞う〕（自五・I）行動舉止。

❾ **いけない** 〔連語、形ク型〕（いける的否定形）不好、不行、太糟糕。

❿ おそれいる　〔恐れ入る〕（自五・Ⅰ）惶恐。

⓫ みやずかえ　〔宮仕え〕（名）入宮侍候（天皇）、供職宮中。

⓬ もてあます　〔持余す〕（他五・Ⅰ）難於處理、無法對付。

⓭ それにしても　〔接〕儘管那樣、縱然，

⓮ くらい　〔位〕（名）顯職、高位、高官。

⓯ こんなにまで　正是這個意思。

⓰ きえうせる　〔消え失せる〕（自下一・Ⅱ）死掉、嚥氣、消失。（因爲赫夜姬本來是仙女，能夠變沒有，所以可以採用「消失」）。

⓱ いただく　〔頂、戴く〕（他五・Ⅰ）（「もらう」的敬語）領受、蒙賜予「いただかせる」是「いただく」的使役形，意思是：使領受、使蒙賜予。

⓲ それはそうとして　那且不說、那且不管。

⓳ どうあろうと、こうあろうと　不管怎樣。

⓴ あぶない　〔危ない〕（形）危險、令人擔心的。

㉑ さしさわる　〔差障る〕（自五・Ⅰ）抵觸、妨礙。「さしさわり」的名詞形。

㉒かねる

〔兼ねる〕（造語、下一型・Ⅱ）接於動詞連用形之下，表示：礙難、不能辦到。

㉓さんだい

〔参内〕（名、自サ・Ⅲ）晉謁天皇、進宮。

㉔もったいない

〔勿体ない〕（形）有罪的、不敢當的。形容詞的語尾「い」去掉，換上「さ」成為名詞，「もったいなさ」即為名詞，其下再接「に」成為連用修飾語（副詞）。

㉕きだて

〔気立〕（名）性情、性格。

【三五】この内侍《ないし》帰《かへ》り参《まゐ》りて、この由《よし》を奏《そう》す。御門《みかど》聞《きこ》しめして、「多《おほ》くの人殺《ひところ》してける心《こころ》ぞかし。」と宣《の》給《たま》ひて、止《や》みにけれど、なほおぼしおはしまして、この女《おんな》のたばかりにやまけむと思《おぼ》して、仰《おほ》せ給《たま》ふ、「汝《なんぢ》が持《も》ちて侍《はべ》るかぐや姫《ひめ》奉《たてまつ》れ。顔容《かおかたち》よしと聞《きこ》しめして、御使《みつかひ》を賜《た》びしかど、かひなく見《み》えずなりにけり。かくたいだいしくやは、ならはすべき。」と仰《おほ》せらる。翁《おきな》かしこまりて御《おん》返事《かりごと》申《まを》すやう、「この女《め》の童《わらは》は、絶《た》えて宮仕《みやづか》へつかうまつるべくもあらず侍《はべ》るを、もてわづらひ侍《はべ》り。さりとも、罷《まか》りて仰《おほ》せ給《たま》はむ。」と奏《そう》す。これを聞《きこ》し召《め》して仰《おほ》せ給《たま》ふ、「などか翁《おきな》の手《て》におほし立《た》てたらむものを、心《こころ》に任《まか》せざらむ。この女《め》もし奉《たてまつ》りたるものならば、翁《おきな》に冠《かうぶり》をなどか賜《たま》はせざらむ。」翁《おきな》喜《よろこ》びて家《いへ》に帰《かへ》りて、かぐや姫《ひめ》に語《かた》らふやう、「かくなむ、御門《みかど》の仰《おほ》せ給《たま》へる。猶《おぼ》やは仕《つか》うまつり給《たま》はぬ。」といへば、かぐや姫《ひめ》答《こた》へていはく、「もはら、さやうの宮仕《みやづか》へつかうまつらじと思《おも》ふを、強《し》ひて仕《つか》うまつらせ給《たま》はば、消《き》え失《う》せなむず。

御官冠《みつかさかうぶり》つかうまつりて死《し》ぬばかりなり。翁《おきな》いらふるやう、「なし給《たま》ふ官冠《つかさかうぶり》も、わが子《こ》を見奉《みたてまつ》らでは何《なに》にかはせむ。さはありとも、などか宮仕《みやづか》へをし給《たま》はざらむ。死《し》に給《たま》ふべきやうやあるべき。」といふ。「なほそらごとかと、つかうまつらせて、死《し》なずやあると見《み》たまへ。あまたの人《ひと》のこころざしおろかならざりしを、むなしくなしてしこそあれ、きのふけふ、御門《みかど》の宣給《のたま》はむことにつかむ、人聞《ひとぎ》きやさし。」といへば、翁《おきな》こたへていはく、「天下《あめのした》のことは、とありとも、かかりとも、御命《おんいのち》のあやふさこそ、大《おほ》きなるさはりなれば、なほつかうまつるまじきことをまゐりてまをさむ。」とて、まゐりてまをすやう、「おほせごとのかしこさに、かの童《わらは》をまゐらせむとてつかうまつれば、『宮《みや》づかへにいだし立《た》てば、死《し》ぬべし。』と申《まを》す。造麿《みやつこまろ》が手《て》に産《う》ませたる子《こ》にもあらず。むかし、山《やま》にて見《み》つけたる。かかれば、こころばせも世《よ》の人《ひと》に似《に》ずぞ侍《はべ》る。」と奏《そう》せさす。（八ノ三）

要旨

天皇《てんのう》のかぐや姫《ひめ》に対する執心《しゅうしん》の状《じょう》を述《の》べている。内侍《ないし》が宮中《きゅうちゅう》に帰参《きさん》して不首尾《ふしゅび》のことを申《もう》し上《あ》げると、天皇《てんのう》も一応《いちおう》はお取《と》りやめになるが、やはり、このまま負《ま》けていられないと思《おも》われて、翁《おきな》を召《め》して奉《たてまつ》るようにいわれる。翁《おきな》も冠位《かんい》を賜《たま》るとのおおせに喜《よろこ》んで帰《かえ》って、かぐや姫《ひめ》に宮仕《つか》えするように勧《すす》めるが、どうしてもきかない。しいて宮仕《みやづか》えさせるなら、死《し》んでしまうとまでいうので、翁《おきな》も手《て》をやいて、この次第《しだい》を奏上《そうじょう》するというのである。

語釈

◇**おぼしおはしまして**　思《おも》っていらっしゃって。

◇**この女《おんな》のたばりにやまけむ**　この女《おんな》の計略《けいりゃく》に負《ま》けようか、負《ま》けてはいられないの意《い》。

◇**持《も》ちて侍《はべ》る**　持《も》っているの意《い》。「侍《はべ》り」は丁寧《ていねい》の意《い》を表《あら》わす動詞《どうし》で、あります、おりますの意《い》。

◇**聞《きこ》しめして**　お聞《き》きになって。

◇**たいだいしくやは、ならはすべき**　「怠々《たいだい》しく」で、このように、わがままになれさせるべきではないの意《い》。「やは」は反語《はんご》である。

◇**この女《おんな》の童《わらは》**　この女《おんな》の子《こ》、かぐや姫《ひめ》のこと。

◇**絶《た》えて**　全《まった》く、けっして。

◇**つかうまつるべくもあらず侍《はべ》るを**　いたしそうもございませんので。「べく」は推量《すいりょう》の助動《じょどう》詞《し》、「侍《はべ》る」は丁寧《ていねい》の意《い》を表《あら》わす動詞《どうし》で、「ございます」にあたる。「を」は順接《じゅんせつ》の助詞《じょし》、「ので」「から」にあたる。

◇**仰《おほ》せ給《たま》はむ**　おおせごとをかぐや姫《ひめ》に伝《つた》えましょうの意《い》。「給《たま》はむ」は「賜《たま》はむ」で、翁《おきな》が間《あいだ》に立《た》って天皇《てんのう》のおおせごとをかぐや姫《ひめ》に賜《たま》う意《い》。

◇**奏《そう》す**　天皇《てんのう》に申《もう》し上《あ》げるときにかぎっていう。皇后《こうごう》・皇太子《こうたいし》などには「啓《けい》す」といって区別《くべつ》する。

◇**冠《かん》をなどか賜《たま》はせざらむ**　位《くらい》をどうして与《あた》えないことがあるだろうか。冠《かん》は位《くらい》によって定《さだ》まっているので、冠《かん》を賜《たま》うことは位《くらい》に叙《じょ》すること。ここでは五位《ごい》に叙《じょ》するのである。「賜《たま》はせ」の「せ」は使役《しえき》でなく敬意《けいい》を高《たか》めるための助動詞《じょどうし》。

◇**語《かた》らふやう**　語《かた》ることば。「ふ」は動作《どうさ》の継続《けいぞく》して行《おこ》われるのを示《あらわ》す助動詞《じょどうし》で、ここでは「語《かた》らふ」を一語《いちご》とみる。「流《なが》る・流《なが》らふ」「渡《わた》る・渡《わた》らふ」「散《ち》る・散《ち》らふ」のように古《ふる》くから用《もち》いられた。

◇**思《おも》ふを**　思《おも》っているのに。「を」は逆接《ぎゃくせつ》の助詞《じょし》。

◇**消《き》え失《う》せなむず**　消《き》えうせてしまおう。「むず」は「む」を強《つよ》くいう言《い》い方《かた》で「むとす」のつづまったもの。「な」は「むず」の意《い》をさらに強《つよ》める。

◇**御官冠《みつかさかうぶり》つかうまつりて**　翁《おきな》に官位《かんい》を得《え》させての意《い》。

◇**いらふるやう**　答《こた》えるには。「いらふ」は答《こた》える意《い》の下二段《しもにだん》の動詞《どうし》。

◇**何《なに》にかはせむ**　何《なに》にしようか、何《なん》の役《やく》にもたたない。

◇**さはありとも**　それはそうとして。

◇**そらごと**　うそ、根《ね》も葉《は》もないこと。

◇**死《し》なずやある**　死《し》なないでいるかどうか。

◇**むなしくなしてしこそあれ**　むなしくしてしまった。「空《むな》し」は死《し》ぬこと。「なして」の「て」は完了《かんりょう》の助動詞《じょどうし》「つ」の連用形《れんようけい》。「し」は過去《かこ》の助動詞《じょどうし》「き」の連体形《れんたいけい》。「てし」は過去完了《かこかんりょう》に相当《そうとう》する機能《きのう》を持《も》つ。

◇**つかむ**　従《したが》うとしたら。

◇**やさし**　恥《は》ずかしい。

◇**とありとも、かかりとも**　「かかり」は「かくあり」のつづまったもの。どうあろうとこうあろうと。

◇**いだし立《た》てば、死《し》ぬべし**　出《で》だし立《た》てるなら、死《し》んでしまおう。「立《た》て」は下二段《しもにだん》の未然形《みぜんけい》、「べし」は決意《けつい》を表《あら》わす。

◇**造麿《みやつこまろ》**　ここではじめて名《な》がみえる。天皇《てんのう》に対《たい》していうことばだから、へりくだって名《な》をいうのである。

◇**見《み》つけたる**　連体形《れんたいけい》で止《と》まっているのは、下《した》に「者《もの》なり」の意《い》が省《はぶ》かれているため。

◇**こころばせ**　心《こころ》の使《つか》い方《かた》、気《き》だて。

◇**奏《そう》せさす**　申《もう》し上《あ》げる。「さす」は、本来《ほんらい》は使役《しえき》だが、ここでは「奏《そう》す」の意《い》を強《つよ》めるために用《もち》いている。尊敬語《そんけいご》につけば尊敬《そんけい》の意《い》を高《たか》め、謙譲語《けんじょうご》につけば、やはり謙譲《けんじょう》の意《い》をつよめることになる。

（三六）

天皇《てんのう》がおっしゃる、「造麿《みやつこまろ》の家《いえ》は山《やま》のふもとの近《ちか》くにある。み狩《か》りにお出《で》ましになるようにして見《み》ることができようか。」とおっしゃる。造麿《みやつこまろ》が申《もう》し上《あ》げるには、「それはたいそうよいことです。なんの気《き》なしにおりましょうが、そこにひょっとおいでになってごらんになったら、きっとごらんになれることでしょう。」と申《もう》し上《あ》げるので、天皇《てんのう》は急《きゅう》に日《ひ》を決《き》めてみ狩《か》りにおいでになる。かぐや姫《ひめ》の家《いえ》におはいりになってごらんになりますと、一面《いちめん》に光《ひか》り輝《かがや》いて美《うつく》しい姿《すがた》でいる人《ひと》がある。これがかぐや姫《ひめ》だろうとお思《おも》いになって、近《ちか》くお寄《よ》りになると、逃《に》げて内《うち》にはいろうとする。そでをお取《と》りになると、顔《かお》を隠《かく》しておりますけれども、初《はじ》めによくごらんになっているので、ならぶものなく美《うつく》しくお思《おも》いになって、「めったに手放《てばな》すまい。」といって、連《つ》れておいでになろうとするので、かぐや姫《ひめ》が答《こた》えて申《もう》し上《あ》げる、「わたくしが、この国《くに》に生《う》まれておりますなら、お使《つか》いになれましょうが、そうではありませんから、連《つ》れておいでになることは、たいそう困難《こんなん》なことでしょう。」と申《もう》し上《あ》げる。天皇《てんのう》は、「どうしてそんなことがあろう。やはり連《つ》れて行《い》こう。」といって、み輿《こし》をお寄《よ》せになると、このかぐや姫《ひめ》は急《きゅう》に姿《すがた》が消《き》えうすれて、影《かげ》のようになってしまった。天皇《てんのう》はつまらなく残《ざん》念《ねん》に思《おも》われて、ほんとうにふつうの人ではなかったのだなあと思《おも》われて、「それでは、お供《とも》には連《つ》れていくまい。もとのお姿《すがた》になりなさい。せめてそれなりと見《み》て帰《かえ》ることにしよう。」とおっしゃると、かぐや姫《ひめ》はまたもとの姿《すがた》になった。

中譯

天皇對造麿說：「你的家離山麓不遠，我裝著打獵，去看看，可以嗎？」造麿回答：「眞是妙計，不像是有意地，突然賀臨寒舍來看小女的話，一定能看得成吧！」天皇立刻決定日期去打獵。天皇進入赫夜姬的家一看，看見一位美女光豔照人。天皇猜想，這位就是赫夜姬，剛一走近，那位美女便要朝內室逃。天皇扯住她的（一隻）袖子，她立刻用（另外一隻）衣袖（嬌羞地）遮住臉，但是在未用袖遮住臉之前，已被天皇仔細地看清楚了，天皇認爲赫夜姬的美貌是舉世無雙的，便說：「我是不會放手的囉！」說著，天皇想把赫夜姬拖出來，因此赫夜姬回答：「我如果是出生在這個國度裏的人，那麼該爲陛下效勞，可惜不是的，要想帶我出去，是相當困難的。」天皇說：「怎樣會有這樣的事情？還是跟我走吧！」天皇命令抬轎子的人把轎子剛一靠近赫夜姬，赫夜姬竟突然消失得像影子一樣不見了。天皇覺得掃興且感到遺憾，確認她眞的不是凡界的人，只好說：「好吧！就不帶妳一起走了。請妳恢復原先的身影吧，至少讓我再見一面妳，才回去吧！」赫夜姬又出現了。

注　釋

❶ ふもと　〔麓〕（名）山麓、山腳。

❷ かり　〔狩〕（名）打獵、狩獵。

❸ よう　〔様〕（名、形動ダ）像、相似、仿佛。

❹ けもなし　〔気も無し〕（文言形容詞）毫無跡象的，口語用：「けもない」。

❺ ひょっと　（副）突然、偶然。

❻ いちめん　〔一面〕（副）滿、全體。

❼ ならぶ　〔並ぶ〕（自五・Ⅰ）相等。

❽ せめて　（副）（雖然不夠滿意，但……）最低限度至少……

〔三六〕御門《みかど》おほせ給《たま》ふ、「造麿《みやつこまろ》が家《いへ》は、山本近《やまもとちか》かくなり。御狩《みかり》の行幸《みゆき》し給《たま》はむやうにて見《み》てむや。」とのたまはす。造麿申《みやつこまろまを》すやう、「いとよき事《こと》なり。何《なに》か心《こころ》もなくて侍《はべ》らむに、ふと行幸《みゆき》して御覧《ごらん》ぜられなむ。」と奏《そう》すれば、御門《みかど》、にはかに日《ひ》を定《さだ》めて、御狩《みかり》に出《い》で給《たま》ふ。かぐや姫《ひめ》の家《いへ》に入《い》り給《たま》ひて見給《みたま》ふに、光《ひかり》みちてきよらにて居《ゐ》たる人《ひと》あり。これならむとおぼして、近《ちか》く寄《よ》らせ給《たま》ふに、逃《に》げて入《い》る。袖《そで》をとらへ給《たま》へば、面《おもて》をふたぎてさぶらへど、初《はじ》めよく御覧《ごらん》じつれば、類《たぐひ》なくめでたく覚《おぼ》えさせ給《たま》ひて、「許《ゆる》さじとす。」とて、率《ゐ》ておはしまさむとするに、かぐや姫答《ひめこた》へて奏《そう》す、「おのが身《み》は、この国《くに》に生《う》まれて侍《はべ》らばこそ使《つか》ひたまはめ。いと率《ゐ》ておはしまし難《がた》くや侍《はべ》らむ。」と奏《そう》す。御門《みかど》、「などかさあらむ。猶《なほ》、率《ゐ》ておはしまさむ。」と、御輿《みこし》を寄《よ》せ給《たま》ふに、このかぐや姫《ひめ》、きと影《かげ》になりぬ。はかなく口惜《くちお》しと思《おぼ》して、げにただ人《びと》にはあらざりけりとおぼして、「さらば、御供《おんとも》には率《ゐ》ていかじ。もとの御《おん》かたちとなり給《たま》ひ

ね。それを見《み》てだに帰《かえ》りなむ。」と仰《おほ》せらるれば、かぐや姫《ひめ》もとのかたちになりぬ。（八ノ四）

要旨

み狩《か》りにかこつけて、かぐや姫《ひめ》の家《いえ》に天皇《てんのう》がおでかけになり、かぐや姫《ひめ》を伴《ともな》い行《い》こうとされることを述《の》べた。天皇《てんのう》は竹取《たけとり》の翁《おきな》と談合《だんごう》のうえ、み狩《か》りにかこつけ、急《きゅう》にお立《た》ち寄《よ》りになる。光《ひかり》満《み》ちていた清《きよ》らかな姫《ひめ》のそでをとらえ、宮中《きゅうちゅう》につれていこうとして、み輿《こし》をお寄《よ》せになる。すると、姫《ひめ》が急《きゅう》に影《かげ》のようになってしまう。天皇《てんのう》は残念《ざんねん》に思《おも》われたがやむなくつれていくことを断念《だんねん》する。すると姫《ひめ》はまたもとの姿《すがた》に返《かえ》るというのである。

語釈

◇**山本近《やまもとちか》くなり**　山《やま》のふもとに近《ちか》くある。「近《ちか》くにあるということだ」の意《い》となる。

◇**見《み》てむや**　見《み》ることができるだろうか。「て」は「つ」の未然形《みぜんけい》で、「む」の意味《いみ》を強《つよ》めている。

◇**何《なに》か心《こころ》もなくて**　なんの気《き》なしに、なんの心《こころ》もなくぼんやりして。

◇**御覧《ごらん》ぜられなむ**　きっとごらんになることができましょう。「られ」は可能《かのう》の助動詞《じょどうし》「らる」の連用形《れんようけい》、「な」は「ぬ」の未然形《みぜんけい》で強意《きょうい》、「む」は推量《すいりょう》の助動詞《じょどうし》。

◇**ふたぎて**　「ふさぎて」に同《おな》じ。

◇**さぶらへど**　おりましたが。

◇**覚《おぼ》えさせ給《たま》ひて**　お思《おも》いになられて。「させ」は「給《たま》ひ」の敬意《けいい》を、いっそう高《たか》めるための助動詞《じょどうし》。

◇**許《ゆる》さじとす**　どうしても放《はな》すまいの意。「とす」は助詞《じょし》の「と」にサ変《へん》の「す」が勢《いきお》いを強《つよ》めるのに用《もち》いられる。したがってここは「許《ゆる》さじ」というのと同《おな》じで、その意《い》の強《つよ》まった趣《おもむき》。「む」について「むとす」となり、さらに「むず」となったのに同《おな》じ。

◇**この国《くに》に生《う》まれて侍《はべ》らばこそ使《つか》ひたまはめ**　この国《くに》に生《う》まれたものでありますなら、お召《め》し使《つか》いになれましょうがの意《い》。「こそ」の語勢《ごせい》からすると「使《つか》ひたまはめども」となりそうなところ。下《した》に「そうではないから」の意《い》を補《おぎな》ってみるとよくわかる。

◇**などかさあらむ**　どうしてそんなことがあろう。

◇**きと**　急《きゅう》に。

◇**げに**　ほんとうに、なるほど。

◇**ただ人**　通常《つうじょう》の人《ひと》。

◇**それを見《み》てだに帰《かえ》りなむ**　せめては、それなりと見《み》て帰《かえ》ることにしよう。「だに」は、「せめて……なりと」「……だけでも」の意《い》の助動詞《じょどうし》。「な」は「ぬ」の未然形《みぜんけい》で、ここは「帰《かえ》らむ」を強《つよ》めた言《い》い方《かた》。

（三七）

天皇《てんのう》は何《なに》としてもやはり、かぐや姫《ひめ》をかわいく思《おも》われることが、どうにもおさえようがない。天皇《てんのう》は、このように見《み》せてくれた造麿《みやつこまろ》に対《たい》して、お喜《よろこ》びになり、造麿《みやつこまろ》もそこで、お仕《つか》えする多《おお》くの役人《やくにん》たちに盛大《せいだい》なおもてなしをする。天皇《てんのう》はかぐや姫《ひめ》をあとに残《のこ》して還御《かんぎょ》なさることを、不満足《ふまんぞく》に残念《ざんねん》に思《おも》われたけれど、やむなく魂《たましい》をおき忘《わ》れたような気持《きも》ちで、お帰《かえ》りになった。み輿《こし》にお乗《の》りになってそのあとで、かぐや姫《ひめ》に、

かぐや姫《ひめ》のためゆえ、還幸《かんこう》も大儀《たいぎ》に思《おも》われ、行列《ぎょうれつ》の行《い》く手《て》にそむいてとまることよ。

おん返《かえ》り事《ごと》に、

むぐらのはえ茂《しげ》るいやしい家《いえ》にも、年《とし》を経《へ》たわが身《み》ですのに、今《いま》さらどうして、りっぱな宮殿《きゅうでん》などに住《す》めましょう。

この、かぐや姫《ひめ》の返歌《へんか》を天皇《てんのう》はごらんになって、さらにいっそう、お帰《かえ》りにな

るあてもないように思《おも》われた。お心《こころ》は、全《まった》く立ちかえろうともお思《おも》いにならなかったけれども、さればといって、夜明《よあ》かしもおできになれないので、お帰《かえ》りになられた。常日《つねひ》ごろお仕《つか》えしている愛妃《あいひ》をごらんになるのに、かぐや姫《ひめ》のそばに、寄《よ》りつくことさえできなかったのである。他《ほか》の人《ひと》よりは、きれいだとお感《かん》じなされた人《ひと》も、かぐや姫《ひめ》に比《くら》べて考《かんが》えると、物《もの》の数《かず》でもない。かぐや姫《ひめ》のことばかりお心《こころ》にかかって、ただ、ひとり住《sy》みしてお過《す》ごしになる。これというわけもなく、おきさきがたのところにもおいでにならない。かぐや姫《ひめ》のおんもとに、お手紙《てがみ》を書《か》いて持《も》たせておやりになる。かぐや姫《ひめ》もご返事《へんじ》をば、天皇《てんのう》の御意《ぎょい》をこばんだとはいえ、それでもやはり憎《にく》からずお言《い》いかわしになって、天皇《てんのう》のほうからもおもしろい木草《きくさ》にことよせて、お歌《うた》をよんで姫《ひめ》のもとにおやりになる。

中譯

天皇覺得赫夜姬很可愛，怎麼樣也無法抑制思念她的心情。透過造麿的如此安排，使得天皇能夠一睹佳人風姿，因爲天皇很喜歡他（並賞賜有加），造麿也就在他家盛大地宴請朝廷百官。天皇回宮不能帶赫夜姬同行，覺得很遺憾，不得已，好像掉了魂一樣回宮去，天皇上轎子之後，賦了一首詩給赫夜姬：

六宮粉黛無顏色，旌旗御駕行復止。

赫夜姬（立即）回答了一首詩：

妾居雜草簡陋居，何需金碧輝之殿？

天皇看了赫夜姬的詩，更覺得茫茫不知歸向何處好了。天皇心裏是一百個不願意回去，但是既然赫夜姬堅決不願同行，也不能挨到天亮，所以只好回宮去了。望著平時伺候自己的嬪妃，感慨著不能把赫夜姬叫到身邊來。感覺比別人美的人（指嬪妃們），若和赫夜姬一比竟沒有人能趕得上赫夜姬的美豔。天皇只思念赫夜姬所以擯除嬪妃，獨自一個人住，打發日子，覺得（到以前的那些嬪妃那兒去）沒有意思，因此就不行幸嬪妃們的閨房了。天皇寫信，派使者送到赫夜姬那兒去。赫夜姬也有回信，她雖然婉拒天皇的眷寵，但是藉書信交談並不憎惡，天皇假托歌咏草木，賦詩寄意，派使者傳遞御詩給赫夜姬。

注　釋

❶かわいい　〔可愛い〕（形）可愛的、心愛的「かわいく」是連用形，當副詞用。

❷おさえる　〔抑える〕（他下一・Ⅱ）抑制「おさえる」的未然形（「おさえ」）下接「よう」（表示意願的助動詞）成爲：「おさえよう」欲抑制住。

❸もてなし　〔持成〕（名）招待、邀吃酒席。

❹かんぎょ　〔還御〕（名、自サ・Ⅲ）回宮（用於日本天皇及太后、皇后）。

❺やむない　〔已む無い〕（連語、形）不得已。「やむなく」是連用形，當副詞用。

❻おきわすれる　〔置忘れる〕（他下一・Ⅱ）遺失。

❼かんこう　〔還幸〕（名、自サ・Ⅲ）同「還御」。

❽たいぎ　〔大儀〕（名、形動ダ）厭倦、討厭、不喜歡、不願意。

❾ぎょうれつ　〔行列〕（名、自サ・Ⅲ）行列、隊伍。

❿ゆくて　〔行く手〕（名）前方、前途。

⓫むぐら　〔葎〕（草名）豬殃殃（是一種多年生的雜草）。

⓬はえる　〔生える〕（自下一・Ⅱ）生、長。

⑬しげる　〔茂る〕（自五・Ｉ）（草木）繁茂。
⑭いやしい　〔卑、賤しい〕（形）簡陋的、卑賤的。
⑮へる　〔経る〕（自下一）經過。
⑯あてもなく　沒有目的的。
⑰たちかえる　〔立返る〕（自五・Ｉ）返回、回來。
⑱さればといって　雖然如此。
⑲のに　（接助）表示遺憾或惋惜的語氣。
⑳わけもない　同「よしない」（形）沒有價值的、沒有意思的。
㉑おきさきがた　〔御后方〕嬪妃們（「御」是接頭語，表示敬意，「方」表示多數，有「們」的意思，是敬語。）
㉒おんもと　〔御許〕同「おも」（名、代）指赫夜姬。
㉓こばむ　〔拒む〕（他五・Ｉ）拒絕。
㉔それでも　（接）雖然那樣、儘管如此。
㉕にくからず　〔憎からず〕不憎恨。

㉖いいかわす　〔言交す〕（他五・Ⅰ）交談、對談。

㉗ことよせる　〔事寄せる〕（自下一・Ⅱ）假托。

〔三七〕御門《みかど》、なほめでたく思《おぼ》し召《め》さるる事《こと》せきとめ難《がた》し。かく見《み》せつる造麿《みやつこまろ》を悦《よろこ》び給《たま》ひ、さて仕《つか》うまつる百官《ひゃくかん》の人人《ひとびと》に、あるじいかめしう仕《つか》うまつる。御《み》門《かど》、かぐや姫《ひめ》を留《とど》めて還《かへ》りたまはむことを、飽《あ》かず口惜《くちお》しく思《おぼ》しけれど、たましひを留《とど》めたる心地《ここち》してなむ、還《かへ》らせたまひける。御輿《みこし》に奉《たてまつ》りて後《のち》に、かぐや姫《ひめ》に、

還《かへ》るさのみゆき物《もの》うくおもほえてそむきてとまるかぐや姫《ひめ》ゆゑ

御返事《おんかへりごと》、

葎《むぐら》はふ下《した》にも年《とし》は経《へ》ぬる身《み》の何《なに》かは玉《たま》のうてなをも見《み》む

これを御門《みかど》御覧《ごらん》じて、いとど還《かへ》り給《たま》はむそらもなく思《おぼ》さる。御心《みこころ》は更《さら》に立《た》ち

還《かへ》るべくも思《おぼ》されざりけれど、さりとて夜《よ》をあかし給《たま》ふべきにもあらねば、還《かへ》らせ給《たま》ひぬ。常《つね》に仕《つか》うまつる人を見《み》たまふに、かぐや姫《ひめ》の傍《かたはら》に寄《よ》るべくだにあらざりけり。こと人《ひと》よりは、けうらなりとおぼしける人《ひと》も、かれに思《おぼ》しあはすれば、人《ひと》にもあらず。かぐや姫《ひめ》のみ御心《みこころ》にかかりて、ただ一人過《ひとりすぐ》したまふ。よしなく御方方《おんかたがた》にもわたりたまはず。かぐや姫《ひめ》の御許《おんもと》にぞ、御文《おんふみ》を書《か》きて通《かよ》はせ給《たま》ふ。御返《おんかへ》り、さすがに憎《にく》からず聞《きこ》えかはし給《たま》ひて、おもしろき木草《きぐさ》につけても、御歌《おんうた》を詠《よ》みてつかはす。**（八ノ五）**

要　旨

天皇《てんのう》が、なおがくや姫《ひめ》を忘《わす》れかねていられるさまを述《の》べた。天皇《てんのう》は造麿《みやつこまろ》にお礼《れい》をし、翁《おきな》は百官《ひゃくかん》の人々《ひとびと》にごちそうをする。天皇《てんのう》は帰途《きと》につかれるが、離《はな》れかねて姫《ひめ》との間《ま》に贈答《ぞうとう》の歌《うた》がある。お帰《かえ》りになって、常《つね》にお仕《つか》えする人《ひと》をごらんになると、かぐや姫《ひめ》に及《およ》ぶものとてない。かぐや姫《ひめ》だけが心《こころ》にかかって、ほかの人《ひと》には気持《きも》ちがうつらない。かくてひとり住《す》みなされて、姫《ひめ》との間《ま》に手紙《てがみ》や歌《うた》をやりとりされるというのである。

語　釈

◇せきとめ難《がた》し　おさえとどめることができない。

◇喜《よろこ》び給《たま》ひ　天皇《てんのう》が造麿《みやつこまろ》に対《たい》して喜《よろこ》んでお礼《れい》をされること。

◇あるじいかめしう仕《つか》うまつる　これは造麿《みやつこまろ》の動作《どうさ》。「いかめしう」は「厳《いか》めしう」で、りっぱにの意《い》。「あるじ」は主人《しゅじん》の意《い》から、ごちそうの意《い》に使《つか》われる。ごちそうをりっぱにする意《い》。

◇飽《あ》かず　不満足《ふまんぞく》に、あきたらず。

◇たましひを留《とど》めたる心地《ここち》　「たましひ」は霊魂《れいこん》、魂《たましい》をあとに残《のこ》した気持《きも》ち、気《き》のぬけた状態《じょうたい》。

◇奉《たてまつ》りて　お乗《の》りになって。「奉《たてまつ》る」は謙譲《けんじょう》の意《い》を表《あら》わす場合《ばあい》の「献上《けんじょう》する」「奉仕《ほうし》する」。また同《おな》じ意《い》の助動詞《じょどうし》として「……申《もう》し上《あ》げる」となるほか、尊敬《そんけい》の意《い》を表《あら》わす場合《ばあい》がある。着物《きもの》なら「着《き》る」、飲食物《のみくいもの》なら「のむ」「くう」、船《ふね》や車《くるま》なら「乗《の》る」の意《い》で、天皇《てんのう》などの貴人《きじん》がある動作《どうさ》をなさる意《い》を表《あら》わす。

◇**還《かへ》るさのの歌《うた》**　一首《いっしゅ》は、かぐや姫《ひめ》のゆえに、宮中《きゅうちゅう》に帰《かえ》ることもいやに思《おも》われて、行列《ぎょうれつ》の方向《ほうこう》にそむいてとまることよの意《い》。「還《かへ》るさ」は帰還《きかん》のこと、「さ」は名詞《めいし》をつくる接尾語《せつびご》、「物《もの》うく」は、たいぎに、いやにの意《い》。思《おも》いをとげないで帰《かえ》るので、気乗《きの》りがしないのである。

◇**葎《むぐら》はふの歌《うた》**　一首《いっしゅ》は、むぐらのはえているそまつな家《いえ》に、年《とし》を経《へ》たわが身《み》であるのに、どうしてりっぱな宮殿《きゅうでん》に行《い》かれましょう、宮仕《みやづか》えなど思《おも》いもよらないことですの意《い》。「葎《むぐら》はふ」はむぐらのはえ巡《めぐ》るの意《い》。むぐらは多年生《たねんせい》の雑草《ざっそう》、「八重葎《やえむぐら》しげれる宿《やど》の」とあるように荒《あ》れたいやしい宿《やど》の形容《けいよう》にいう。今《いま》カナムグラというもの。「玉《たま》のうてな」は漢語《かんご》の玉台《たまのうてな》でりっぱな高《たか》殿《どの》の意《い》。

◇**還《かへ》り給《たま》はむそらもなく**　おかえりになるあてどもなく。「そら」は行《い》く手《て》、めあてとするところの意《い》。

◇**立《た》ち還《かへ》るべくも**　たち帰《かえ》ろうとも。「べく」は意志《いし》を表《あら》わす。

◇**さりとて**　それだからといって、立《た》ち帰《かえ》る気《き》がないからといっての意《い》。

◇**常《つね》に仕《つか》うまつる人《ひと》**　常日《つねひ》ごろおそばに奉仕《ほうし》する婦人《ふじん》。

◇**こと人《ひと》**　他人《たにん》。

◇**けうらなり**　きれいである。「きよらなり」からきた語《ご》。

◇**かれに**　「彼《かれ》に」で、かぐや姫《ひめ》のこと。

◇**人《ひと》にもあらず**　人《ひと》とも思《おも》われない、物《もの》の数《かず》ではない。

◇**よしなく**　「由《よし》なく」で、わけもなく、なんということもなく。

◇**御方方《おんかたがた》**　女御《にょうご》・更衣《こうい》などにあたるご寵愛《ちょうあい》のかたがた。

◇**聞《きこ》えかはし給《たま》ひて**　申《もう》しかわされて。「聞《き》ゆ」は、かぐや姫《ひめ》より天皇《てんのう》にいうので謙譲《けんじょう》の意《い》を表《あら》わす語《ご》。

（三八）

このようにして、お心《こころ》をお互《たが》いに慰《なぐさ》められているうちに、三年《さんねん》ほどたって、春《はる》の初《はじ》めから、かぐや姫《ひめ》は、月《つき》が趣深《しゅぶか》く出《で》ているのを見《み》て、いつもより、なにか思《おも》いに沈《しず》んでいる様子《ようす》である。ある人《ひと》が、月《つき》の顔《かお》を見《み》るのはさけるべきことだと止《と》めたけれども、ややもすると、人《ひと》のいないときは月《つき》をながめて、ひどくお泣《な》きになる。七月十五夜《ふみづきじゅうごや》の月《つき》に端近《はしぢか》く出《で》ていて、ひどく物思《ものおも》いに沈《しず》んでいる様子《ようす》である。姫《ひめ》の近《ちか》くに使《つか》われる人《ひと》たちが、竹取《たけとり》のじいさんに告《つ》げていうには、「かぐや姫《ひめ》が、ふだんも月《つき》を愛好《あいこう》されていらっしゃるけれども、このごろとなっては、ただごとでもなさそうでございます。ひどく心《こころ》にお嘆《なげ》きになることがあるのでしょう。じゅうぶん気《き》をつけてごらんなさいませ。」というのを聞《き》いて、かぐや姫《ひめ》にいうには、「どんな気持《きも》ちがして、このように、物思《ものおも》いにふけっている様子《ようす》で、月《つき》をごらんなさるのですか。この結構《けっこう》な世《よ》の中《なか》ですのに。」という。かぐや姫《ひめ》がいうには、「月《つき》を見《み》ると、世《よ》の中《なか》が心細《こころぼそ》くしみじみとした気分《きぶん》になります。なんで嘆《なげ》いてなどおりましょうか。」という。かぐや姫《ひめ》のいる所《ところ》にいってみると、そうはいっても、やはり物《もの》を思《おも》っている様子《ようす》である。これを見《み》て、じいさんは、「たいせつなわが子《こ》よ、どんなことを思《おも》いつめておられるのか。なにか思《おも》っていらっしゃるのでしょうが、それは、何事《なにごと》ですか。」というと、姫《ひめ》は「思《おも》いつめていることもありません。ただなんとなく心細《こころぼそ》く感《かん》じるだけです。」という。そこで、じいさんが、「月《つき》をごらんになってはいけません。この月《つき》をごらんになると、物思《ものおも》いに沈《しず》まれる様子《ようす》ですよ。」というと、姫《ひめ》は、「どうして月《つき》を見《み》ないでいられましょう。」といって、やはり月《つき》が出《で》ると端近《はしぢか》く出《で》ていては嘆《なげ》き思《おも》っている。夕《ゆう》やみの、月《つき》の出《で》ていないときには物《もの》を思《おも》わぬ様子《ようす》である。月《つき》のあるころになるというと、やはり時々嘆息《ときどきたんそく》して泣《な》いたりする。これを見《み》て、召使《めしつかい》たちが、「やはりなにか思《おも》いつめていらっしゃることがあるにちがいない。」と、ひそひそいっているが、親《おや》をはじめとして理由《りゆう》はなにともわからない。

中譯

天皇與赫夜姬互相以詩、信安慰對方，光陰荏苒，不覺已三年過去了。自初春起，赫夜姬即興趣濃厚地凝視出現在天邊的月亮，曾幾何時地，竟爲何事，陷入沈思的樣子。有人勸她別再看月亮，但是隔了不久，沒有人在的時候，她又在眺望月亮，而且哭得很傷心。七月十五日夜，月圓時，她倚門沈思，赫夜姬的近侍們告訴竹取翁說：「赫夜姬平素喜歡月亮，但是近來和平常有異，有很傷心的事情吧？請您多加留意照顧才好。」竹取翁聽了近侍說的話之後，向赫夜姬說：「心情怎樣呢？望月亮，竟至於陷入如此的憂傷？這個世界多妙呀！」赫夜姬說：「一望月亮，就會痛切感到塵世的不安情緒。（我不知道自己）爲何嘆息呢！」到赫夜姬的居處去看她，她依舊是憂傷不樂的樣子，竹取翁看到這樣的情形，便對她說：「我的寶貝女兒啊！爲什麼事鑽牛角尖想不開呢？想什麼事吧？到底是什麼事？」赫夜姬回答：「並沒有什麼想不開的事，不過，總覺得心慌不安。」因此，竹取翁說：「不可看月亮，因爲妳一看月亮，就會憂傷喲！」赫夜姬問：「爲什麼不准我看月亮呢？」赫夜姬依舊和從前一樣，月亮一出來，便倚門望月，不斷嘆息、沈思。薄暮月亮沒出來時，赫夜姬就沒有憂思的樣子。一有月亮的時候，便時時嘆息、哭泣。侍女們目睹此情，便暗中說：「一定有什麼想不開的事情！」但是上自父母開始，都不明白赫夜姬到底爲什麼原因？

注釋

❶このようにして　指天皇與赫夜姬互相以詩、信慰籍對方之事。

❷しずむ　〔沈む〕（自五・I）沉入。

❸ややもすると　過了很短的時間，就……。

❹はしじかい　〔端近い〕（形）靠近門邊的。

❺ふだん　〔不断〕（名・副）平素、不斷。

❻ただごと　〔徒事〕（名）平常的事。

❼じゅうぶん　〔十分、充分〕（形動ダ）十分、充分。

❽きをつける　（気を付ける）留心、注意（看管）。

❾ものおもい　〔物思い〕（名）憂慮、思慮。

❿けっこう　〔結構〕（形動ダ）很好、好極。

⓫こころぼそい　〔心細い〕（形）心中不安的、發慌的、寂寞。

⓬しみじみ　（副、自サ・Ⅲ）痛切、深切。

⓭おもいつめる　〔思い詰める〕（他下一・Ⅱ）（左思右想）想不通、鑽牛角尖（過度）思慮。

⓮ なんとなく　（副）（不知爲什麼）總覺得、不由地。

⓯ めしつかい　〔召使〕（名）僕人。

⓰ ひそひそ　（副）偷偷、悄悄、暗中。

⓱ はじめとして　以……爲首……

〔三八〕かやうに、御心《みこころ》を互《たがひ》に慰《なぐさ》めたまふ程《ほど》に、三年《みとせ》ばかりありて、春《はる》の初《はじ》めより、かぐや姫《ひめ》、月《つき》のおもしろう出《い》でたるを見《み》て、常《つね》よりも物思《ものおも》ひたる様《さま》なり。ある人《ひと》の月《つき》の顔《かほ》見《み》るは忌《い》む事《こと》に制《せい》しけれども、ともすれば、人間《ひとま》にも月《つき》を見《み》ては、いみじく泣《な》き給《たま》ふ。七月《ふみづき》の十五日《もち》の月《つき》に出《い》で居《ゐ》て、切《せち》にもの思《おも》へるけしきなり。近《ちか》く使《つか》はるる人人《ひとびと》、竹取《たけとり》の翁《おきな》に告《つ》げていはく、「かぐや姫《ひめ》例《れい》も月《つき》をあはれがり給《たま》へければども、このごろとなりては、ただ事《こと》にも侍《はべ》らざめり。いみじくおぼし歎《なげ》く事《こと》あるべし。よくよく見奉《みたてまつ》らせたまへ。」といふを聞《き》きて、かぐや姫《ひめ》にいふやう、「なんでふ心地《ここち》すれば、かく物《もの》を思《おも》ひたるさまにて、月《つき》を見給《みたま》ふぞ。うましき世《よ》に。」といふ。かぐや姫《ひめ》のいはく、「月見《つきみ》れば、世間心《よのまこころ》細《ぼそ》くあはれに侍《はべ》り。なでふ物《もの》をか歎《なげ》き侍《はべ》るべき。」といふ。かぐや姫《ひめ》のある所《ところ》にいたりて見《み》れば、なほ物思《ものおも》へるけしきなり。これを見《み》て、「あが仏《ほとけ》、何事《なにごと》を思《おも》ひ給《たま》ふぞ。思《おぼ》すらむこと何事《なにごと》ぞ。」といへば、「思《おも》ふ事《こと》もなし。物《もの》なむ心細《こころぼそ》く覚《おぼ》ゆる。」といへば、翁《おきな》、「月《つき》な見給《みたま》ひそ。これを見給《みたま》へば、ものおぼすけしきにはあるぞ。」といへば、「いかでか月《つき》を見《み》ではあらむ。」とて、なほ月《つき》出《い》づれば、出《い》で居《ゐ》つつ歎《なげ》き思《おも》へり。夕闇《ゆうやみ》には物思《ものおも》はぬけしきなり。月《つき》の程《ほど》になりぬれば、猶時時《なほときどき》うち歎《なげ》き泣《な》きなどす。これを、つかふ者《もの》ども、「猶《なほ》ものおぼす事《こと》あるべし。」とささやけど、親《おや》を始《はじ》めて何事《なにごと》とも知《し》らず。**（九ノ二）**

要旨

かぐや姫《ひめ》が、月《つき》を見《み》て嘆《なげ》くさまを述《の》べた。三年《さんねん》ほど経《へ》て、春《はる》のころからしきりに月《つき》を見《み》て物《もの》思《おも》いにふけるようになる。七月《ふみづき》十五日《もち》の月《つき》には、いっそう痛切《つうせつ》に物《もの》を思《おも》うさまなので、近《ちか》く使《つか》われる人《ひと》たちが、翁《おきな》にこの旨《むね》を告《つ》げる。翁《おきな》はかぐや姫《ひめ》に月《つき》を見《み》るなというが、そのいさめにも従《したが》わず、月《つき》の出《で》るころになると、嘆《なげ》いて泣《な》いたりする。召使《めしつかい》たちも、わけのわからぬことと思《おも》っているというのである。

語釈

◇**かやうに**　このように、手紙《てがみ》や歌《うた》を取《と》りかわしての意《い》。

◇**月《つき》の顔《かほ》見《み》るは忌《い》む事《こと》**　月《つき》をながめるのは昔《むかし》から忌《い》むことである。俗間信仰《ぞっかんしんこう》であろう。

◇**制《せい》しけれども**　止《と》めたが。

◇**ともすれば**　ややもすると。

◇**人間《ひとま》に**　人《ひと》のいないすきに。

◇**切《せち》に**　痛切《つうせつ》に、ひどく。

◇**例《れい》も**　平常《へいじょう》も、いつも。

◇**あはれがり**　賞《しょう》する、愛《め》でる、興《きょう》のあることに思《おも》う。

◇**ただ事《こと》にも侍《はべ》らざめり**　ふつうのことではないようでございます。「ざめり」は「ざるめり」のつづまったもの。

◇**うましき世《よ》**　結構《けっこう》な世《よ》、よい世《よ》。「うまし」はもともと味《あじ》を賞美《しょうび》するより起《お》こって、物《もの》をほめるのに用《もち》いるようになったもので、ここでは「しく活用《かつよう》」である。

◇**あが仏《ほとけ》**　わたしのたいせつにする者《もの》の意《い》。前《まえ》に「我《わ》が子《こ》の仏《ほとけ》」とあったのと同《おな》じ。

◇**思《おぼ》すらむこと**　「らむ」は原因《げんいん》を推量《すいりょう》する助動詞《じょどうし》。何《なに》か心《こころ》にお思《おも》いになっているのだろうが、その思《おも》っていることの意《い》。

◇**月《つき》な見給《みたま》ひそ**　月《つき》をごらんなさるな。「な……そ」は禁止《きんし》の助詞《じょし》、中《なか》に連用形《れんようけい》がはいるのがふつう。

◇**見《み》ではあらむ**　見《み》ないでいられようか。「で」は「ずて」のつづまったもので「ないで」の意《い》の助詞《じょし》。

◇**夕闇《ゆうやみ》**　夕方《ゆうがた》がやみなのは、月《つき》の出《で》が遅《おく》れるためで二十日《はつか》過《す》ぎである。

◇**なりぬれば**　なってくると。

◇**ささやけど**　小声《こごえ》でいうけれども。

(三九)

八月《はづき》の十五夜《もちや》近《ちか》くの月《つき》に、端近《はしぢか》く出《で》ていて、かぐや姫《ひめ》はたいそうひどくお泣《な》きになる。今《いま》は人《ひと》の見《み》ているのもかまわずに、お泣《な》きになる。これを見《み》て、親《おや》たちも、「どうしたことか。」と尋《たず》ねてあわてふためく。かぐや姫《ひめ》は泣《な》きながらいうには、「前《まえ》にもいおうと思《おも》いましたが、きっと心《こころ》を惑《まど》わされるだろうと思《おも》って、今《いま》まで過《す》ごしてまいったのでございます。けれどもそんなに隠《かく》してばかりもおられないと思《おも》いまして、お話《はな》し申《もう》すのでございますよ。わたくしの身《み》は、この人間《にんげん》世界《せかい》の人《ひと》でもなく、月《つき》の都《みやこ》の人《ひと》です。それなのに、前世《ぜんせ》の因縁《いんねん》があったので、全《まった》くこの世界《せかい》にやって来《き》たのです。今《いま》は帰《かえ》らねばならなくなってしまったので、今《こん》月《げつ》の十五日《もち》に、もとの国《くに》である月《つき》の都《みやこ》から、迎《むか》えに人々《ひとびと》がやって来《こ》ようとしています。のがれるすべなく、きっと行《い》かねばならないので、ご両親様《りょうしんさま》がお嘆《なげ》きになるだろうと思《おも》うと、それが悲《かな》しくて、そのことを、この春《はる》から思《おも》い嘆《なげ》いていたのでございます。」といってひどく泣《な》くので、じいさんは、「これは、なんとしたことをおっしゃいますか。竹《たけ》の中《なか》から見《み》つけ申《もう》しましたけれども、その時《とき》には、菜種《なたね》ほどの大《おお》きさでいらっしゃったのに、わたしのたけに立《た》ち並《なら》ぶほどにまで、養育《よういく》申《もう》し上《あ》げたわたしの子を、だれがお迎《むか》え申《もう》せましょうぞ。迎《むか》えにきても、ほんとうに許《ゆる》せましょうか、そんなことはできない。」といって、「わたしがさきに死《し》んでしまおう。」といって泣《な》きさわぐのが、全《まった》く堪《た》えきれない様子《ようす》である。かぐや姫《ひめ》がいうには、「わたしは月《つき》の都《みやこ》の人で、父母《ちちはは》があります。しばらくの間《ま》といって、あの国《くに》からやってきたのでしたが、このように、この国《くに》に、多《おお》くの年《とし》を過《す》ごしたのでございますよ。あの月《つき》の国《くに》の父母《ちちはは》のことも思《おも》い出《だ》されもせず、この国《くに》にこのように久《ひさ》しくお遊《あそ》び申《もう》し上《あ》げ、お慣《な》れ申《もう》しました。月《つき》の都《みやこ》に帰《かえ》るにあたっても、ひどくうれしいような気持《きも》ちもせず、ただもう、悲《かな》しいだけです。しかしながら、自分《じぶん》の心《こころ》ならずも行《い》ってしまうことになりましょう。」といって、いっしょになってひどく激《はげ》しく泣《な》いた。召《め》し使《つか》われる人《ひと》たちも、年《とし》ごろ慣《な》れ親《した》しんで、別《わか》れてしまうようになることを嘆《なげ》かわしがり、気持《きも》ちなども上品《じょうひん》で、美《うつく》しかったことを見《み》なれていて、別《わか》れてのちに恋《こい》しかろうと思《おも》うと、今《いま》からこらえかねて、湯水《ゆみず》ものどを通《とお》らず、翁媼《おきなおうな》と同《おな》じ気持《きも》ちで悲《かな》しがったことである。

中譯

快到中秋節的一天有月亮的晚上，赫夜姬靠近門邊，哭得很厲害。現在有人看見也照哭不誤。父母目睹此情，也慌了手腳問：「什麼事呀？」赫夜姬邊哭邊回答：「以前就想向爸媽說明的，但是怕這樣一來，一定會使爸媽不安，現在已到了時候，不想再老是隱藏了，乾脆向爸媽說明原由吧！我不是凡界的人，我是月宮裏的仙女。儘管那樣，因爲有前世因緣，所以才降到塵世來。現今必須回去了，因此在本月十五日晚上，故國月宮來很多人迎接我。無法逃避，非回去不可的，我想爸媽會因爲我離開而嘆息，所以我心裏難過，爲此，從春天起就憂思哀嘆。」赫夜姬說著，哭得很傷心，竹取翁說：「妳說的是什麼事呀？當時，我在竹筒中找到妳，小得和菜子差不多大（前面曾說三寸大，現在卻說大小同菜子，似爲原作者筆誤，但有些研究竹取物語的學者認爲是形容其小而已，並非眞的同菜子一樣大小），而今卻把妳視同己子養育得幾乎和我一般高了，誰來迎接妳呀！縱然有人來迎接，我豈能眞的准許嗎？辦不到！」竹取翁接著說：「我先死了吧！」竹取翁哭嚷著，完全是一副不堪忍受痛苦的樣子，赫夜姬說：「我是月宮裏的人，也有父母在那兒，自從離開月宮到塵世來已經過了很久，就是這樣經過好幾年喲。我不思念月宮裏的父母，在這個國度裏（塵世）待了很久，覺得習慣了。雖然面臨回月宮的日子不遠，但是卻沒有很高興的心情，只有益增悲痛而已。可是，由不得自己的心意，還是要去的囉！」赫夜姬也一起非常激動地哭泣。侍女們年來和赫夜姬相處得很融洽，也爲了將離別而嘆息，看慣了赫夜姬的性情溫文而雅及她的美貌，一旦分手之後，該會思念吧！自現在起就難忍將要離別之苦，連茶水都不能下嚥，竹取翁及老婆婆也是同樣的悲慟。

注釋

❶あわてふためく　〔自五・Ⅰ〕驚慌失措、手忙腳亂。

❷ながら　〔接助〕一面……一面……、邊……邊……

❸まどわす　〔惑わす〕〔他五・Ⅰ〕使困惑、擾亂。

❹それなのに　〔接〕儘管那樣、雖然那樣。

❺のがれる　〔逃れる〕〔自下一・Ⅱ〕逃遁、逃避。

❻さわぐ　〔騒ぐ〕〔自五・Ⅰ〕吵嚷、騷動。

❼じょうひん　〔上品〕〔形動ダ〕文雅、有禮、高尚。

❽こらえかねる　〔耐え兼ねる〕〔他下一・Ⅱ〕難以忍受〔痛苦〕。

❾ゆみず　〔湯水〕〔名〕開水及冷水。

〔三九〕八月十五日《はづきもち》ばかりの月《つき》に出《い》でて、かぐや姫《ひめ》いといたく泣《な》き給《たま》ふ。人目《ひとめ》も今《いま》はつつみ給《たま》はず泣《な》き給《たま》ふ。これを見《み》て、親《おや》どもも、「何事《なにごと》ぞ。」と問《と》ひさわぐ。かぐや姫《ひめ》泣《な》く泣《な》くいふ、「さきざきも申《まを》さむと思《おも》ひしかど、かならず心惑《こころまど》はむものぞと思《おも》ひて、今《いま》まで過《すご》し侍《はべ》りつるなり。さのみやはとて、うち出《い》で侍《はべ》りぬるぞ。おのが身《み》は、この国《くに》の人《ひと》にもあらず、月《つき》の都《みやこ》の人《ひと》なり。それをなむ、昔《むかし》の契《ちぎり》ありけるによりてなむ、この世界《せかい》にはまうで来《きた》りける。今《いま》は帰《かへ》るべきになりにければ、この月《つき》の十五日《もち》に、かの本《もと》の国《くに》より迎《むか》へに人人《ひとびと》まうでこむず。さらず罷《まか》りぬべければ、おぼし歎《なげ》かむが悲《かな》しきことを、この春《はる》より思《おも》ひ歎《なげ》き侍《はべ》るなり。」といひて、いみじく泣《な》くを、翁《おきな》、「こはなでふ事宣給《ことのたま》ふぞ。竹《たけ》の中《なか》より見《み》つけ聞《きこ》えたりしかど、菜種《なたね》の大《おほ》きさおはせしを、わがたけたち並《なべ》ぶまで養《やしな》ひ奉《たてまつ》りたるわが子《こ》を、何人《なにびと》か迎《むか》へ聞《きこ》えむ。まさに許《ゆる》さむや。」といひて、「我《われ》こそ死《し》なめ。」とて、泣《な》きののしること、いと堪《た》へ難《がた》げなり。かぐや姫《ひめ》のいはく、「月《つき》の都《みやこ》の人《ひと》にて父母《ちちはは》あり。片時《かたとき》の間《ま》とて、かの国《くに》よりまうで来《こ》しかども、かくこの国《くに》には、あまたの年《とし》を経《へ》ぬるになむありけり。かの国《くに》の父《ちち》母《はは》の事《こと》もおぼえず、ここにはかく久《ひさ》しく遊《あそ》び聞《きこ》えてならひ奉《たてまつ》れり。いみじから む心地《ここち》もせず、悲《かな》しくのみある。されど、おのが心《こころ》ならず罷《まか》りなむとする。」 といひて、諸共《もろとも》にいみじう泣《な》く。使《つか》はるる人人《ひとびと》も、年《とし》ごろならひて、たち別《わか》れなむことを、心《こころ》ばへなど、あてやかに美《うつく》しかりつることを見《み》ならひて、恋《こひ》しからむことの堪《た》へがたく、湯水《ゆみず》も飲《の》まれず、同《おな》じ心《こころ》に歎《なげ》かしがりけり。（九ノ二）

要　旨

かぐや姫《ひめ》が、その素性《すじょう》を明《あ》かしたので、翁《おきな》や召使《めしつかい》たちが、嘆《なげ》き悲《かな》しむさまを述《の》べた。八月十五《はづきもち》夜《や》に近《ちか》いころの月《つき》に対《たい》して、姫《ひめ》は人目《ひとめ》もかまわずに泣《な》き悲《かな》しみ、翁《おきな》の問《と》いに答《こた》えて、自分《じぶん》は月《つき》の都《みやこ》の者《もの》で、ふとした縁《えん》でこの国《くに》に来《き》たのであるが、この十五日《もち》に迎《むか》えの者《もの》が来《く》ることになっている、それで別《わか》れの悲《かな》しさにこの春《はる》から思《おも》い嘆《なげ》いていたことを明《あ》かす。翁《おきな》はこれを聞《き》いて、ひどく悲《かな》しみ怒《いか》り、「我《われ》こそ死《し》なめ」と泣《な》きさわぐ。かぐや姫《ひめ》も、心《こころ》ならず去《さ》らねばならぬことをいって、ともどもに泣《な》き、召使《めしつかい》たちも年来《ねんらい》の情義《じょうぎ》を思《おも》って、恋《こい》しさに堪《た》えられず、同《おな》じ心《こころ》に泣《な》き悲《かな》しむというのである。

語　釈

◇**人目《ひとめ》も今《いま》はつつみ給《たま》はず**　前《まえ》には人目《ひとめ》をはばかって泣《な》いていたのに、今《いま》となっては人《ひと》の見《み》るのもおかまいなく。「つつむ」は隠《かく》す意《い》。

◇**さきざきも**　前《まえ》にも。翁《おきな》に前《まえ》に聞《き》かれた場合《ばあい》のこと。

◇**さのみやはとて**　そんなに隠《かく》してばかりいられようかと思《おも》って。「やは」の下《した》に「隠《かく》すべき」が省《はぶ》かれている。

◇**うち出《い》で**　口《くち》に出《だ》していう、打《う》ち明《あ》ける。

◇**この国《くに》**　この人間世界《にんげんせかい》。

◇**月《つき》の都《みやこ》**　月《つき》の世界《せかい》をほめていう。

◇**それをなむ**　それであるのに。「なむ」は係《かか》りの助詞《じょし》、下《した》にも「なむ」が重《かさ》なって用《もち》いられている。

◇**昔《むかし》の契《ちぎり》**　昔《むかし》の約束《やくそく》、前世《ぜんせ》の縁《えん》。

◇**帰《かへ》るべきになりにければ**　帰《かえ》らねばならぬようになってしまったので。「べき」は当然《とうぜん》の意《い》の助動詞《じょどうし》「べし」の連体形《れんたいけい》。「なりにければ」は、なってしまって、その状態《じょうたい》がずっと今《いま》も続《つづ》いているのでの意《い》。

◇**本《もと》の国《くに》**　月《つき》の都《みやこ》をさす。

◇**まうでこむず**　やってくるでしょう。「むず」は「むとす」のつづまったもので、「む」の意《い》を強《つよ》めた言《い》い方《かた》。

◇**さらず**　「避《さ》らず」で、避《さ》けることができず、是非《ぜひ》なくの意《い》。

◇**こは**　これは。

◇**なでふ事《こと》**　何《なに》ということ。「なんでふ」に同《おな》じ。「なんといふ」のつづまったもの。

◇**見《み》つけ聞《きこ》えたりしかど**　見《み》つけ申《もう》し上《あ》げたのであったが。「聞《きこ》え」は謙譲《けんじょう》の意《い》をそえる助動詞《じょどうし》のようなはたらきをする。ここでは翁《おきな》の動作《どうさ》を表《あら》わす語《ご》について、翁《おきな》の動作《どうさ》を謙《けん》そんしていうのに用《もち》い、その動作《どうさ》の及《およ》ぶ相手方《あいてかた》、かぐや姫《ひめ》を間接《かんせつ》に高《たか》めている。

◇**菜種《なたね》の大《おほ》きさおはせしを**　菜種《なたね》ほどの大《おお》きさでおいでになったのに。初《はじ》めに「三寸《さんずん》ばかりなる人《ひと》」とあったのと同《おな》じく、小《ちい》さいことのたとえ。「を」は逆接《ぎゃくせつ》の助詞《じょし》、「のに」「のだが」の意《い》。

◇**わがたけたち並《なら》ぶまで**　この翁《おきな》のたけに立《た》ち並《なら》ぶほどの大《おお》きさまで。

◇**まさに**　どうして、正《まさ》しく「あに」と同《おな》じ。

◇**許《ゆる》さむや**　許《ゆる》すことができようか、とても許《ゆる》せない。「や」は反語《はんご》の助詞《じょし》。

◇**我《われ》こそ死《し》なめ**　わたしがさきに死《し》のう。「め」は意志《いし》の助動詞《じょどうし》「む」の已然形《いぜんけい》で、「こそ」の結《むす》び。

◇**泣《な》きののしる**　泣《な》きさわぐ。「ののしる」は大声《おおごえ》でわめく意《い》。

◇**片時《かたとき》の間《ま》とて**　しばらくの間《ま》のことだといって。

◇**おぼえず**　思《おも》われず。

◇**ならひ奉《たてまつ》れり**　おなれ申《もう》しています。

◇**いみじからむ心地《ここち》もせず**　うれしいような気《き》もしない。「いみじ」はものの程度《ていど》のはなはだしいのを表《あら》わす語《ご》で、よいことにもわるいことにもいう。ここは、はなはだしくうれしいの意《い》。

◇**おのが心《こころ》ならず**　自分《じぶん》の意志《いし》でなく。

◇**罷《まか》りなむとする**　行《い》ってしまうことになりましょう。「とする」は「む」の意《い》を強《つよ》める語《ご》でつづまれば「ずる」となる。

◇**心《こころ》ばへ**　心《こころ》の趣《ばえ》、気持《きも》ち。

◇**あてやかに**　上品《じょうひん》に。

◇**恋《こひ》しからむことの堪《た》へがたく**　恋《こい》しかろうと思《おも》うにつけても耐《た》えがたくて。

◇**同《おな》じ心《こころ》に**　翁《おきな》・嫗《おうな》と同《おな》じ心《こころ》で。

(四十)

このことを天皇《てんのう》がお聞《き》きになって、竹取《たけとり》の家《いえ》にお使《つか》いをおつかわしになる。お使《つか》いに竹取《たけとり》が会《あ》ってひどく泣《な》き悲《かな》しむ。このかぐや姫《ひめ》が天上《てんじょう》に上《あ》がるのを嘆《なげ》くために、ひげも白《しろ》くなり、腰《こし》も曲《ま》がり、目《め》も赤《あか》くはれ上《あ》がってしまった。じいさんはことし五十歳《ごじゅっさい》ほどであったが、心配《しんぱい》ごとのあるときには、わずかの間《ま》に老《お》いぼれになってしまったものと思《おも》われる。お使《つか》いが天皇《てんのう》のおことばといってじいさんにいうには、「聞《き》くところによると、たいそう悩《なや》んで心配《しんぱい》しているということだが、それはほんとうか。」とおおせされる。竹取《たけとり》が泣《な》き泣《な》き申《もう》すことには、「この十五日《もち》に、月《つき》の都《みやこ》から、かぐや姫《ひめ》の迎《むか》えにやってくるそうです。ありがたくもお尋《たず》ねくださいます。この十五日《もち》には、人々《ひとびと》をおつかわしいただいて、月《つき》の都《みやこ》の人《ひと》がやって来《き》たら、捕《とら》えさせましょう。」と申《もう》し上《あ》げる。お使《つか》いが宮中《きゅうちゅう》に帰参《きさん》して、じいさんの悲《かな》しんでいるありさまを申《もう》し上《あ》げ、その申《もう》し上《あ》げた趣《おもむき》を申《もう》すのをお聞《き》きになって、天皇《てんのう》はこうおっしゃる。「一目見《ひとめみ》た自分《じぶん》の心《こころ》でさえ忘《わす》れないのに、日夜《にちや》見《み》なれているかぐや姫《ひめ》を手《て》ばなしては、どんなに悲《かな》しく思《おも》うだろう。」

中譯

天皇聽說此事，便派遣使者到竹取翁的家來。竹取翁會見使者時，哭得很悲痛。竹取翁因爲哀嘆赫夜姬將昇天，所以連鬍鬚都愁白了，腰也直不起來了、眼睛也哭得紅腫起來了。竹取翁雖然才五十歲左右（前面，竹取翁勸赫夜姬出嫁時，已逾七十歲，有些研究竹取物語的學者認爲「五十」可能是「九十」之誤），但是因爲有憂愁的心事，所以驟然之間覺得哀老了。使者轉告天皇的話說：「聽說，您有煩惱不安的事情，果眞是的嗎？」竹取翁哭呀哭地說：「聽說本月十五日，月宮上有人要來迎接小女回月宮去。感謝天皇的垂問。本月十五日，請天皇派官兵捉拿自月宮來的人吧！」使者回宮向天皇稟告竹取翁悲痛的情形，天皇聽完使者所說的大概情形之後，便嘆息道：「朕只見她一面，就沒法忘懷，何況竹取翁、老婆婆朝夕與她相處，不難想像得到，一旦分別，會多麼地悲痛呀！」

注釋

❶ つかわす　〔遣わす〕（他五・I）派遣、打發。

❷ おいぼれる　〔老耄れる〕（自下一・II）衰老。

❸ なやむ　〔悩む〕（自五・I）煩惱、憂愁、苦惱。

❹ そう　（助動詞）接於動詞終止形之下，表示傳聞。

〔四十〕 この事《こと》を御門《みかど》きこしめして、竹取《たけとり》が家《いへ》に御使《みつかひ》つかはさせ給《たま》ふ。御使《みつかひ》に竹取出《たけとりい》であひて、泣《な》くこと限《かぎ》りなし。この事《こと》を歎《なげ》くに、鬚《ひげ》も白《しろ》く、腰《こし》もかがまり、目《め》もただれにけり。翁《おきな》、今年《ことし》は五十《いそじ》ばかりなりけれども、物思《ものおも》ふ時《とき》には、片時《かたとき》になむ老《おい》になりにけると見《み》ゆ。御使《みつかひ》、仰《おほ》せ事《ごと》とて翁《おきな》にいはく、「いと心苦《こころくる》しく物思《ものおも》ふなるは、誠《まこと》か。」と仰《おほ》せ給《たま》ふ。竹取《たけとり》、泣《な》く泣《な》く申《まを》す、この十五日《もち》になむ、月《つき》の都《みやこ》より、かぐや姫《ひめ》の迎《むか》へにまうで来《く》なる。尊《たふと》くとはせ給《たま》ふ。この十五日《もち》には、人人《ひとびと》たまはりて、月《つき》の都《みやこ》の人《ひと》まうで来《こ》ば、捕《とら》へさせむ。」と申《まを》す。御使《みつかひ》かへり参《まい》りて、翁《おきな》のありさま申《まを》して、奏《そう》しつる事《こと》ども申《まを》すを、聞《きこ》し召《め》して宣給《のたま》ふ、「一目見給《ひとめみたま》ひし御心《みこころ》にだに忘《わす》れ給《たま》はぬに、明《あ》けくれ見《み》なれたるかぐや姫《ひめ》をやりて、如何思《いかがおも》ふべき。」 **〔九ノ三〕**

要旨

御門《みかど》のお使《つか》いが竹取《たけとり》の家《いえ》にやって来《き》て、おおせ事《ごと》を賜《たま》ることと、翁《おきな》の泣《な》いて上奏《じょうそう》することばとがしるされている。御門《みかど》の同情《どうじょう》におすがりして、姫《ひめ》を迎《むか》えにくる月《つき》の都《みやこ》の人《ひと》を捕《とら》えさせるための、兵士《へいし》をいただこうというのである。御門《みかど》は翁《おきな》の心情《しんじょう》にいたく同情《どうじょう》される。

語釈

◇**つかはさせ給《たま》ふ**　おつかわしになる。五段活用《ごだんかつよう》の動詞《どうし》「遣《つかは》す」の未然形《みぜんけい》「遣《つかは》さ」に敬意《けいい》をそえる助動詞《じょどうし》「す」の連用形《れんようけい》「せ」がつき、さらに「給《たま》ふ」のそえられたもので、「せ」は「給《たま》ふ」の敬意《けいい》をいっそう高《たか》めている。

◇**嘆《なげ》くに**　嘆《なげ》くによって、嘆《なげ》くので。「に」は原因《げんいん》・理由《りゆう》などを示《しめ》す助詞《じょし》。

◇**かがまり**　曲《ま》がって。

◇**目《め》もただれにけり**　目《め》も赤《あか》くはれてしまって。

◇**物思《ものおも》ふなるは**　物《もの》を思《おも》うというのは。「なる」は伝聞《でんぶん》の意《い》の助動詞《じょどうし》で、人《ひと》から聞《き》いたことをいう場合《ばあい》に用《もち》いる。用言《ようげん》の終止形《しゅうしけい》につくが、ラ変型《へんがた》のものには、連体形《れんたいけい》につく。

◇**泣《な》く泣《な》く**　終止形《しゅうしけい》を重《かさ》ねて副詞《ふくし》とした。のちには「泣《な》き泣《な》き」と連用形《れんようけい》を重《かさ》ねる。

◇**まうで来《き》なる**　これも前条《ぜんじょう》の「なり」と同《おな》じく伝聞《でんぶん》とみられる。かぐや姫《ひめ》から聞《き》くところによると、の意《い》をこめて考《かんが》えること。

◇**人人《ひとびと》たまはりて**　人人《ひとびと》をいただいて、兵士《へいし》たちをさしつかわせてくださって。

◇**奏《そう》しつる事《こと》ども**　翁《おきな》が天皇《てんのう》に申《もう》し上《あ》げた十五日《もち》の用意《ようい》のこと。「奏《そう》す」は天皇《てんのう》に申《もう》し上《あ》げるのにいい、皇后《こうごう》・皇太子《こうたいし》などには「啓《けい》す」といった。

◇**一目見給《ひとめみたま》ひし御心《みこころ》にだに忘《わす》れ給《たま》はぬに**　一目見《ひとめみ》ただけの自分《じぶん》の心《こころ》でさえ忘《わす》れないのに。ここに御門自身《みかどじしん》のことばに敬語《けいご》が使《つか》われているのは、前《まえ》にあったのと同《おな》じく天皇《てんのう》などが話《はな》される自称《じしょう》敬語《けいご》である。

(四一)

その八月十五日《はづきもち》の日《ひ》に、天皇《てんのう》は役所役所《やくしょやくしょ》に命《めい》じて、勅使《ちょくし》として近衛《このえ》の少将高野《しょうしょうたかの》の大国《おおくに》という人《ひと》を指名《しめい》して、六衛府《ろくえふ》の役人《やくにん》合《あ》わせて二千人《にせんにん》の人《ひと》を、竹取《たけとり》の家《いえ》につかわされる。竹取《たけとり》の家《いえ》に行《い》って、土《ど》べいの上《うえ》に千人《せんにん》、屋根《やね》の上《うえ》に千人《せんにん》、竹取《たけとり》の家《いえ》の人《ひと》たちがたいそう多《おお》かったのに合《あ》わせて、あいているすきもなく守《まも》らせる。この守《まも》る人《ひと》たちも、役人《やくにん》と同様弓矢《どうようゆみや》を持《も》って、おもやの内《うち》では、ばあさんたちを番《ばん》において守《まも》らせる。ばあさんは塗籠《ぬりごめ》の内《うち》に、かぐや姫《ひめ》を抱《だ》いている。じいさんも塗籠《ぬりごめ》の戸《と》をしめて戸口《とぐち》にいる。じいさんがいうには、「これほど厳重《げんじゅう》に守《まも》っている所《ところ》に、天《あめ》の人《ひと》が来《き》たとしても、負《ま》けようか。」といって、屋根《やね》の上にいる人《ひと》たちにいうには、「少《すこ》しでも何《なに》か空《そら》に飛《とん》んだら、とっさに射殺《いころ》してください。」守《まも》る人《ひと》たちがいうには、「これほどにして守《まも》っているところに、こうもり一匹《いっぴき》でも飛《とん》んできたら、まず射殺《いころ》して、見《み》せしめにそとにさらそうと思《おも》っております。」という。じいさんはこれを聞《き》いて頼《たの》もしがっている。

中譯

八月十五日的白天，天皇下聖旨到各官署，指名近衛少將高野大國為欽差大臣派遣，統率六衛府的官兵二千人到竹取翁家去。來到竹取翁家，命令一千人在土牆上、另外一千人在屋頂上守衛，竹取翁家裏的人也參加守衛、守衛得水洩不通，竹取翁家裏的人和官兵一樣，也手持弓箭，婦人們在正堂內輪流守候，老婆婆（竹取翁的妻子）在倉庫內抱住赫夜姬。竹取翁關上倉庫的門，並且就站在倉庫門口守望。竹取翁說：「天上的人到守衛如此嚴密的地方來，大概無計可施了吧？」並向在屋頂上守衛的人們說：「只要有一點東西在天上飛，請立刻射殺！」守衛的人們說：「我們想，一隻蝙蝠如果飛到守望如此嚴密的地方來，不管怎樣，先射殺，曝屍示眾，以儆效尤！」竹取翁聽到他們這樣說，覺得可以依靠他們了。

注釋

❶ ちょくし〔勅使〕（名）欽差大臣。

❷ ろくえふ〔六衛府〕（名）六個守衛宮城的機關，計有：左右近衛府、左右衛門府、左右兵衛府等。

❸どべい　〔土塀〕（名）土牆。

❹おもや　（名）正房、主房、正堂。

❺ぬりごめ　〔塗籠〕（名）泥牆小窗類似倉庫的房子。

❻しめる　〔締める〕（他下一・Ⅱ）關上（門）。

❼げんじゅう　〔厳重〕（形動ダ）嚴密、嚴加、嚴格。

❽とっさに　（副）馬上、立刻、瞬間。

❾こうもり　〔蝙蝠〕（名）蝙蝠。

❿まず　不管怎樣，先……

⓫みだしめ　（名）警衆、以儆效尤。

⓬そと　〔外〕（名）外面。

⓭さらす　〔晒す〕（他四）示眾、曬。

〔四二〕かの十五日《もち》の日《ひ》、司司《つかさつかさ》に仰《おほ》せて、勅使少将高野《ちょくしせうしやうたかの》の大国《おほくに》といふ人《ひと》をさして、六衞《ろくゑ》の司合《つかさあは》せて、二千人《にせんにん》の人《ひと》を、竹取《たけとり》が家《いへ》につかはす。家《いへ》に罷《まか》りて、築地《ついじ》の上《うへ》に千人《せんにん》、屋《や》の上《うへ》に千人《せんにん》、家《いへ》の人人《ひとびと》いと多《おほ》かりけるに合《あは》せて、あける隙《ひま》もなく守《まも》らす。この守《まも》る人人《ひとびと》も、弓箭《ゆみや》を帯《たい》して、母屋《もや》の内《うち》には、嫗《おうな》どもを番《ばん》にすゑて守《まも》らす。嫗《おうな》、塗籠《ぬりごめ》の内《うち》にかぐや姫《ひめ》を抱《いだ》かへて居《を》り。翁《おきな》も塗籠《ぬりごめ》の戸《と》をさして戸口《とぐち》に居《を》り。翁《おきな》のいはく、「かばかり守《まも》る所《ところ》に、天《あめ》の人《ひと》にもまけむや。」といひて、屋《や》の上《うへ》に居《を》る人人《ひとびと》にいはく、「つゆも物《もの》、空《そら》にかけらば、ふと射殺《いころ》し給《たま》へ。」守《まも》る人人《ひとびと》のいはく、「かばかりして守《まも》る所《ところ》に、かはほり一《ひと》つだにあらば、まづ射殺《いころ》して、外《ほか》にさらさむと思《おも》ひ侍《はべ》り。」といふ。翁《おきな》これを聞《き》きて、たのもしがり居《を》り。〔九ノ四〕

要旨

竹取《たけとり》の翁《おきな》の家《いえ》の防備《ぼうび》のありさまについて述《の》べている。朝廷《ちょうてい》からも勅使《ちょくし》に二千《にせん》の兵士《へいし》をそえて応《おう》援《えん》につかわされる。竹取《たけとり》の家《いえ》にいる多数《たすう》の人々《ひとびと》とともに、あいている場所《ばしょ》もなく守《まも》り固《かた》める。嫗《おうな》は姫《ひめ》をかかえて塗籠《ぬりごめ》の中《なか》にいる。翁《おきな》は戸口《とぐち》にひかえる。屋根《やね》の上《うえ》の人《ひと》も勇《いさ》ましげにものをいい、竹取《たけとり》の翁《おきな》も大《おお》いに頼《たの》もしがっているというのである。

語釈

◇**司司《つかさつかさ》**　方々《ほうぼう》の役所《やくしょ》。
◇**勅使《ちょくし》**　天皇《てんのう》の命《めい》をうけて正式《せいしき》に行《い》く使《つか》い。
◇**少将《せうしやう》**　近衛府《このえふ》の少将《しょうしょう》。武官《ぶかん》で正五位下《せいごいした》にあたる官《かん》。
◇**高野《たかの》の大国《おほくに》**　勅使《ちょくし》の名《な》だが実在《じつざい》の人《ひと》ではない。
◇**さして**　指名《しめい》して。
◇**六衛《ろくゑ》の司《つかさ》**　左右《さゆう》の近衛府《このえふ》、左右《さゆう》の衛門府《えもんふ》、左右《さゆう》の兵衛府《ひょうえふ》を合《あ》わせて六衛府《ろくえふ》という。朝廷《ちょうてい》を守《まも》る役所《やくしょ》。

◇家《いえ》に罷《まか》りて　竹取《たけとり》の家《いえ》に行《い》って。「罷《まか》る」は退出《たいしゅつ》する意《い》。とうとい所《ところ》から離《はな》れ去《さ》るのにいう。この反対《はんたい》が「参《まい》る」。

◇築地《ついじ》　「つきひぢ」の音便《おんびん》。土《つち》を盛《さか》って築《きず》いたへい。「ひぢ」は泥土《でいど》のこと。

◇家《いへ》の人人《ひとびと》　竹取《たけとり》の家《いえ》に召《め》し使《つか》われる人々《ひとびと》。

◇母屋《もや》　邸宅《ていたく》のおもな家屋《かおく》。中心《ちゅうしん》となる建物《たてもの》で、今《いま》は「おもや」という。

◇塗籠《ぬりごめ》　土壁《どへき》で四方《しほう》を塗《ぬ》りこめた所《ところ》で、器財《きざい》を入《い》れておく。土蔵《どぞう》。

◇抱《いだ》かへて居《お》り　だきかかえている。

◇つゆも　少《すこ》しでも、ほども。

◇ふと　とっさに、すぐに。

◇かはほり　蝙蝠《こうもり》、こうもり。

◇外《ほか》にさらさむ　死《し》がいを外《そと》にさらそう。

（四二）

これを聞《き》いてかぐや姫《ひめ》は、「戸《と》をしめきって押《お》し込《こ》めて守《まも》り戦《たたか》おうという計画《けいかく》を立《た》てたとしても、あの月《つき》の都《みやこ》の人《ひと》に対《たい》して、戦《たたか》うことはできないのです。弓矢《ゆみや》で射《い》ることはできますまい。このようにとじ込《こ》めてあっても、あの月《つき》の都《みやこ》の人《ひと》が来《き》たら、皆《みな》あいてしまいます。迎《むか》え戦《たたか》おうとしても、あの月《つき》の都《みやこ》の人《ひと》が来《き》たら、強《つよ》い心《こころ》の持《も》てる人《ひと》はけっしてありますまい。」という。翁《おきな》がいうには、「お迎《むか》えに来《き》たら、その人《ひと》に対《たい》して長《なが》いつめで目玉《めだま》をつかみつぶそう。そいつの髪《かみ》をつかんでひきむしってやろう。そいつの尻《しり》をまくり出《だ》して、多《おお》くの役人《やくにん》たちに見《み》せて恥《はじ》をかかせよう。」と腹《はら》をたてている。かぐや姫《ひめ》がいうには、「大声《おおごえ》でおっしゃいますな。屋根《やね》の上《うえ》にいる人《ひと》たちが聞《き》くと、ほんとうにみっともない。今《いま》までわたくしにお示《しめ》しになったご厚志《こうし》を考《かんが》えもしないで、行《い》ってしまうことが、残念《ざんねん》に思《おも》われるのでございます。長《なが》い宿縁《しゅくねん》がなかったので、まもなく帰《かえ》っていってしまわねばならないだろうと思《おも》うと、それが悲《かな》しいのでございます。親《おや》たちへの孝養《こうよう》を、少《すこ》しでもいたしませんで、帰《かえ》っていくというのは、その道中《どうちゅう》も安《やす》らかではあるまいと思《おも》われるので、この間《あいだ》からも端近《はしぢか》く出《で》ていて、今年《ことし》だけの猶予《ゆうよ》を願《ねが》いましたが、ぜんぜん許《ゆる》されないので、それでこのように思《おも》い嘆《なげ》いているのです。ご心配ばかりおかけして、去ってしまうということが、悲しく堪えがたいのでございます。あの月《つき》の都《みやこ》の人《ひと》は、たいそうきれいで、年老《としお》いることもございません。心《こころ》に思《おも》い悩《なや》むこともございません。そのような所《ところ》へ行《い》くというのも、ひどくうれしいこともございません。親《おや》たちの老衰《ろうすい》なさったお姿《すがた》を見申《みもう》さないということが、さぞかし恋《こい》しいことでしょう。」といって泣《な》く。じいさんは、胸《むね》のいたくなるようなことをなさいますな、きれいな姿《すがた》をした月《つき》の都《みやこ》の使《つか》いにだって、じゃまされることはあるまい。」とくやしがっている。

中譯

赫夜姬聽說了這種守衛的情形，便對竹取翁說：「把門關緊、不讓我出來，雖然訂下了這種守衛戰的計畫，但對月宮的人來說，仍無法戰勝他們。用弓箭射可能也射不出去。雖然像這樣緊閉起來，只要那月宮裏的人一來，便全部敞開了。雖然想迎戰，那月宮裏的人一來，有強烈作戰意志的人，一定也沒有了吧！」竹取翁生氣說：「迎接妳的人如果來的話，要用長指甲抓碎他的眼珠、揪落那個傢伙的頭髮、露出那個傢伙的屁股，讓他在眾官兵面前出醜喲！」赫夜姬說：「別那麼大聲！被屋頂上守望的人聽到的話，太不成體統了。您們從前對我的呵護厚愛，我沒去想（沒有報恩），這就要走了，一想到很抱歉，便為此難過。一點都沒盡對雙親的孝養，回月宮去，在歸途中內心都會覺得不安，因此近來（屢次）倚門祈願、希望只要延期到今年底，但是根本不被准許，所以才這樣憂思悲嘆。讓您們憂愁，一旦離去了，更不堪悲痛了。那月宮裏的人都很美、永遠青春長駐，且無憂無慮，雖然到那樣的地方去，我也並不太高興。不會看見雙親的衰老容貌、唯有此諒必是值得欣慰的事吧！」赫夜姬淌著淚說。竹取翁悔恨說：「別（為了不能孝養我們而）那樣傷心，不要因此妨礙了容姿端麗的月宮使者。」

注 釋

❶ しめきる　〔締切る〕（他五・Ⅰ）緊閉（門）。
❷ おしこめる　〔押し込める〕（他下一・Ⅱ）監禁、禁閉、塞入。
❸ とじこめる　〔閉じ込める〕（他下一・Ⅱ）關在裏面不讓出來。
❹ あく　〔開く〕（自五・Ⅰ）開。
❺ めだま　〔目玉〕（名）眼珠、眼球。
❻ つかみつぶす　〔掴み潰す〕（他五・Ⅰ）抓碎。
❼ そいつ　〔奴〕（代）那個傢伙、那個東西。
❽ ひきむしる　〔引き毟る〕（他五・Ⅰ）揪（頭髮）。
❾ しり　〔尻〕（名）屁股。
❿ まくりだす　〔捲り出す〕（他五・Ⅰ）露出來。
⓫ みっともない　（形）不像樣的、有失禮統的。
⓬ こうし　〔厚志〕（名）厚誼、厚情。
⓭ しゅくえん　〔宿縁〕（名）（佛教語）前世因緣、宿緣。

⓮ゆうよ　〔猶予〕（名、自他サ・Ⅲ）延期、猶豫。
⓯ぜんぜん　〔全然〕（副）（下接否定語）全然、絲毫（不）。
⓰さぞかし　（副）如此、諒必、想必。
⓱こいしい　〔恋しい〕（形）懷念的、親愛的。
⓲じゃま　〔邪魔〕（名、他サ・Ⅲ）防礙、打攪、累贅。
⓳くやしがる　〔悔しがる〕（他五・Ⅰ）悔恨。

〔四二〕これを聞《き》きて、かぐや姫《ひめ》は、「さし籠《こ》めて守《まも》り戦《たたか》ふべきしたくみをしたりとも、あの国《くに》の人《ひと》を、え戦《たたか》はぬなり。弓箭《ゆみや》して射《い》られじ。かくさし籠《こ》めてありとも、かの国《くに》の人来《ひとこ》ば、皆《みな》あきなむとす。あひ戦《たたか》はむとすとも、かの国《くに》の人来《ひとこ》ば、たけき心《こころ》つかふ人《ひと》も、よもあらじ。」翁《おきな》のいふやう、「御迎《おんむか》へに来《こ》む人《ひと》をば、長《なが》き爪《つめ》して眼《まなこ》をつかみつぶさむ。さが髪《かみ》をとりてかなぐり落《おと》さむ。さが尻《しり》をかき出《い》でて、ここらのおほやけ人《ひと》に見《み》せて恥見《はぢみ》せむ。」と腹立《はらだ》ちをり。

かぐや姫《ひめ》いはく、「声高《こわだか》にな宣給《のたま》ひそ。屋《や》の上《うへ》に居《を》る人《ひと》どもの聞《き》くに、いとまさなし。いますがりつる志《こころざし》どもを、思《おも》ひも知《し》らで、罷《まか》りなむずる事《こと》の口惜《くちお》しう侍《はべ》りけり。永《なが》き契《ちぎり》のなかりければ、程《ほど》なく罷《まか》りぬべきなめりと思《おも》ふが、悲《かな》しくて侍《はべ》るなり。親《おや》たちのかへりみを、いささかだに仕《つか》うまつらで、まからむ道《みち》も、安《やす》くもあるまじきに、月《つき》ごろも出《い》でゐて、今年《ことし》ばかりの暇《ひま》を申《もう》しつれど、更《さら》に許《ゆる》されぬによりてなむ、かく思《おも》ひなげき侍《はべ》る。御心《みこころ》をのみまどはして、去《さ》りなむことの悲《かな》しく堪《た》へがたく侍《はべ》るなり。かの都《みやこ》の人《ひと》は、いとけうらに、老《お》いもせずなむ。思《おも》ふこともなく侍《はべ》るなり。さるところへ罷《まか》るらむずるも、いみじくも侍《はべ》らず。老《お》いおとろへ給《たま》へるさまを、見奉《みたてまつ》らざらむこそ恋《こい》しからめ。」といひて泣《な》く。翁《おきな》、「胸《むね》いたき事《こと》なし給《たま》ひそ。うるはしき姿《すがた》したる使《つかひ》にもさはらじ。」とねたみ居《お》り。**（九ノ五）**

要旨

かぐや姫《ひめ》の天上界《てんじょうかい》へ去《さ》りゆく嘆《なげ》きを述《の》べている。かぐや姫《ひめ》は、翁《おきな》に向《む》かって月《つき》の都《みやこ》の人《ひと》の力《ちから》がすぐれていて、どんなに防備《ぼうび》を固《かた》めても無用《むよう》であることを説《と》く。翁《おきな》は腹《はら》をたてて天人《あまびと》をののしり、あくまで姫《ひめ》を放《はな》すまいとする。姫《ひめ》はさらに、去《さ》らねばならぬやむない事情《じじょう》を言《い》い、親《おや》たちへの教養《きょうよう》も尽《つ》くさず、その悲《かな》しみをも思《おも》わずして去《さ》らねばならぬ運命《うんめい》を、悲《かな》しんでいる由《よし》を述《の》べる。翁《おきな》はこれを聞《き》いてもなお、あきらめかねるというのである。

語釈

◇**さし籠《こ》めて**　戸《と》を閉《と》じて中《なか》に押《お》し込《こ》めて。

◇**したくみ**　計画《けいかく》、用意《ようい》。

◇**え戦《たたか》はぬなり**　戦《たたか》うことはできないのだ。「え」は「できる」意《い》の副詞《ふくし》、「ぬ」は打消《うちけし》の助動《じょどう》詞《し》「ず」の連体形《れんたいけい》、「なり」は断定《だんてい》の助動詞《じょどうし》。

◇**あの国《くに》の人《ひと》を**　あの月《つき》の都《みやこ》の人《ひと》に対《たい》して。「を」は「に対《たい》して」の意《い》。

◇**あきなむとす**　あいてしまいます。「あき」は五段《ごだん》の動詞《どうし》の連用形《れんようけい》、「な」は「ぬ」の未然形《みぜんけい》で強意《きょうい》、「む」は推量《すいりょう》の助動詞《じょどうし》終止形《しゅうしけい》、それに「とす」がついて意味《いみ》を強《つよ》めている。「むとす」は複合《ふくごう》して「むず」ともなる。

◇**たけき心《こころ》**　勇猛《ゆうもう》な心《こころ》。

◇**よもあらじ**　けっしてあるまい。「よも」は強《つよ》めていう副詞《ふくし》で、下《した》に打消《うちけし》しのことばで応《おう》ずる。

◇**さが髪《かみ》**　「さ」は「し」と同《おな》じ人代名詞《ひとだいめいし》で他称《たしょう》の語《ご》。そいつの髪《かみ》の意《い》。「さが尻《しり》」も同《おな》じ。

◇**かなぐり落《おと》さむ**　ひきむしって落《お》としてやろう。

◇**かき出《い》でて**　かき出《だ》して、露出《ろしゅつ》させて。

◇**ここらの**　多数《たすう》の。

◇**おほやけ人《ひと》**　朝廷《ちょうてい》から来《き》た役人《やくにん》。

◇**まさなし**　「正無《まさな》し」、正気《しょうき》のさたでない、見苦《みくる》しい。

◇**いますがりつる志《こころざし》どもを**　今までのご厚意《こうい》を。「いますがり」は「あり」の敬語《けいご》。

◇**罷《まか》りなむずる事《こと》**　行《い》ってしまうということ。

◇**永《なが》き契《ちぎり》**　長《なが》くこの世《よ》にいるべき運命《うんめい》。「契《ちぎり》」は約束《やくそく》、縁《えん》、ここでは前世《ぜんせ》の縁《えん》。

◇**罷《まか》りぬべきなめり**　どうしても行《い》かねばならぬようである。「ぬ」は当然《とうぜん》の意《い》の「べき」の意《い》を強《つよ》めている。「なめり」は「なるめり」の意《い》で、断定《だんてい》の「なる」に、推量《すいりょう》の「めり」のそわったもの。

◇**かへりみ**　教養《きょうよう》、奉仕《ほうし》。「省《かえり》み」で親《おや》に仕《つか》えること。

◇**出《い》でゐて**　月《つき》の前《まえ》に出《で》ていて。

◇**今年《ことし》ばかりの暇《ひま》**　今年《ことし》だけこの世《よ》にとどまりたいという猶予《ゆうよ》。

◇**けうらに**　「清《きよ》ら」で美《うつく》しい意《い》。

◇**老《お》いもせずなむ**　老《お》いることもしないのであるな。「なむ」は係《かか》りの助詞《じょし》で、この下《した》に「侍《はべ》る」などが省《はぶ》かれている。不老不死《ふろうふし》の神仙《しんせん》思想《しそう》の現《あら》われ。

◇**思《おも》ふこともなく侍《はべ》るなり**　心配《しんぱい》ごともございません。天上界《てんじょうかい》の人《ひと》の特異性《とくいせい》をいう、地上《ちじょう》の人間《にんげん》のような感情《かんじょう》を持《も》たないことをいっている。

◇**いみじくも**　はなはだうれしくも、たいそうよくも。

◇**胸《むね》いたき事《こと》**　心のいたむこと、かぐや姫《ひめ》の孝心《こうしん》に、翁《おきな》の心《こころ》がいたむのである。

◇**うるはしき姿《すがた》したる使《つかひ》**　天《そら》からの使《つか》い、端麗《たんれい》な姿《すがた》をした天使《てんし》。

◇さはらじ　妨《さまた》げられまい。

◇ねたみ居《お》り　憎《にく》んでいる、くやしがっている。

（四三）

こうしているうちに宵《よい》が過《す》ぎて、午前零時《ごぜんれいじ》のころに、家《いえ》のあたりが昼《ひる》の明《あか》るさ以上《いじょう》に光《ひか》り輝《かがや》いた。それは満月《まんげつ》の明《あか》るさを十倍《じゅうばい》にしたほどで、そこにいる人《ひと》の毛《け》の穴《あな》までも、見《み》えるほどである。大空《おおぞら》から人《ひと》が雲《くも》に乗《の》って降《お》りてきて、地上五尺《ちじょうごしゃく》ほどの所《ところ》に立《た》ち並《なら》んだ。これを見《み》て、家《いえ》の内《うち》の人《ひと》も外《そと》の人《ひと》も、何《なに》かに襲《おそ》われたような気持《きも》ちになって、戦《たたか》おうとする気持《きも》ちもなかった。やっと心《こころ》を奮《ふる》い起《お》こして、弓矢《ゆみや》を取《と》り立《た》てて射《い》ようとするが、手《て》に力《ちから》もなくなって、しびれ曲《ま》がってしまった。それらの中《なか》で心《こころ》のしっかりとした者《もの》が、がまんしてむりにも射《い》ようとするが、それてよそのほうへ飛《と》んでいったので、荒々《あらあら》しく戦《たたか》うこともしないで、気持《きも》ちはひたすらぼう然自失《ぜんじしつ》していって、見守《みま》もりあっている。立《た》っている人《ひと》たちは、服装《ふくそう》のきれいなことは似《に》る物《もの》もない。空《そら》をかける車《くるま》を一《ひと》つ持《も》っている。薄絹《うすぎぬ》を張《は》った天蓋《てんがい》をさしかけている。その中《なか》で王《おう》と思《おも》われる人《ひと》が家《いえ》に向《む》かって、「造《みやつこ》麿《まろ》、出《で》てこい。」というと、気強《きづよ》く考《かんが》えていた造麿《みやつこまろ》も、何《なに》かに酔《よ》ったような気持《きも》ちになって、うつ伏《ぶ》せに伏《ふ》した。王《おう》がいうには、「汝《なんじ》、心幼《こころおさな》き翁《おきな》よ、おまえが前《ぜん》世《せ》でわずかばかりの善行《ぜんこう》をしたので、おまえの助《たす》けにと思《おも》って、かぐや姫《ひめ》を少《すこ》しの間《ま》と考《かんが》えて、天《そら》から降《お》ろしたのに、多《おお》くの年《とし》ごろ、多《おお》くの金《こがね》をくだされて、そのためおまえは身《み》を変《か》えたように金持《かねも》ちになってしまった。かぐや姫《ひめ》は罪《つみ》を犯《おか》されたから、このようにいやしいおまえの所《ところ》に、しばらくいらっしゃったのである。その罪《つみ》の期限《きげん》がすっかりすんだので、このように迎《むか》えるのに、おまえは泣《な》き嘆《なげ》くが、それはどうにもならないことである。早《はや》くお返《かえ》しなさい。」という。じいさんが答《こた》えていう。「かぐや姫《ひめ》を養《やしな》い申《もう》し上《あ》げることは、二十年《にじゅうねん》あまりになるのである。それを片時《かたとき》の間《ま》とおっしゃるので、どうも不思議《ふしぎ》になりました。また別《べつ》の所《ところ》に、かぐや姫《ひめ》を申《もう》す人《ひと》がいらっしゃるのでしょう。」という。「ここにいらっしゃるかぐや姫《ひめ》は、重《おも》い病気《びょうき》になっておられるから、出《で》ていらっしゃることはできますまい。」といいますと、その返事《へんじ》はなくて、屋根《やね》の上《うえ》に飛《と》ぶ車《くるま》を寄《よ》せて、「さあ、かぐや姫《ひめ》、こんなきたない所《ところ》にどうして長《なが》くいられましょう。」という。すると、しめきってあった塗籠《ぬりごめ》の戸《と》が、そのままずぐにぐんぐんあいてしまった。格子戸《こうしど》なども、人《ひと》がいないのにあいてしまった。ばあさんが抱《だ》いていたかぐや姫《ひめ》も、外《そと》に出《で》てしまった。とどめることができそうもないので、ただ空《そら》を仰《あお》いで泣《な》いている。

中譯

大夥兒如此嚴密地守備之下，過了傍晚，直到（深夜十二點左右）竹取翁住家的四周，光輝耀眼，超過白晝的亮度、幾乎是滿月的十倍亮度，在那兒，寒毛孔都可以清晰看出。天上有人乘雲下降，在離地約五尺高處，並排地站著。屋內屋外的人目睹此情此景，都感到將被襲擊，但卻沒有與之一戰的情緒。好容易振作精神。取出弓箭立著準備射，但是感到一陣痲痺彎曲。手沒力氣，守衛的人之中有些意志強的人，忍耐著勉強射箭，但是卻射到別的方向去了，因此沒法進行野蠻的戰鬥，大家茫然自失、定睛呆望著。站在空中的人們，服飾之美，沒有足以比擬的。（月宮來的人）有一輛懸在空中的車子。車上遮蓋著薄絹做成的華蓋。其中有一位被（人一看就會）認爲是國王者，面對竹取翁的住家說：「造麿，出來！」（平時）性情剛強的造麿（竹取翁）此時好像有些醉意，低著頭伏在地上。國王說：「你是孩子氣的老頭子，只因爲你前世曾經做過一點好事，所以我才想幫助你，考慮把赫夜姬降到塵世來，暫時寄住在你家，多年以來，送你不少金子，因此你搖身一變，成了富翁。赫夜姬以前犯過罪，所以我把她暫時貶到你這兒簡陋的家裏來。如此犯罪的處罰期限已經到了，所以來迎接她回去，你爲此哀嘆哭泣，無濟於事，快把她送還給我！」竹取翁回答：「我扶養赫夜姬已經二十多年了，你說頃刻之間就要接走，太令我不能思議了。你所說的赫夜姬會不會是別處同名的人呢？」

竹取翁接著說：「此處的赫夜姬患重病，因此我想不能送出來吧！」國王沒回答竹取翁所說的話，把飛車移近屋頂，國王說：「唉！赫夜姬，在這樣骯髒的地方，如何能待這麼久呀！」說著，倉庫的門本來是緊閉著的，就這樣，忽然猛力地自動啓開了。有格子的門窗等也自動地開了。老婆婆緊抱住的赫夜姬也到外面去了。老婆婆沒有能阻止的樣子，因此徒然仰天哭泣。

注　釋

❶よい　〔宵〕（名）傍晚、剛黑天、夜、晚上。
❷あかるさ　〔明るさ〕（名）明亮度。
❸ばかり　（修助）接於數詞之下，表示：上下、左右。
❹しびれる　〔痺れる〕（自下一・Ⅱ）痳木。
❺こころ　〔心〕（名）意思、心。
❻しっかり　（副、自サ・Ⅲ）（意志）堅定。
❼がまん　〔我慢〕（名、他サ・Ⅲ）忍耐。
❽むりに　〔無理に〕（副）勉強的、硬逼地、無理地。

❾ あらあらしい　〔形〕粗野的、粗暴的。

❿ ひたすら　〔只管〕〔副〕只顧、一心一意地、一個勁地。

⓫ ぼうぜんじしつ　〔茫然自失〕〔名、自サ・Ⅲ〕茫然自失。

⓬ みまもる　〔見守る〕〔他五・Ⅰ〕定睛注視。

⓭ てんがい　〔天蓋〕〔佛像上面的〕寶蓋、華蓋，此處是說用薄絹做的車蓋〔即車篷〕可防日晒雨淋。

⓮ さしかける　〔差掛ける〕〔他下一・Ⅱ〕從上面遮蓋。

⓯ きづよい　〔気強い〕〔形〕剛強的。

⓰ うつぶせに　〔俯せに〕〔副〕臉朝下地。

⓱ わずかばかり　僅些做、一點點。

⓲ すむ　〔済む〕〔自五・Ⅰ〕完了、結束。

⓳ あまり　〔余り〕〔造語〕餘、有餘。

⓴ かたとき　〔片時〕〔名〕片刻。

㉑ すぐに　〔直ぐに〕〔副〕馬上、立刻。

㉒ ぐんぐんと　（副）猛力地、迅速地。

㉓ こうし　〔格子〕（名）門窗上的縱横格子。

〔四三〕 かかる程《ほど》に宵《よひ》うち過《す》ぎて、子《ね》の時《とき》ばかりに、家《いへ》のあたり昼《ひる》の明《あか》さにも過《す》ぎて光《ひか》りたり。望月《もちづき》の明《あか》さを十合《とをあは》せたるばかりにて、ある人《ひと》の毛《け》の孔《あな》さへ見《み》ゆるほどなり。大空《おほぞら》より人《ひと》、雲《くも》に乗《の》りており来《き》て、地《ち》より五尺《ごしゃく》ばかりあがりたるほどに立《た》ち連《つら》ねたり。これを見《み》て、内外《うちと》なる人《ひと》の心《こころ》ども、物《もの》におそはるるやうにて、相戦《あひたたか》はむ心《こころ》もなかりけり。辛《から》うじて思《おも》ひ起《お》して、弓箭《ゆみや》を取《と》り立《た》てむとすれども、手《て》に力《ちから》もなくなりて、痿《な》えかがりたる中《うち》に、心《こころ》さかしき者《もの》、念《ねん》じて射《い》むとすれども、外《ほか》ざまへいきければ、あれも戦《たたか》はで、心地《ここち》ただ、しれにしれて、まもりあへり。立《た》てる人《ひと》どもは、装束《さうぞく》の清《きよ》らなること、物《もの》にも似《に》ず。飛《と》ぶ車《くるま》一《ひと》つ具《ぐ》したり。羅蓋《らがい》さしたり。その中《なか》に王《おう》とおぼしき人《ひと》、家《いへ》に、「造麿《みやつこまろ》まうで来《こ》。」といふに、猛《たけ》く思《おも》ひつる造麿《みやつこまろ》も、物《もの》に酔《よ》ひたる心地《ここち》してうつぶしに伏《ふ》せり。いはく、「汝幼《なんぢをさな》き人《ひと》、いささかなる功徳《くどく》を、翁《おきな》つくりけるによりて、汝《なんぢ》が助《たす》けにとて、片時《かたとき》の程《ほど》とて降《くだ》ししを、そこらの年《とし》ごろ、そこらの金《こがね》賜《たま》ひて、身《み》をかへたる如《ごと》なりにたり。かぐや姫《ひめ》は、罪《つみ》をつくり給《たま》へりければ、かく賤《いや》しきおのれが許《もと》に、しばしおはしつるなり。罪《つみ》のかぎりはてぬれば、かく迎《むか》ふるを、なき歎《なげ》く、あたはぬことなり。はや返《かへ》し奉《たてまつ》れ。」といふ。翁答《おきなこた》へて申《もう》す、「かぐや姫《ひめ》を養《やしな》ひ奉《たてまつ》ること二十年余《にじゅうとせあまり》になりぬ。片時《かたとき》と宣《の》給《たま》ふに、あやしくなりはべりぬ。また異処《ことどころ》に、かぐや姫《ひめ》と申《まを》す人ぞおはしますらむ。」といふ。「ここにおはするかぐや姫《ひめ》は、重《おも》き病《やまひ》をし給《たま》へば、え出《い》でおはしますまじ。」と申《まを》せば、その返事《へんじ》はなくて、屋《や》の上《うへ》に飛《と》ぶ車《くるま》をよせて「いざ、かぐや姫《ひめ》、穢《きたな》き所《ところ》にいかでか久《ひさ》しくおはせむ。」といふ。立《た》て籠《こ》めたる所《ところ》の戸《と》、すなはち、ただあきにあきぬ。格子《かうし》どもも人《ひと》はなくしてあきせぬ。嫗抱《をおないだ》きてゐたるかぐや姫《ひめ》、外《と》に出《い》でぬ。えとどむまじければ、たださし仰《あふ》ぎて泣《な》き居《を》り。（九ノ六）

要　旨

天人《あまびと》が降《お》りてきた情景《じょうけい》を述《の》べている。子《ね》の時《とき》ほどに、竹取《たけとり》の家《いえ》のあたりがたいそう明《あか》るくなって、空《そら》から雲《くも》に乗《の》った人《ひと》が降《お》りてくる。防衛《ぼうえい》の人《ひと》たちはものに襲《おそ》われたように士気《しき》が衰《おとろ》え、手《て》に力《ちから》もなくなって、ぼう然《ぜん》自失《じしつ》の状態《じょうたい》になる。天人《あまびと》の中《なか》から王《おう》らしい者《もの》が出《で》てきて、翁《おきな》にかぐや姫《ひめ》を返《かえ》すようにいう。翁《おきな》は人違《ひとちが》いであろうと抗弁《こうべん》するが、天人《あまびと》たちは屋根《やね》の上《うえ》に車《くるま》を寄《よ》せて、かぐや姫《ひめ》を呼《よ》び出《だ》す。すると、戸《と》も格子《こうし》も自然《しぜん》にあいて嫗《おうな》の抱《いだ》いていたかぐや姫《ひめ》が、するすると抜《ぬ》け出《だ》してしまうというのである。

語　釈

◇**子《ね》の時《とき》**　午前零時《ごぜんれいじ》ごろ。

◇**望月《もちづき》**　十五日《もち》の月《つき》、満月《まんげつ》。

◇**ある人《ひと》**　そこにいる人《ひと》。

◇**毛《け》の孔《あな》さへ**　毛《け》の穴《あな》まで。毛の穴は最《もっと》も小さなものの例《れい》としてあげたので、その他《ほか》の部分《ぶぶん》のように見《み》えることも言外《げんがい》に察知《さっち》される。「さへ」はあるが上《うえ》にさらにそえ加《くわ》わる意《い》を示《あらわ》す助詞《じょし》。

◇**内外《うちと》なる人《ひと》**　屋内《おくがい》にいる人《ひと》も屋外《おくがい》にいる人《ひと》も。

◇**おそはるるやうにて**　おびやかされるようで、何《なに》かを見《み》て恐《おそ》れおののいて声《こえ》も出《で》ず手足《てあし》もすくんでしまうようなこと。

◇**痿《な》えかがりたる**　しびれ曲《ま》がっている。

◇**心《こころ》さかしき者《もの》**　心《こころ》のしっかりした者《もの》、「賢《さか》しき」の意《い》。

◇**念《ねん》じて**　堪《た》え忍《しの》んで、堪《た》えてむりにも。

◇**あれも戦《たたか》はで**　荒々《あらあら》しくも戦《たたか》わないで。

◇**しれにしれて**　心《こころ》がぼうっとして。「しれ者《もの》」となると、ばか者《もの》、ぼんやり者《もの》の意《い》。

◇**まもりあへり**　互《たが》いに見守《みまも》っている。

◇**清《きよ》らなること**　きれいなこと。

◇**物《もの》にも似《に》ず**　何事《なにごと》にも似《に》ない。

◇**飛《と》ぶ車《くるま》**　大空《おおぞら》をかける車《くるま》。

◇**具《ぐ》したり**　伴《ともな》っている。

◇**羅蓋《らがい》**　「羅《ら》」は薄絹《うすぎぬ》、「蓋《がい》」はきぬがさ、薄物《うすもの》の絹《きぬ》で張《は》った笠《かさ》で、貴人《きじん》の後方《こうほう》から従者《じゅうしゃ》のさしかける天蓋《てんがい》のことである。

◇**さしたり**　さしかけている。

◇**その中《なか》に**　多《おお》くの天人《あまびと》の中《なか》で。

◇**家《いへ》に**　家《いえ》に向《む》かって。

◇**まうで来《き》**　出《で》てこい。

◇**物《もの》に酔《よ》ひたる心地《ここち》して**　何《なに》かに酔《よ》ったような気持《きも》ちがして、ぐったりした状態《じょうたい》。

◇**汝《なんぢ》幼《おさな》き人《ひと》**　幼《おさな》き翁《おきな》よの意《い》。「幼《おさな》き」は心《こころ》の愚《おろ》かなことを幼童《ようどう》にたとえたもの。

◇**いささかなる功徳《くどく》を、翁《おきな》つくりけるによりて**　わずかばかりのよい行《おこな》いをしたので。「功徳《くどく》」は仏教《ぶっきょう》のことばで、善行《ぜんこう》をすること。前世《ぜんせ》でよいことをしたために、この世《よ》でこのように姫《ひめ》を得《え》て富《とみ》を得《え》たとする仏教《ぶっきょう》の思想《しそう》。「翁《おきな》」の語《ご》は前後《ぜんご》にある「汝《なんぢ》」と符合《ふごう》しない。横書《よこが》きの注《つぎ》が混入《こんにゅう》したのであろう。

◇**そこらの**　多《おお》くの。

◇**身《み》をかへたる如《ごとく》**　身《み》を変《か》えたように、貧《まず》しい翁《おきな》が金持《かねも》ちになったことをさす。

◇**罪《つみ》のかぎり**　罪《つみ》の期限《きげん》。

◇**あたはぬことなり**　どうすることもできないことだ。

◇**片時《かたとき》と宣給《のたま》ふに**　片時《かたとき》とおっしゃるので。「に」は、「によって」の意《い》。

◇**あやしく**　不思議《ふしぎ》に、奇妙《きみょう》に。天上界《てんじょうかい》と地上《ちじょう》との、時間《じかん》の感《かん》じがひどく違《ちが》うので、この疑問《ぎもん》をもったのである。

◇**異処《ことどころ》に**　別《べつ》の所《ところ》に。

◇**え出《い》てておはしますまじ**　出《で》ていらっしゃることはできまいと思《おも》われます。

◇**穢《きたな》き所《ところ》に**　人間《にんげん》の世《よ》をきたないとみている。

◇**ただあきにあきぬ**　ぐんぐん開《ひら》いていってしまう。「ただ」は、「ひたすら」の意《い》。

◇**格子《かうし》**　細長《ほそなが》い角材《かくざい》を縦横《たてよこ》に組《く》み合《あ》わせて、方眼《ほうがん》のように作《つく》ったもの。そのように作《つく》った戸《と》。

◇**えとどむまじければ**　とどめることはできそうもないので。

◇**さし仰《あふ》ぎて**　空《そら》を仰《あお》いで、「さし」は接頭語《せっとうご》。

（四四）

竹取《たけとり》が、心乱《こころみだ》れて泣《な》き伏《ふ》しているところに近《ちか》づいて、かぐや姫《ひめ》は、「わたくしも本心《ほんしん》でもなくて、このように行《い》くのですのに、せめて上《うえ》ってゆくのなりと、見《み》送《おく》ってください。」というが、「こんなに悲《かな》しいのに、どうして見送《みおく》り申《まを》されましょう。わたくしをこのさきどうしろとて、捨《す》ててお上《のぼ》りになるのですか。連《つ》れていっしょに行《い》ってください。」と、じいさんが泣《な》いて伏《ふ》したので、姫《ひめ》もお心《こころ》が乱《みだ》れました。「手紙《てがみ》を書《か》き置《お》いて行《い》きましょう。もしも恋《こい》しいおりおりがあったら、取《と》り出《だ》してごらんなさい。」といって、泣《な》いて書《か》くことばは、

この国《くに》に生《う》まれたというのなら、お嘆《なげ》きさせないころまでおりましょうのに、そうではないから、この世《よ》を去《さ》って別《わか》れてしまいますことは、くれぐれも残念《ざんねん》に存《ぞん》じます。脱《ぬ》いでおく衣《きぬ》を形見《かたみ》と思《おも》って見《み》てください。もしも月《つき》の出《で》る夜《よる》があったら、月《つき》のほうを見《み》やってください。お見捨《みす》て申《もう》して行《い》く空《そら》からも、心残《こころのこ》りのために、落《お》ちてしまいそうな気《き》がします。

中譯

竹取翁心亂如麻地低著頭哭，赫夜姬走近來，對他說：「這樣去，不是我的本意，至少我昇天時，請您送行。」但是竹取翁依舊低著頭，哭著說：「我這麼悲痛，如何能送行呢？以後，叫我怎麼辦呢？拋棄了我就這樣昇天到月宮去嗎？請帶我一起走吧！」竹取翁哭哭啼啼，因此赫夜姬也心亂起來了，說：「我寫一封信留給您吧！假使將來時常想起我，請拿出來看。」赫夜姬哭著寫：

如果讓我留在凡界，我不會嘆息的，但是卻要我離此而去，覺得非常難過。脫下（我在凡界穿的）衣服，請您留著當紀念品看，如果是有月亮的晚上，請您看月亮（的方向）。由於心裏難過，我覺得好像會從曾經被貶謫的天上落下來的樣子。

赫夜姬寫完信，便把信留給竹取翁。

注釋

❶ ほんしん〔本心〕（名）本意。

❷ さき〔先〕（名）以後、將來。

❸ もしも〔若しも〕（副）假使、萬一。

❹ おりおり　〔折折〕（名、副）隨時、時時。

❺ くれぐれ　〔呉呉〕（副）懇切地、衷心地、反覆地。

❻ かたみ　〔形見〕（名）紀念品。

❼ みすてる　〔見捨てる〕（他下一・Ⅱ）棄而不顧、拋棄（指赫夜姫以前被貶到凡界來）。

〔四四〕竹取《たけとり》、心惑《こころまど》ひて泣《な》き伏《ふ》せる所《ところ》に寄《よ》りて、かぐや姫《ひめ》、「ここにも、心《こころ》にもあらでかくまかるに、昇《のぼ》らむをだに見送《みおく》り給《たま》へ。」といへども、「何《なに》しに悲《かな》しきに見送《みおく》り奉《たてまつ》らむ。我《われ》をいかにせよとて、棄《す》てては昇《のぼ》り給《たま》ふぞ。具《ぐ》して率《ゐ》ておはせね。」と泣《な》きて伏《ふ》せれば、御心《みこころ》まどひぬ。「文《ふみ》を書《か》き置《お》きてまからむ。恋《こひ》しからむ折折《おりおり》、とり出《い》でて見給《みたま》へ。」とて、うち泣《な》きて書《か》くことばは、この国《くに》に生《う》まれぬるとならば、歎《なげ》かせ奉《たてまつ》らぬ程《ほど》まで侍《はべ》るべきを、過《す》ぎ別《わか》れぬること、返《かへ》す返《かへ》す、本意《ほんい》なくこそ覚《おぼ》え侍《はべ》れ。脱《ぬ》ぎおく衣《きぬ》を、形見《かたみ》と見《み》給《たま》へ。月《つき》の出《い》でたらむ夜《よる》は見《み》おこせ給《たま》へ。見棄《みす》て奉《たてまつ》りてまかる空《そら》よりも、落《お》ちぬべき心地《ここち》する。

(九ノ七)

要　旨

姫《ひめ》の翁《おきな》に対《たい》する愛情《あいじょう》を述《の》べた。かぐや姫《ひめ》が心《こころ》にもなく行《い》かねばならぬのに、見送《みおく》りだけでもしてほしいというが、翁《おきな》は、わたしを捨《す》ててどうして上《あが》られるか、いっしょにつれて行《い》ってくれと、泣《な》いて哀願《あいがん》する。姫《ひめ》も心動《こころうご》いて泣《な》きながら、形見《かたみ》の文《ふみ》を書《か》き残《のこ》すというのである。

語　釈

◇**ここにも**　わたくしも。「ここ」は自分《じぶん》をさす。

◇**昇《のぼ》らむをだに**　せめて昇天《しょうてん》するのをなりと。「だに」は「せめて……ないと」の意《い》の助詞《じょし》。

◇**何《なに》しに**　どうして。下《した》の「見送《みおく》り奉《たてまつ》らむ」にかかる。

◇**我《われ》をいかにせよとて**　わたくしをこれからさきどうしろといって。

◇**具《ぐ》して**　連《つ》れて、伴《ともな》って。

◇**率《ゐ》ておはせね**　連《つ》れていってください。「おはせ」はサ変《へん》の未然形《みぜんけい》で「ね」は願望《がんぼう》の助詞《じょし》。

◇**生《う》まれぬるとならば**　生《う》まれたということならば。

◇**過《す》ぎ別《わか》れぬること**　この世《よ》を去《さ》って別《わか》れてしまうこと。

◇**本意《ほんい》なく**　残念《ざんねん》に、不本意《ふほんい》に。

◇**落《お》ちぬべき心地《ここち》する**　落《お》ちてしまいそうな気持《きも》ちがする。

（四五）

天人《あまびと》の中《なか》に持《も》たせてある箱《はこ》がある。天《あま》の羽衣《はごろも》がはいっている。また、あるいは不死《ふし》の仙薬《せんやく》がはいっている。ひとりの天人《あまびと》がいう、「つぼの中《なか》のお薬《くすり》をお飲《の》みなさい。きたないこの世《よ》の食物《しょくぶつ》を召《め》し上《あ》がられたから、お気持《きも》ちが悪《わる》いでしょうよ。」といって、持《も》って近《ちか》づいたので、ちょっとばかりおなめになって、少《すこ》し形《かた》見《み》として脱《ぬ》いでおく衣服《いふく》に包《つつ》もうとすると、そこに居合《いあ》わせた天人《あまびと》が包《つつ》ませない。御衣《おんぞ》を取《と》り出《だ》して着《き》せようとする。その時《とき》に、かぐや姫《ひめ》が、「しばらくお待《ま》ち。」という。「この着物《きもの》を着《き》た人《ひと》は心《こころ》が別《べつ》になるのだということです。何《なに》か一《ひと》言《こと》、いっておかねばならないことがありましたよ。」といって手紙《てがみ》を書《か》く。天人《あまびと》は、「おそくなります。」といって待《ま》ち遠《どお》しく思《おも》われる。かぐや姫《ひめ》は、「情知《なさけし》らぬことをおっしゃいますな。」といって、たいそう物静《ものしず》かに、天皇《てんのう》にお手紙《てがみ》をさしあげられる。あわてず落《お》ち着《つ》いた様子《ようす》である。

このように多《おお》くの人《ひと》をおつかわしくださって、お引《ひ》きとめなさいますけれども、この世《よ》にとどまるのを許《ゆる》さない天《そら》からの迎《むか》えの者《もの》がやってきて、連《つ》れて行《い》ってしまいますので、残念《ざんねん》に悲《かな》しいことですよ。宮仕《みやづか》えをいたさないようになってしまったのも、このように自由《じゆう》にならぬ身《み》でございますから、さぞわけのわからぬことにおぼしめしたことでしょうが、強情《ごうじょう》にお受《う》けせずにしまったことを、無《ぶ》礼《れい》な者《もの》と長《なが》くおぼしめされてしまったことが、ほんとうに心《こころ》に残《のこ》るのでございます。

といって、

この世《よ》にいるのも、今《いま》が限《かぎ》りと思《おも》って、天《あま》の羽衣《はごろも》を着《き》るのですが、その時《とき》となって、君《きみ》（御門《みかど》）をしみじみなつかしく思《おも》い出《だ》しています。

と歌《うた》を書《か》き、壺《つぼ》の薬《くすり》をそえて、頭《とう》の中将《ちゅうじょう》を呼《よ》び寄《よ》せて天皇《てんのう》へ奉《たてまつ》らせる。中将《ちゅうじょう》に天人《あまびと》が取《と》って伝《つた》える。中将《ちゅうじょう》が取《と》るというと、すぐに天《あま》の羽衣《はごろも》をお着《き》せ申《もう》し上《あ》げたので、じいさんをかわいそうだ、なつかしいと思《おも》われたことも消《き》えうせてしまった。この着物《きもの》を着《き》た人《ひと》は、物思《ものおも》いがなくなったので、飛《と》ぶ車《くるま》に乗《の》って、百人《ひゃくにん》ほどの天人《あまびと》を伴《ともな》って天《そら》に上《のぼ》ってしまった。その後《のち》、じいさんとばあさんとが、血《ち》の涙《なみだ》を流《なが》して悲《かな》しみもだえたがそのかいがない。あの書《か》いておいた手紙《てがみ》を、読《よ》んで聞《き》かせたけれども、「何《なに》をしようとて命《いのち》も惜《お》しかろう、だれのためにと生《い》き長《なが》らえよう。何事《なにごと》も、もう役《やく》にたたない。」といって、薬《くすり》も飲《の》まず、そのまま起《お》きも上《あ》がらないで病《や》み伏《ふ》している。

中譯

神仙之中有一人拿一個箱子，裏面裝著天上的羽衣。另外，還裝著長生不老的仙藥。一位神仙說：「請飮壺中的藥，妳吃塵世間骯髒的食物，因此心情會不好吧！」說著便拿著箱子挨近赫夜姬，赫夜姬只嘗了一點，想用脫下來留給竹取翁的衣服包一點仙藥給竹取翁。但是在場的神仙，不許她包。一位神仙自箱中取出羽衣想叫赫夜姬穿上，就在那時，赫夜姬說：「等一會兒！」一穿上這件衣服，心就會和塵世人的心不一樣了，我必須還要講一些話喲！」赫夜姬說完，便寫信。神仙覺得等得不耐煩地說：「時間不早了！」赫夜姬說：「請別說不通人情的話啦！」赫夜姬非常平靜地寫信給天皇，不慌不忙、一副沈著不迫的樣子：

陛下派遣了許多官兵，想挽留住我，但是天上來迎接我的人，不允許我繼續待在塵世，要我把帶回月宮去，因此我捨不得離開而悲痛。我不願入宮奉伺陛下，因爲我本來不是自由之身，這點，陛下諒必不瞭解，長久地認爲我是固執而不接受寵幸，是不懂禮貌的人，陛下的好意，我眞的會永遠記在心上。

赫夜姬又賦詩一首：

妾即穿上仙人衣，飛離塵世赴玉宇；陛下寵愛埋心底，碧海青天夜夜心。

同時附上壺中的長生不老藥，把頭中將（前面曾說，天皇令「少將」高野大國爲欽差大臣，率領官兵來抵抗月宮來的人，但是此處卻爲「頭中將」有些學者認爲可能是原著者之筆誤，或者是故意描寫竹取翁因爲年老而弄不清官階所致）喚來，請他把信及藥呈給天皇。神仙把東西傳遞給中將（頭中將之「頭」爲敬稱，僅稱「中將」便少了敬意）。中將一接過東西，神仙便令赫夜姬穿上天的羽衣，因此赫夜姬可憐竹取翁及愛戀竹取翁的感情便消失了。因爲穿上這件衣服（羽衣）的人，就會沒有了憂慮（失去了所有的感情）赫夜姬乘上飛車，約有百位神仙陪伴著昇天去了。以後，竹取翁及老婆婆雖然流出血淚、悲痛、鬱悶，還是徒然無功。竹取翁念赫夜姬留給他的信，雖然內容很吸引人，但是他卻說：「爲何愛惜生命呢？爲誰長壽呢？再做什麼事也沒有用了。」不吃赫夜姬留給他們的長生不老藥，夫妻倆就這樣臥病不起了。

注釋

❶はごろも〔羽衣〕（名）羽衣（用鳥的羽毛做成的衣服，是神仙穿的衣服）。

❷つぼ〔壺〕（名）壺、罐

❸いあわせる〔居合せる〕（自下一・II）在場、在座。

❹ものしずかに〔物静かに〕（副）沈著地、平靜地。

❺さしあげられる〔差し上げられる〕（他下一・II）（敬語）呈上。

❻おちつく〔落ち着く〕（自五・I）沉著、平靜。

❼ひきとめる〔引き留める〕（他下一・II）挽留、制止。

❽おぼしめす〔思召す〕（他五・I）是「思う」的敬語。

❾ごうじょう〔強情〕（形動ダ）固執、頑固。

❿もだえる〔悶える〕（自下一・II）苦惱、（由於痛苦而）扭動身體。

⓫かいがない〔甲斐が無い〕徒然的、無効的。

⓬きかせる〔聞かせる〕（他下一・II）中聽（內容很吸引人）。

〔四五〕天人《あまびと》の中《なか》に持《も》たせたる筥《はこ》あり。天《あま》の羽衣《はごろも》入《い》れり。また、あるは不死《ふし》の薬《くすり》入《い》れり。ひとりの天人《あまびと》いふ、「壺《つぼ》なる御薬《みくすり》奉《たてまつ》れ。きたなき所《ところ》の物《もの》きこしめしたれば、御心地《みここち》悪《あ》しからむものぞ。」とて、もてよりたれば、いささかなめ給《たま》ひて、少《すこ》し形見《かたみ》とて脱《ぬ》ぎ置《お》く衣《きぬ》に包《つつ》まむとすれば、ある天人《あまびと》包《つつ》ませず。御衣《おんぞ》を取《と》り出《い》でて着《き》るせむとす。その時《とき》にかぐや姫《ひめ》、「しばし待《ま》て。」といふ。「衣《きぬ》着《き》せつる人《ひと》は、心異《こころこと》になるなりといふ。物一言《ものひとこと》いひおくべき事《こと》ありけり。」といひて文書《ふみか》く。天人《あまびと》、「おそし。」と心《こころ》もとながり給《たま》ふ。かぐや姫《ひめ》、「物知《ものし》らぬ事《こと》な宣《のたま》ひそ。」とていみじく静《しず》かに、おほやけに御文《みふみ》奉《たてまつ》り給《たま》ふ。あわてぬさまなり。かく数多《あまた》の人《ひと》を賜《たま》ひて留《とど》めさせ給《たま》へど、許《ゆる》さぬ迎《むか》へまうで来《き》て、とりゐて罷《まか》りぬれば、口惜《くちを》しく悲《かな》しきこと。宮仕《みやづか》へ仕《つか》うまつらずなりぬるも、かくわづらはしき身《み》にて侍《はべ》れば、心得《こころえ》ず思《おぼ》しめされつらめども、心強《こころつよ》く承《うけたまは》らずなりにしこと、なめげなるものに思《おぼ》しめし止《とど》められぬるなむ、心《こころ》にとまり侍《はべ》りぬる

とて、

今《いま》はとて天《あま》の羽衣《はごろも》着《き》る折《をり》ぞ君《きみ》をあはれと思《おも》ひ出《い》でぬる

とて、壺《つぼ》の薬《くすり》そへて、頭《とう》の中将《ちうじやう》を呼《よ》び寄《よ》せて奉《たてまつ》らす。中将《ちうじやう》に、天人《あまびと》取《と》りて伝《つた》ふ。中将《ちうじやう》とりつれば、ふと天《あま》の羽衣《はごろも》うち着《き》せ奉《たてまつ》りつれば、翁《おきな》をいとほしかなしと思《おぼ》しつる事《こと》も失《う》せぬ。この衣《きぬ》着《き》つる人は、物思《ものおも》ひなくなりにければ、車《くるま》に乗《の》りて百人《ひやくにん》ばかり天人《あまびと》具《ぐ》して昇《のぼ》りぬ。その後《のち》、翁嫗《おきなおうな》、血《ち》の涙《なみだ》を流《なが》して惑《まど》へどかひなし。あの書《か》きおきし文《ふみ》を読《よ》み聞《き》かせけれど、「何《なに》せむにか、命《いのち》も惜しからむ。誰《だれ》が為《ため》にか。何事《なにごと》も益《やう》もなし。」とて、薬《くすり》もくはず、やがて起《お》きもあがらで病《や》み臥《ふ》せり。

（九ノ八）

要　旨

いよいよ、かぐや姫《ひめ》が昇天《しようてん》する場面《ばめん》を述《の》べている。天人《あまびと》の持《も》ってきた箱《はこ》の薬《くすり》をなめたかぐや姫《ひめ》は、天《あま》の羽衣《はごろも》を着《き》せようとする天人《あまびと》の手《て》をおしとどめて、天皇《てんのう》に手紙《てがみ》を書《か》く。天皇《てんのう》のおおせを承《うけたまわ》らなかったことを、釈明《しゃくめい》した手紙《てがみ》である。手紙《てがみ》を使《つか》いの中将《ちゅうじょう》に渡《わた》して天《あま》の羽衣《はごろも》を着《き》ると、人間的《にんげんてき》な感情《かんじょう》はうせて昇天《しょうてん》してしまう。残《のこ》された竹取夫婦《たけとりふうふ》は、嘆《なげ》き悲《かな》しんで病気《びょうき》になるというのである。

語釈

◇**持《も》たせたる**　もたせてある。「せ」は使役《しえき》の助動詞《じょどうし》「す」の連用形《れんようけい》。

◇**天《あま》の羽衣《はごろも》**　天人《あまびと》の着《き》る衣服《いふく》。鳥《とり》の羽翼《うよく》と同《おな》じように、これを着《き》ると天空《てんくう》をかける霊力《れいりょく》があると考《かんが》えられていた。

◇**不死《ふし》の薬《くすり》**　不老不死《ふろうふし》の霊力《れいりょく》がある薬《くすり》。これはシナの古《ふる》い書物《しょもつ》に多《おお》く見《み》えている。「羿《げい》、不死《ふし》の薬《くすり》を西王母《せいわうぼ》に得《え》たり、常娥之《じゃうがこれ》を竊《ぬす》みて以《もっ》て月《つき》に奔《かけ》る」。

◇**奉《たてまつ》れ**　お飲《の》みなさい。「奉《たてまつ》る」は貴人《きじん》の動作《どうさ》を表《あら》わす敬語《けいご》、「乗《の》る」「着《き》る」などに多《おお》く用《もち》いる。

◇**きたなき所《ところ》の物《もの》**　人間世界《にんげんせかい》の食物《しょくぶつ》。この世《よ》をきたなき所《ところ》とみるのは仏教《ぶっきょう》の考《かんが》え方《かた》。浄土《じょうど》に対《たい》する穢土《えど》。

◇**きこしめしたれば**　召《め》し上《あ》がられたので。

◇**もてよりたれば**　持《も》って近《ちか》づいたので。

◇**ある天人《あまびと》**　そこに居合《いあ》わせた天人《あまびと》。「ある」は「在《あ》る」。

◇**衣着《きぬき》せつる人《ひと》は、心異《こころこと》になるなりといふ**　天《あま》の羽衣《はごろも》を着《き》せた人《ひと》は、心《こころ》が別《べつ》になるのだということだ。

◇**物一言《ものひとこと》**　何《なに》か一言《ひとこと》。

◇**心《こころ》もとながり給《たま》ふ**　待《ま》ち遠《どお》しく思《おも》われる。

◇**物知《ものし》らぬ事《こと》な宣給《のたま》ひそ**　人情《にんじょう》を知《し》らないことをおっしゃいますな。

◇**いみじく**　ひどく。

◇**おほやけ**　朝廷《ちょうてい》、天皇《てんのう》。

◇**許《ゆる》さぬ迎《むか》へ**　この世《よ》にとどまるのを許《ゆる》さない迎《むか》えの者《もの》。

◇**とりゐて**　召《め》し連《つ》れて。

◇**口惜《くちお》しく悲《かな》しき事《こと》**　残念《ざんねん》に悲《かな》しいことですよ。「悲《かな》しきことよ」「悲《かな》しきことかな」の意《い》。

◇**わづらはしき身《み》**　めんどうな身《み》、自分《じぶん》の自由《じゆう》にならない身《み》。

◇**心得《こころえ》ず**　わけがわからなく。

◇**承《うけたまは》らずなりにしこと**　おおせを承引《しょういん》せずにしまいましたこと。

◇**なめげなるもの**　無礼《ぶれい》な者《もの》。

◇**思《おぼ》しめし止《と》められぬる**　いつまでもおぼしめされてしまう。

◇**心《こころ》にとまり侍《はべ》りぬる**　心《こころ》に残《のこ》っております。

◇**今《いま》はとての歌《うた》**　一首《いっしゅ》は、今《いま》はこれまでとて、天《あま》の羽衣《はごろも》を着《き》るおりになって、ほんとうに君《きみ》をしみじみなつかしく思《おも》い出《だ》しましたの意《い》。「君《きみ》」は天皇《てんのう》のこと。「あはれ」はしみじみとした愛《あい》情《じょう》を感《かん》ずる意《い》。

◇**頭《とう》の中将《ちゅうじゃう》**　蔵人頭《くろうどかみ》（蔵人所《くろうどしょ》の長官《ちょうかん》）で近衛《このえ》の中将《ちゅうじょう》を兼《か》ねた者《もの》の称《しょう》。蔵人《くろうど》は天皇側近《てんのうそっきん》の用《よう》をつとめる者《もの》。前《まえ》に出《で》ている高野《たかの》の大国《たいこく》のことで、前《まえ》には少将《しょうじょう》とある。

◇**ふと**　すぐに。

◇**かなし**　「愛《かな》し」でなつかしいの意《い》。

◇**何《なに》せむにか**　何《なに》をしようとて。

◇**やがて**　そのまま。

（四六）

中将《ちゅうじょう》は、人々《ひとびと》を引《ひ》き連《つ》れて帰参《きさん》して、かぐや姫《ひめ》を戦《たたか》いとどめることのできなかったことをくわしく奏上《そうじょう》する。薬《くすり》のつぼにお手紙《てがみ》をあおえて差《さ》し上《あ》げる。天皇《てんのう》は、開《ひら》いてごらんになって、たいそうひどくご感動《かんどう》になって、食物《しょくもつ》も召《め》しあがられず、管弦《かんげん》のおん遊《あそ》びなどもなかった。大臣《おとど》・上達部《かんだちめ》などを呼《よ》んで、「どこが天《てん》に近《ちか》いか。」とお尋《たず》ねになる時《とき》に、その中《なか》のある人《ひと》が申《もう》し上《あ》げる、「駿河《するが》の国《くに》のあるという山《やま》が、この都《みやこ》にも近《ちか》く、天《てん》にも近《ちか》うございます。」と奏上《そうじょう》する。これをお聞《き》きになって、かぐや姫《ひめ》の歌《うた》に対《たい》する返歌《へんか》をお書《か》きになる。

会《あ》うこともないので、悲嘆《ひたん》の涙《なみだ》にくれているわが身《み》にとっては、死《し》なない薬《くすり》も何《なに》にしようぞ。

あのかぐや姫《ひめ》の献上《けんじょう》した不死《ふし》の薬《くすり》に、またつぼをそえてお使《つか》いにお預《あず》けになる。勅使《ちょくし》には、「調《つき》のいわかさ」という人《ひと》を召《め》させて、駿河《するが》の国《くに》にあるという山《やま》の頂上《ちょうじょう》へ持《も》ってゆけとの趣《よし》をおおせられる。山《やま》でなすべき方法《ほうほう》をお教《おし》えになる。

かぐや姫《ひめ》のお手紙《てがみ》と不死《ふし》の薬《くすり》のつぼを並《なら》べて、火《ひ》をつけて燃《も》やせとの趣《よし》をおおせられる。その趣《よし》を承《うけたまわ》って、兵士《へいし》たちを多《おお》く引《ひ》き連《つ》れて、山《やま》へ登《のぼ》ったので、それからその山《やま》の名《な》を「ふじの山《やま》」とは名《な》づけたのである。その煙《けむり》はまだ雲《くも》の中《なか》へ立《た》ち上《あ》がっていると言《い》い伝《つた》えている。

中譯

中將率領眾人回宮，晉謁天皇，稟告未能以戰鬥來挽留赫夜姬的經過詳情。（同時）呈上藥壺及信。天皇拆開信來看，大爲感動，竟至不思飲食、不聽音藥。招呼公卿、大臣問：「何處離天近？」有一位臣子奏道：「駿河國有一座山，此山不但離京城近，而且離天也近。天皇聽說，便寫一首詩答赫夜姬：

愛卿赴瓊樓，未能凝眸送；悲嘆淚洗面，不老藥何用？

天皇把赫夜姬獻上的長生不老藥及裝藥的器具交由侍者保管。欽差大臣召來名叫調岩笠的人，告訴他天皇的旨意，並命令他把藥及信帶到河國山頂上去。同時教給他們該怎樣處理這件事的方法。天皇說：把赫夜姬的信及裝長生不老藥的壺並列著焚燒。欽差大臣領受天皇的旨意，率領很多士兵登駿河國的山，因此從此之後，那座山便命名爲「富士山」，傳說燒藥的煙至今依然嬝嬝上昇，直入雲霄。

注釋

❶ めしあがられず 〔敬語〕不吃。

❷ するが 〔駿河〕（名）日本古國名，位於現在的靜岡縣中部。

❸ おつかい 〔御使い〕（名）（天皇的）侍者、僕人（敬稱）。

❹ あずける 〔預ける〕（他下一・II）委託保管。

❺ には 〔格助〕恭敬婉轉地表示主語、主格。

❻ つきのわかさ 〔調岩笠〕（人名）調岩笠。

❼ ふじのやま 〔富士〕「富士」含有很多士兵之義，「不死」（即長生不老之義）之讀音爲「ふし」。「し」念成濁音（「じ」），則成「富士」，故意取其諧音。（前面「鉢」與「恥」兩字也是取其諧音）。「富士山」現在一般人念「ふじさん」。富士山高三七七六公尺，是典型的圓錐形火山，以前數度噴火，西曆一七〇七年曾爆發一次，自此以後，呈休止狀態。富士山與立山、白山爲日本三大名山。

〔四六〕 中将《ちうじやう》、人人《ひとびと》引《ひ》き具《ぐ》して帰《かへ》り参《まい》りて、かぐや姫《ひめ》をえ戦《たたか》ひとめずなりぬる事《こと》、細々《こまごま》と奏《そう》す。薬《くすり》の壺《つぼ》に御文《みふみ》そへて参《まゐ》らす。ひろげて御覧《ごらん》じて、いといたくあはれがらせ給《たま》ひて、物《もの》もきこしめさず、御遊《おんあそ》びなどもなかりけり。大臣《おとど》、上達部《かんだちめ》を召《め》して、「いづれのところか天《てん》に近《ちか》き。」と問《と》はせ給《たま》ふに、ある人奏《ひとそう》す、「駿河《するが》の国《くに》にあるなる山《やま》なむ、この都《みやこ》も近《ちか》く、天《てん》も近《ちか》く侍《はべ》る。」と奏《そう》す。これを聞《き》かせ給《たま》ひて、かぐや姫《ひめ》うたの返《かへ》し書《か》かせ給《たま》ふ。

あふ事《こと》も涙《なみだ》に浮《うか》ぶわが身《み》には死《し》なぬ薬《くすり》も何《なに》にかはせむ

かの奉《たてまつ》る不死《ふし》の薬《くすり》に、また壺《つぼ》具《ぐ》して御使《みつかひ》に賜《たま》はす。勅使《ちょくし》には、調《つき》のいはかさといふ人《ひと》を召《め》して、駿河《するが》の国《くに》にあなる山《やま》の頂《いただき》にもて行《ゆ》くべき由《よし》仰《おほ》せ給《たま》ふ。嶺《みね》にてすべきやう教《おし》へさせ給《たま》ふ。御文《おんふみ》、不死《ふし》の薬《くすり》の壺《つぼ》ならべて、火《ひ》をつけて燃《も》やすべき由《よし》仰《おほ》す。その由承《よしうけたまは》りて、つはものどもあまた具《ぐ》して山《やま》へ登《のぼ》りけるよりなむ、その山《やま》をば、ふじの山《やま》とは名《な》づけける。その煙《けむり》、いまだ雲《くも》の中《なか》へ立《た》ち昇《のぼ》る

とぞいひ伝《つた》へたる。（九ノ九）

要旨

天皇《てんのう》の悲嘆《ひたん》と富士《ふじ》の絶《た》えぬ煙《けむり》の由来《ゆらい》とを説《と》いて、全編《ぜんぺん》の終結《しゅうけつ》にしている。中将《ちゅうじょう》は帰参《きさん》して、かぐや姫《ひめ》をとどめえなかった事情《じじょう》の委細《いさい》を報告《ほうこく》する。天皇《てんのう》は手紙《てがみ》を見て感動《かんどう》し、ひどく悲《かな》しまれる。侍臣《じしん》に天《てん》に近《ちか》い山《やま》を尋《たず》ね、勅使《ちょくし》を富士山《ふじさん》につかわして、手紙《てがみ》と不死《ふし》の薬《くすり》を燃《も》やすようにおおせられる。それが富士《ふじ》の山《やま》の由来《ゆらい》で、今《いま》でもその煙《けむり》が立《た》ち上《あ》がっているというとの要旨《ようし》である。

語釈

◇**引《ひ》き具《ぐ》して**　引《ひ》き連《つ》れて。

◇**え戦《たたか》ひとめずなりぬる**　戦《たたか》ってとどめることができなかったこと。

◇**参《まい》らす**　差《さ》し上《あ》げる。

◇**あはれがらせ給《たま》ひて**　感動《かんどう》なさって。「あはれがら」は五段動詞《ごだんどうし》の未然形《みぜんけい》、「せ給《たま》ひ」は最《もっと》も高《たか》い敬意《けいい》を表《あら》わす助動詞《じょどうし》。

◇**物《もの》もきこしめさず**　食物《しょくもつ》も召《め》し上《あ》がられない。

◇**上達部《かんだちめ》**　三位以上《さんいいじょう》の人《ひと》と参議《さんぎ》（四位《よんい》）。

◇**聞《き》かせ給《たま》ひて**　お聞《き》きになって。

◇**あるなる山《やま》**　あるという山《やま》。「なる」は伝聞《でんぶん》の助動詞《じょどうし》で人《ひと》の話《はなし》に聞《き》いていうときに用《もち》いる。終《しゅう》止形《しけい》につくが、ここはラ変《へん》だから連体形《れんたいけい》についている。

◇**あふ事《こと》もの歌《うた》**　「涙《なみだ》」に「無《な》いので」の意《い》の「無《な》み」をかけている。一首《いっしゅ》は、姫《ひめ》に会《あ》うこともなくなって、そのために涙《なみだ》に浸《ひた》っているわが身《み》には、不死《ふし》の薬《くすり》も何《なに》にしようぞの意《い》。

◇**調《つき》のいはかさ**　姓《せい》の「調《つき》に」「月《つき》」をかけ、その縁《えん》で笠《かさ》（月《つき》の笠《かさ》）を出《だ》している。

◇**あなる**　「あるなる」に同《おな》じ。

◇**すべきやう**　なすべき方法《ほうほう》。

◇**つはもの**　兵士《へいし》。

◇**ふじの山《やま》**　「ふじ」と名《な》づけられたのは、「つはものどもあまた具《ぐ》して山《やま》へ登《のぼ》りけるより」とあるのが、その理由《りゆう》である。あまたの兵士《へいし》が山《やま》に登《のぼ》った、すなわち士《し》に富《と》むという意《い》で富士《ふじ》というとの洒落《しゃれ》であろう。

◇**その煙《けむり》**　不死《ふし》の薬《くすり》を焼《や》いた煙《けむり》と、富士《ふじ》の噴煙《ふんえん》とを結《むす》びつけている。

作者簡歷

左秀靈

一九三八年十一月二十一日生，安徽省懷寧縣人

學歷：國防大學理工學院地形測量學系畢。

國防語文學校日文正規班一期畢。

經歷：曾執教於國防語文學校、三軍大學長達十五年。

實踐大學出版部主任、中央出版文物供應社總編輯、

建宏出版社總編輯、五洲出版社總編輯。

著作：實用成語辭典、錯別字辨正、當代國語辭典、當代日華辭典、

日本諺語成語大辭典、日文口語文法……等五十餘種以上。

譯作：竹取物語、源氏物語、雨月物語等。

國家圖書館出版品預行編目資料

竹取物語 / 左秀靈譯注 . -- 初版 . -- 臺北市 : 鴻儒堂 , 2018.12

面 ;　公分 . -- (日本古典文學名著)

中日對照

ISBN 978-986-6230-38-7(平裝)

1. 日語 2. 讀本

803.18　　107020208

中日對照　竹取物語

二〇一八年（民一〇七年）十二月初版一刷

譯　　注　左　秀　靈

封面設計
內文插圖　張　芝　琳

電腦打字　川　島　尚　子
　　　　　桶　田　宜　加

發 行 所　鴻儒堂出版社

發 行 人　黃　成　業

地　　址　台北市中正區博愛路九號五樓之一

電　　話　02-2311-3823

傳　　真　02-2361-2334

郵政劃撥　01553001

E-mail　hjt903@ms25.hinet.net

定　　價　三五〇元